桂林人

桂林人 沙地黑米

沈东子

南京大学出版社

目 录

浮生

3　桂林这地方

5　发呆的自由

7　手工的桂林

9　门户半开时的小城故事

11　"我们走！"

13　兄长

16　木土土木木

19　Mao's 和 Mouse

22　土花轿，洋新娘

24　把施瓦辛格嫁出去

28　七夕

33　马路上的绳子

36　桂林叔叔

41　麻雀与我

43　童年记忆

49　邻家打渔人

52	我的沙葫芦情结
55	十三岁的迷离眼神
58	怀念七叶一枝花
60	一种死于诗歌的寄生虫
62	第一次听说 Computer 这个词
64	我的湖南邻居
67	雪花那个飘
70	女店员
72	水样桂林
74	吃什么认什么
76	桂林米粉 PK 云南米线
78	头上的事
80	我的专属发型师
86	思乡的葡萄
88	陪床"两头尾"
91	病中记
94	无语白大褂
98	晨昏颠倒的女人
100	最冷的那天
102	最热的日子
104	一起吃糖
107	我成了"私房导游"
109	教练大人
111	我的黄金周生活
113	守桂望友
118	在冰岛等你

120	"淑女"也不是吃素的
124	凯蒂的美国红包
127	一川与卡诺
129	云节的木棉花
133	我的几件尴尬事

浮世

143	一日看尽千年
145	兴安粑粑
147	触着河流的脉搏
149	我的漓江步道梦
152	变形鱼
154	生长月亮的地方
156	冬瓜与西瓜
158	游戏阳朔
160	自己的筷子
163	南方的南方
165	阿尔卑斯山的玫瑰
167	把心当羊放的地方
175	思想常常跟清冷有关
177	秋天的九连
179	灵
181	无心之旅
183	小城的邓丽君
185	城里人？乡里人？
188	鹭鸶与人的对视

191　惟人与瓜难知
193　想起墨蚊子
195　桂树如伞
197　四月雨
200　花桥闲章
202　别人的进口，我的出口
204　那些蕹菜般水灵的空心女子
206　台北雨
209　三宅一生与三房一厅
212　有些弯曲，有些花
214　人看山水我看人
217　吃粉究竟吃哪家？
219　要怪只能怪日本人
221　穿山没穿衣，骑楼不骑马
224　七点五十五
227　暴走过春天
229　"为什么呢？"
231　话说桂林口音
235　好耍
237　巧
239　情人节桃花
241　斑马线惊情
244　玲珑地球村

浮云

253　美有什么用？

255	在这里做梦
257	距离
260	骆驼山与花生豆
262	造景者的境界
264	地摊上的钟乳石
266	还有哪里可以看到象鼻山？
269	鹅卵石上的灯光
271	桂林不需要"愚公"
273	与一群西方志愿者的即席谈话
276	看见一潭自杀的水
279	等到哪天喝上无锡的自来水
282	到此一游的方式很多
285	两边挣面子
288	会传染的自恋
290	连锁不到的地方
292	从风景里突围
294	翻手象鼻覆手鼠背
296	与神仙的距离
298	漓江与丽江
300	洋人眼中的桂林
303	国家大了，什么洋相都有
305	温顺的游客毕竟是多数
308	"去山西，就要去凤凰"
310	与省会比肩的城池
312	听见心里的声音
315	导游这行当

| 318 | 桂林山水甲天下吗? |
| 320 | 我的喀斯特籍贯 |

浮雕

325	漓江波似镜,倒影清芙蓉
328	月色下的贞节牌坊
330	道生医院小记
333	曾经的模范省省会
336	龙隐与灵隐
339	凤凰岭下的美丽孤魂
341	打通关的"鸭司令"
343	悠悠母子情
345	白氏三不料
348	遥远的桂林人
350	泮塘岭
352	桃花千万朵
354	那年的冰叶子
356	月冷霜浓
359	海明威在桂林
363	碧玉簪与金字塔
366	亚当斯与优胜美地
368	福曼与民国旧照
371	"要命的是,这钟还在走"
374	少年梦多 老来结果
376	那些热爱诗歌的大胡子
378	斯文而体面的职业

381　"需要面包的,不要把石头给他"
383　驾一辆破车在路上
385　桂林老字号
388　个头小,力气大
390　去踏青,看碑林
393　谈顿悟
397　有一种力量叫无言

400　**后记**

浮　生

桂林这地方

桂林在全世界有点名气,在中国没什么名气,尤其在华北东北,名气还不如南边的柳州,人家柳州好歹有工业。有人说桂林没文化,我沉默;有人说桂林人小家子气,我沉默。这些评语有道理吗?有,有的还相当有道理,说到了骨髓里,可是对于我,是没有意义的,因为有没有文化,或者是不是小家子气,那得看跟哪里比。

比方跟西安南京比,当然没西安南京有文化,人家吃的盐,比桂林人吃的饭还多,跟它们比文化,那叫找抽;跟乌鲁木齐比,当然没乌鲁木齐大气,人家靠着沙漠,一眼望出去茫茫无边,想不大气都不成。可我不会因为想念文化,就去西安南京过日子,跟兵马俑过,跟明孝陵过,也不会因为渴望大气,就迁居乌鲁木齐。

一个城市要想不自卑,找出自己不可替代的特性就够了,没必要去比有多大,有多宽,有多少 GDP。桂林的特性是什么呢?很多,临时总结几条吧,假如你出门晒太阳,第一,不会遇见大官,走在街上清爽,不会被前呼后拥的马队踩死,偶尔遇见几个处级或副处级干部,装作没看见就是了,继续散你的步。

第二,不会遇见名人,不会被名头大得惊人的宗师巨匠吓死,有巨匠从外省或外国来,反正也不认识,吓不着,当然也会有本地人士装出巨匠模样,不理会就是了,挡不住你的阳光,继续散步。

第三,没经济压力,下个馆子,喝杯咖啡,打个车,没问题,不会老琢磨兜里的钱够不够,高兴时喝茶,不高兴时喝酒,喝饱了继续散步。

第四,馆子的饭菜还算可口,这点很重要,川菜、湘菜、粤菜等等,档次都不低,吃到尽兴时,真觉得做一流的厨子,把食物把玩出如此花样,才是人生的最高境界。

第五,大家都知道了,水还好,空气还好,风景也还好。美丽的风景可以愉悦性情,抑制自杀的念头,这点对思想家尤其重要。思想家时时站在悬崖边上,是距离自杀最近的人。一般人宁可没思想,也要活着,思想家不一样,只要思想活着,人是可以死掉的,所以有思想的人,最好住在有风景的地方,可以多活几年。

可能还有一些特性,我一时没想起来。

那么生活在桂林,图的是什么呢?记得有一年我去云南的一个小城市,看望太太的外公外婆,二老都是外省人,在云南生活了大半辈子。那是一个被两座山夹住的城市,外公领我走到窗前,指着山谷里的云说:这些云,早上从这边飘过来,慢慢的,往那边飘过去。他说这段话时,眼神是安详的,手里还端着一杯茶,好像叙述的,是自家的后花园。

陈毅元帅上世纪60年代来过桂林,留下"宁做桂林人,不愿做神仙"的诗句。陈元帅是诗人,他这样说是为了写出好诗句,自然不会真留下来做桂林人,而我留下了,一留就是半生。▲

发呆的自由

N年以前大学毕业要离开北京,有长辈指着大路和楼宇间围出的绿地挽留我:"想想看,以后你的孩子可以在这里晒太阳。"

当时真的一怔,一来刚刚二十出头,心机还没那么长远,男朋友在哪儿都还八字没一撇,居然可以想到孩子,真是恐怖;二来确实看见有小家庭在那块也就百来平米的草坪上或仰或躺,或教小孩子练习打滚——咱嘴上没说,心里很不以为然:至于吗,旁边车水马龙,沙尘废气,连打滚都需要练习,给逼仄的空间憋傻了吧,做秀高于生活,这又何必呢?本姑娘背单词都不上公园的。

所谓看不惯幸福的贱样,年轻有年轻时的偏激。现在看来,仍然庆幸自己没听从该长辈的劝告:"留在北京扫大街,都能扫出钱来。"大都会就像光芒照四方的金山,那地儿达官贵人是多,可再多,一不留神漏点银子的概率再高,咱扫大街也扫不成富婆吧?如今全国人民都赶着去捡钱,难怪这城市摊大饼似的,三环四环以后又五环六环了,可它就是十环了又能怎样?也不能保证你命中头彩呀。

真想晒太阳,桂林就很好。夏天才过一半,很多人连小麦是什么样的还没见过,皮肤就已经跟国际流行小麦色接轨。小孩在漓江畅游一夏，一个猛子扎下去，再起来好像就蹿了个儿。这里江风通透，在居民楼群间穿行，顶多闻到谁家灶上飘出的新鲜子姜炒鸭味，绝不会有隔夜潲水那种都市欲望普遍过剩的味道来侵染你的嗅觉。

同样是游泳，青岛海滩人群之密有如受惊的蚁穴，南京泳池酷暑季下饺子，而且是竖着下——人都得挨个站好了，否则地方实在不够。人多有什么好，又不是古埃及筑金字塔，垫底的多多益善。与其在大城市垫底，不如在小城市做晒太阳的第欧根尼[①]。况且有时候人多也是一种污染，让人闭目塞听，成为庸众，主动从信息的主人，降格为信息的载体。今天你听他夸夸其谈，明后天你再遇见他，原先说的什么他都忘了，因为他脑子里又换了别的水。就这么着，日历翻得飞快，人生折旧贬值。

我以心安理得的名义，保留在小城发呆的自由。一个人，如果他可以自主的余暇不够多，他的心会慢慢变成沙，干掉，碎掉，脑子也锈掉，直到完成全部的异化。只要不想做大官，不想一夜暴富，在漓江边生活也很安然。●

[①] 第欧根尼（约公元前412—前324），古希腊犬儒派哲学家。

手工的桂林

桂林有两样东西是谁也搬不走的。第一是山水,所谓鬼斧神工,那是老天爷的手工作业,可能因为比较得意,一直留到今天;第二么,就是桂林米粉,越是小家小户小老百姓的纯手工经营,就越是让人一吃难忘。

别跟我说你在山南海北都可以吃到桂林米粉,米粉离开了桂林还能叫"桂林米粉"吗?有个在深圳做杂志的朋友听我聊"米粉经"听得兴起,约我去那边开店树大旗镇镇各路小妖,条件给得很优惠,可我不敢去。想想看,即使我可以熬出自家老灶秘方配制的卤水,你能空运榨米粉少不了的桂林天然水吗?这水说来也怪,刚能凝千年钟乳石,柔可榨细滑粉。

我 2005 年在阳朔西街住过一阵子,在那儿赶稿子,记得当时阳朔米粉卖得比桂林贵。然而最好吃的米粉在桂林,到现在也就卖三块五二两。"石记米粉"开在解放西路微笑堂前,我们住在市里,早年常常打的去吃。现在自己有了车,反而去得少了,闹市区停车太麻烦。

从早到晚,店门口排队交钱换粉牌的人少则四五多则数十,把个长蛇阵甩到小而朴素的店门外。店里雇了五六个小工,收钱由老板亲自上阵。十几张简易桌每张坐四个人常常找不着空位,大略算算也知道这家年入五十万不成问题。这么好的生意,就是不见老板扩大规模开连锁店。

原因至少有一:老板天生好嗓,比如收了我的钱,他会用纯正桂林话大声报出"一米一切",这时千万不可误听为他说你"一妻一妾",他是说这两客一人吃米粉一人要切粉,以此类推,也有"两米一切、三切一米"的情形。如果开了连锁店,他没法亲力亲为间间关照到,儿子又在外面上大学,谁来喊"一米一切"?●

门户半开时的小城故事

有朋友从朝鲜回来,说去朝鲜的外国人,必须集中住在指定的饭店里,按指定的线路乘车出行,不得与老百姓自由接触等等,这番话让我想起了二十多年前的一些小事,其实朝鲜的情景,距离我们并不遥远。

我第一次在外国杂志上看见桂林,是在1979年春天,一位随团来访的旧金山游客,带了一本1978年的美国《国家地理》杂志,里面有桂林专号,十几页的篇幅,全是色彩灰暗的图片,青灰的山水、破败的房屋和黯淡的眼神,那种情景,就像如今我们看待卢旺达或者柬埔寨。

后来有个英国的富家小姐,立志要像自己的许多前辈一样,去世界上最贫穷的地方教授英语,她选中了桂林,从伦敦经香港、广州,一路辗转到达当时的奇峰镇机场,天已经黑了,不知为什么,约好前来接机的人错过了时间。可怜的姑娘看着比《呼啸山庄》更荒凉的一座座黝黑山峰,忽然哭了起来,给遥远的父亲打电话,说这里有多么多么可怕,在机场蜷缩了一夜后,乘次日的头班飞机顺原路返回了英国。不知道那位英国姑娘,往后做噩梦,会不会梦见桂林山水?

桂林人在这里住惯了，起初也未意识到这片山，这片水，有什么与众不同的地方，眼见国外游客蜂拥而入，就领他们去看小城仅有的几座水泥建筑，或者领到幼儿园，看小朋友摇头晃脑演唱《我爱北京天安门》，以为这样可以赢得游人的欢心。那些狡黠的西方游客，当然不吃这一套，他们揣着相机，想方设法避开导游，去寻找他们想象中的真实，或者钻进小巷，或者混入民居，一次一个澳大利亚人小心翼翼走进一户老百姓家，结果引来好多邻居围观，当中有五六个孩子，有位中学老师懂几句英文，不断催促孩子们叫那老外"uncle（叔叔）"，老外以为要跟他攀亲戚，要他领养这群孩子，吓得连声说"no,no"。

　　那时管制严厉，民风也淳朴，倒没有发生过抢劫游客的事，非但不会抢劫，连顺手牵羊的行为都很少。我亲见一年轻瑞士女游客在购买绢画时，将一部带有长镜头的高级相机，忘在小摊上，摊主一直守到黄昏等失主来取。两小时后旅游大巴开回来，失主满面惶惑，拿到相机居然有点不敢相信，连感谢都来不及说，紧抱相机就跑回了大巴，结果全车游客都打开车窗，朝摊主鼓掌。

　　我也见过一年轻美国男游客，好奇心太强，只身摸进一片棚屋区，结果掉进无盖的粪坑，好不容易爬出来，带着一身粪水钻回旅游大巴，上车时连女导游都吓得躲到了一边。

　　那时正值邓丽君演唱生涯的巅峰期，每当夜幕降临，我们就守着一台小小的收音机，陶醉于她的《小城故事》。▲

"我们走!"

黑鸟①当年在漓江边学英语,那时的学习环境跟现在可不能同日而语。

那时他只要在滨江路上跟老外搭上话,如果两个人都停在那里不走的话,不出三分钟,就会被周围老百姓里三层、外三层围个水泄不通,以至外圈继续围上来的不了解情况的人,还以为里面是抓贼抓了个现行。

像他这样狂热的英语爱好者,当时在桂林有一伙人。他们对那些敢于在 80 年代初期,选择桂林这个窗口对中国进行探头探脑的第一批老外,采取了孜孜不倦的围追堵截战术。可怜这批勇于到刚刚改革开放的中国"吃螃蟹"的老外,要么背着背包走上一整天,面对的全然是警惕而隔膜的眼睛,好不容易遇上个把会对自己说"Hello"的中国人,感觉就像见到了亲人,连眼泪都要流出来;要么刚出酒店没走几步,就被学外语的年轻人逮个正着,随即陷入人民群众的汪洋大海,仍然逃不脱四处闪烁的警惕的眼睛。

由于老外客源毕竟有限,这伙英语爱好者之间,也存在着微妙

---

① 黑鸟,本文作者对其先生的昵称。

的竞争关系,比如其中一位,也不跟大伙扎堆,常常独来独往,每逢众人刚跟老外搭上,正要热火朝天展开会话,他便从斜刺里杀出,冲老外神神叨叨甩出一句"Let's go!（我们走）"说来也怪,老外居然就乖乖跟着走。一而再,再而三。

时间一长,只要他一出现,大伙就说:"瞧,那个 Let's go 又来了。"因为他除了会说"Let's go",多一句也没让人听到过。有人好奇,悄悄跟过去,看他有什么独门妙招搞定老外,结果发现,此君的 broken English(结巴英语)马上露出破绽,多半是老外很快觉得无趣,忙不迭走人。

还有比 Mr. Let's go 更绝的。有位仁兄是个车工,也在苦学英文。可是他只会照着念字母,不知道由字母拼成的词怎么念,更不知道由一些词组成的一句话该怎么说。于是,每当老外出现,这位勇气可嘉的仁兄就会昂然走上前去,坚定无比而又准确无误地一口气念出:"I, a, m, a, m, e, c, h, a, n, i, c。"(即"I am a mechanic",也就是"我是个车工"。)老外立马晕菜。●

兄　长

我向来觉得自己是年轻的,以往与人交往,身边的人总是以长者居多。可不知从什么时候开始,我忽然发现周围成了年轻人的天下,我自己也开始被叫作老师,于是我明白我开始老了,叫老师不是因为师,是因为老。虽然心是年轻的,但年纪在往上走。人在成长的过程中,对长者或强者常常会有依恋,就像藤蔓需要依靠大树才能见到顶端的阳光,聪明的小男孩,会从大男孩的品质中,找到自己的需要。记得自己年幼时,喜欢跟兄长型的男人在一起,当然这里指的兄长型,是指那些能理解年轻人的兄长。我遇到过好几个这样的兄长,他们有学识、不嫉妒,严于律己、宽以待人,是我人生的楷模,常让我心生怀念。一个人光是老,是不足以被称为师的,那些被称为师的也不仅仅是因为学问,更重要的是因为品质。

说起来,其实都是一些很小的事,比如童年时在家玩,一次一个高中男生来找邻居家的同学,邻居同学不在家,他走到我面前说,听说你的脑子蛮管用的,考考你。说着拿出一只橄榄问我,如果在一面斜坡上支两根棍子,把橄榄放在上面,橄榄会朝哪个方向滚动?我不记得我是怎么回答的了,反正他听后哈哈大笑。他还用小红绳变魔术给我看,看得我目瞪口呆。他姓陈,是很聪颖的,可惜遇到的是一个黯淡的时代,后来辍学下乡了,恢复高考后也没能上大学。在以后的日子里,我好几次在街上看见他,虽然穿戴依然整齐,但表情是漠然的,不再认得我,或者不想认得我。在那个愚昧的时代,他给了我智慧的启蒙,不知道这么多年过去,他过得可好?

还有一个兄长,因为拒绝去乡下务农,把户口本上自己那一页撕了,从此变成了一个城市游民。在那些动荡的岁月里,他经常来找我,虽然我们年龄相差十几岁,但他乐意与我交流对社会的思考。如今想来他来找我,也是因为无处可去,城市虽然大,却没有他的家。很多时候他只是默默抽烟默默坐着,一句话不说,一坐就是一下午,一直看着窗外的云。即使有时候一句话不说,也能让我感受到对方的分量。沉默是需要勇气的,在如今的时代,琐碎的唠叨,苍白的倾诉,要比沉默更常见。后来他去其他城市谋生了,再后来我忽然听说他死了,死于肺癌,死的时候很孤单,身边没有至亲和友人。听到这个消息的那天夜晚,我的眼睛湿润了,我可以想见他这些年独自闯荡的艰辛,我甚至想如果我在他的身边,他会不会多少感受到一点安慰?这只是事后的想象,没有验证的可能。我从他身上学到的,是男人的坚韧。

还有一位影响过我的兄长,也死了。长篇小说《少不更事》里的苏晓,就是以他为原型描写的。他当年是一个风度翩翩的青年,口才也很好,多少女孩子为他倾倒,倾倒的同时又忐忑,内心的情感被充分调动起来,说爱恨交加一点也不为过,这就叫意乱情迷。他最喜欢跟我探讨如何赢得女孩的芳心,说如果你看见一个女孩的眼里,忽然闪过一丝彷徨,这说明她爱上你了。我倒是从来没在哪个女孩眼里,见证过他说的那种彷徨,但是他说那句话的表情,至今在我眼前游荡，有点狡黠又充满神往。我最后一次碰见他是在一个雨夜，当时马路上空无一人，我独自在雨中行走，这时一个穿雨衣的高个子男人，匆匆从后面赶过我，喊了一声："沈东子"，也没回头就上了公交车。我听出来是他。他死于一种奇怪的病症，我不知道那种病症是不是跟浪漫有关，但他传达给我的，确实是男人的浪漫。

我曾经发誓等自己老了，绝不做年轻人的敌人，甚至放言四十岁以上的男人没什么交往价值，因为太老了，太老土了。我这样想的时候，是在八十年代中期，在那个年代这个观点有一定的正确性，因为1949年前后出生的人，尤其在五十或六十年代度过青春期的人，脑子几乎是没有皱折的。如今很残酷，我也到这个年龄段了，怎样才能颠覆这个观点呢，得从自己做起。我总觉得，隔代是否能沟通，取决于年长者。我们每个人都有过年轻的时候，年轻意味着什么？意味着反叛与创造。我们年轻时也曾经反叛过，反叛的力度也是很强韧的，如初生的牛犊，可以直接把老牛顶死。生活在一无所有的年代，叛逆是唯一的财富，金斯堡①的嚎叫，甲壳虫②的歌声，都曾温暖过我们的心，所以面对新一代年轻人，我很乐意做一个宽容的兄长，宽容对待反叛的一代，就如同当年的兄长宽容对待反叛的我。依我的人生经验，在反叛的表层下，往往蕴藏着惊雷。▲

---

① 金斯堡（1926—1997），美国垮掉派诗人，有代表作诗歌《嚎叫》、《卡第绪》等传世。
② 甲壳虫，也叫披头士，英国歌手约翰·列侬等四人组建的乐队，20世纪中叶风靡全球。

木土土木木

我一般两周去一次辛巴在西街上的酒吧,有些心绪就像头发,长乱了就得理一理。今天刚进门,辛巴就迎上来说:"好长时间不来了啵。"辛巴说国语带桂林口音,却从不挟带英语单词。尽管桂林话和英语,辛巴都说得很溜。

在阳朔,如果你看到背在大人背上还不会说话的小孩,见到老外会条件反射,打很响亮的飞吻,你就不会感到奇怪:为什么这儿有一帮年轻人,英语操练得跟母语一样。是的,他们一边说很浓的乡音,一边不知怎么就学会了地道的美式英语和做派,中间过程绝对省略,形成的巨大落差显得既无奈又迷人。

我承认,辛巴有点依恋我,我们比较谈得来。这位二十来岁的小老板气质里有一种帅而不酷的东西,在同龄人纷纷比"酷"的时候,他安静下来,沉淀出一缕透着阅历的绅士气,这是经营酒吧的天赋。辛巴今年最大的愿望是要去北京密云水库蹦一次极,"因为那是全国最高的蹦极点",他解释说。从小在伏波山鹰嘴岩上往漓江里跳水长大的他,对高度有一种痴迷。"但是现在走不开,要等到十月份生意淡一些才行。"他对他的生意和客人都十分尽心,但是偶尔也有挠头的时候,比如当酒吧里蜂拥着来了一些不知深浅的吃公款者,不是嫌菜上得慢,就是嫌菜少,还嫌没发票。遇到这种情况,辛巴会真诚地内疚,会气喘吁吁地跑去街那端的玛丽的饭店去讨一张发票来。

我和这间中文名字叫做"木土土木木"的酒吧渊源不浅。西街上的酒吧都有很醒目的英文名字和相应的中文译名,只有"木土土木木"和它自己的英文名"M.C. Blues"根本不搭界似的,却独得一分东西合璧的妙趣。我第一眼看见这块招牌就毫不犹豫地对黑鸟说:"这一定是黎桂林的店。"

黎桂林是我七年前认识的一位朋友,我已经有很长时间不见他了。"木土土木木",乍看像个日本名字,其实不就是"桂林"二字拆成的吗?这几年,我和黑鸟常玩拆字游戏,比如我们养的一对小狗,一只叫春虫虫,另一只叫马叉虫。

说完我就径自走进"木土土木木"。就在那一天,我认识了辛巴。当时他刚给这边留"板寸"的英国老头上了一只红泥小炭炉,那边抱吉他的瑞典女人就招呼他去换CD。辛巴是英文名字。黎桂林也有英文名,但我认识他的地方不是在酒吧。我认识黎桂林的时候,他和丽君是很般配的一对。那时的桂林留成龙头,还会武功,壮得像这儿的山。

"他的英文可好了!"丽君常常不忘向朋友们补充介绍这一句,又羡慕又骄傲的样子。

丽君瘦而纤巧,笑起来贝齿粲然。在这个城市你会不止一次碰上叫丽君的女孩,甚至有一条马路干脆就叫"丽君路",你一恍惚,就会觉得连邓丽君也到过这个地方……可是这个丽君一直不肯承认她和黎桂林的关系,她说:"有好多女孩子喜欢他的!他还有鬼佬女朋友。"

我和辛巴说的第一句话就是："这儿的老板是不是叫黎桂林？"

他一怔："是……他已经走了。"

"听说他出去了？"

"他现在在堪培拉。"

果然如此。

见我沉吟不语，辛巴自顾自地说道："他走的时候，把店交给了我哥，我哥后来去比利时安家，又把店交给了我。"

我忍不住笑起来，"那你呢，准备把家安在哪个国家？"

辛巴腼腆地一笑："我原来有个英国女朋友的，后来吹了。以后……不好说，我还是舍不得我的店。知道么？黎桂林两年前就和他的悉尼太太离婚了。"

"哦……"世事多变，快得人来不及评说，我只是问自己，"不知道丽君后来怎么样了。"

"你还认识丽君呀？"辛巴大喜，"她还在，一直在，现在在西街那头开'月牙饭店'，她下个月就要去荷兰了。"

"怎么，又是嫁出去？"

"不，不，那边是有人在追她，下决心以前，她想先去踩踩点。"

辛巴想马上打电话把丽君（也就是现在的玛丽）叫过来，我拒绝了。我决定自己去看丽君，不，去看玛丽。辛巴追出来，把一张写满电话号码的白纸交到我手上。

走在西街暮色中的石板路上，鞋跟轻轻扣打着路面，我有一种奇怪的冲动，想把那张写满阿拉伯号码的纸条卷成一支纸烟来抽，当然要足够修长，可以使青烟更袅袅的那种，这样才能和暮色相配，和蝴蝶的翅膀，和所有被各种颤动的欲望、心痛和想念穿越的日子相配。●

Mao's 和 Mouse

阳朔西街最早入选全球畅销书《孤独行星》(Lonely Planet)的酒吧有好几家,其中 Hard Seat、Minnie Mao's 和 M. C. Blues 三家的创业者,与我都相熟,都是取了英文名的中国小伙。Hard Seat 开业于 1990 年,最早不叫 Hard Seat,叫 Hard Rock,也就是"硬石",美国流行音乐的一个派别,又叫"硬式摇滚"。像这样将别人的名字拿来就用,可见当时本地青年对开放伊始所接触到的西方文明的生吞活咽,自然也就谈不上什么严密的知识产权保护理念。果然不久,此名受到质疑,美国驻中国贸易代表亲临阳朔,要求将"Hard Rock"一名当即抹去。

名字不能这么叫了,怎么办?店主麦克想出一个主意,请街上老外免单喝啤酒,让他们每人多想几个名字。最后用删除法投票,黑板上赫赫然只剩下一个"Hard Seat",也就是"硬座"之意。可见火车硬座这个词,对老外的刺激之深——当年内外有别,不管什么票,外宾价比内宾价至少翻三倍,老外算来算去,这硬座还算小刀割不是大刀宰,也就多半首选买了硬座票。谁知中国的硬座火车可以一坐几十个小时,而且一路挤的那个劲儿,让人吃不了,喝不了,想上厕所都动不了,真正活受罪,哪是他们尝过的滋味。于是对硬座感情复杂,爱恨交加。所以"Hard Seat"一旦横空出世,简直神来之笔,全体鼓掌一致通过。

Minnie Mao's 的前身叫 Mickey Mao's,话说店主欧文 1991 年新盘一店名叫"1219",这 1219 之所以这么叫,也没什么特别的讲究,前主人生日就是 12 月 19 号。欧文心想你当你是毛主席呢,下决心要改名。方法同上,因为西街面向的游客最早都是老外,小老板们自觉服务外宾的意识特别强,这便是西街后来自成一脉之酒吧文化的源头动因。有个澳大利亚人帮取了"Mickey"也就是迪斯尼的米老鼠的名字,一个美国人不同意,说他侵权。欧文马上采纳了美国人的意见,可见他比一年前开 Hard Rock 的麦克,已初具版权意识。但澳大利亚人的建议他也没忽略,米奇老鼠毕竟是西方的大明星呵。精通英语的欧文最后在"Mickey"后面多加了一个"Mao's"(毛氏),把西方人熟悉的中国政治明星和他们自己的明星并列放在一起,而且"Mao's"和"Mouse"正好谐音,巧妙至极。此名效果出奇的好,用这个名字做成的文化衫上,米老鼠米奇戴着一顶八角帽,背景是颗红五星。众人争购此衫,比酒吧本身还叫座。至于后来欧文和合伙人闹翻,净身出门另立门户叫"Minnie Mao's",米奇变米奇的女朋友明妮,那是后话。

M. C. Blues 是上面那位麦克和他的朋友查理合开的,M 和 C 各取了他们英文名字的首字母。Blues,是他们从洋人嘴里经常听到的一种音乐,这俩阳朔小伙朦胧而本能地觉得,取这样一个名字,就是一种风尚和时髦。因此,老外眼中的西街西口有了这样一间奇怪的酒吧,身为山野小子的主人竟然知道欧美蓝调爵士乐,可是进店坐定一问,一盒爵士乐也没有。有位英国人回去将这一情况写在他们的杂志上,于是记不清是哪天,麦克和查理开始收到国外寄来的各式蓝调卡带(那时还没有 CD),M.C.Blues 终于因为音乐最新、最全,跻身西街酒吧之最。●

土花轿，洋新娘

我跟眼前这男人有一种奇怪的缘分。我们有十五年的交情，却只见过三次面。我们初次见面就一同去往他的家乡，那里有我即将奔赴的人生第一份工作。我们再度见面是在两个月前，他从澳大利亚回老家阳朔在桂林经停，而我写的第一本书刚刚出版三天，偏偏我的书，写的就是阳朔。现在是第三次见面，我来到阳朔北边四十里地的冰山岭小村，参加他和他的金发新娘奈特丽的婚礼。他叫黎桂林。

黎桂林算得上是我认识的第一个桂林小伙。当时在从北京开往桂林的火车上，我们其实是四个人，他有一位女伴，我有男伴相随。十五年后我们再次面对，仍然是四个人，但身边都已经不是原来那位。呵呵，命运的故事说来话长，需要另著笔墨，今天不说这些，今天是来看洋新娘上土花轿的。

洋新娘加土花轿，等于阳朔风尚。不过，这风尚行了多年，有点盛极而衰的意思。最盛的时候，吉姆，我阳朔的另一位朋友，说他非洋妞不娶，也果然身体力行。现在，吉姆和他的新西兰太太生的女儿都快五岁了，两人感情却由浓转淡，太太广州、上海地跑去当外教，剩下吉姆一人，带个半洋不中的孩子。孩子身体不太好，执拗地喜欢查看每一个大人的包。吉姆给孩子一勺又一勺喂饭，像个陪着小心的男保姆，然后幽幽地说："十年以后的事？不去想了，都不知道这孩子那时在哪里。"仿佛孩子跟他的关系，是可以随时摔碎的玻璃瓶。

奈特丽是初嫁，黎桂林却是再娶，第一位太太也是洋妞，悉尼人。当年那场婚礼曾经轰动桂林，令新郎成为阳朔农家小伙迎娶洋媳妇的始作俑者，随后他跟新娘一道，把家安到了澳洲。可是他很快就离婚了，一个人在那边飘了好多年。阳朔娶洋妞的男人多半都曲折，分分合合是常事。倒是嫁老外的几个村姑，嫁了也就嫁了，多年以后回来，带着"中外合资"的儿女，脸上很是满足。反正嫁谁都是嫁，中国传统崇尚嫁鸡随鸡，嫁狗随狗，那么随老公也好，随老公的强势文化也罢，并不矛盾。

奈特丽父亲是希腊人，母亲是意大利人，祖上有俄罗斯血统，名字用俄语发音就是娜塔丽。一个有着多重文化背景的女孩，全身心投入一次地道的中国乡村婚礼，穿中国旗袍，坐村里有一百年历史的老花轿，听村民吹唢呐、放鞭炮。花轿旁边，有四个洋人"家长"在跟着跑，亲爸亲妈来了自不用说，继母来了，老妈的男朋友也跟来了。秋日的中国南方还有些燥热，新娘跟新郎一起在灶前用力搅村里提前两天准备的大锅菜，却不敢用力擦汗，怕坏了脸上的妆。

婚礼很热闹，对新郎来说更像一个反复演练的仪式，连媒体都是提前请好了的。四处寒暄张罗的新郎偶尔也面露倦色，跟十五年前那个练武术的精壮小伙相比，已经有些沧桑了。●

把施瓦辛格嫁出去

找黑鸟么？他不在。他今天做媒去了。

笑什么，我们黑鸟今天真的做媒去了，走的时候有点月黑风高，袖剑夜行的架势。我好像听见了他牙齿咯咯打架的声音。

我怀疑直到今天，黑鸟这个著名的"取消主义者"，这个对人间烟火不冷不热，对俗世男女不闻不问，甚至差点就能让我不婚不嫁的家伙，仍然没有分清"嫁"和"娶"的区别。我想他去到茶庄坐定以后，会这样语惊四座地阐明来意："今天，我想把施瓦辛格'嫁'出去……"而这位施瓦辛格，先是认识黑鸟，后来就成了我们夫妇共同的一位男性朋友，因为人长得比较武壮，恰好又姓施，故而在朋友圈里得此大名。

就像黑鸟分不清"嫁"和"娶"，施瓦辛格分不清的是"种"（念"肿"音）和"种"（念"重"音），因此他心一横，无论"肿"、"重"，一律都念"肿"。于是我们就常常听得到施瓦辛格这样说："我肿了一大盆花"，"我肿的花水浇多了，根肿（这回是真的肿）了"。

我们听施瓦辛格"肿"来"肿"去地说话，却一点也不着急的样子，就免不了替他干着急起来，以为就像发痧子，让他一次发个够，说个够，等到说够了，也就改了吧。所以就由我给施瓦辛格布置了一道口语练习题。

我让施瓦辛格翻来覆去念的是小时候听过的一串儿歌：

大红旗,山坡插。

红小兵,种(重)葵花。

种(重)下种(肿)子发了芽。

种种(肿肿)心意都种(重)下。

做小孩那会儿多好的记忆力,听过就记住了。反正记什么都是记,如果不是这会儿派上了用场,也别轻易取笑古代儿童记的三纲五常都是垃圾。

结果可想而知。一连几天,我们被施瓦辛格"肿"啊"肿"的,把经念得头都大了。不等他分清"肿"和"重",我们自己先犯了"司马缸砸光"的糊涂,恨不得跟着他去念"肿肿心意都肿下"。

施瓦辛格会画画。那次南方一家报纸约我和黑鸟各写一篇桂林印象,发在同一个版面上,就是施瓦辛格配的画。施瓦辛格不光画了黑鸟和我,还画了我们养的两只狗,春虫虫和马叉虫。其实那俩宠物长什么样我也没见过,都是我文章里杜撰出来的。可是既然施瓦辛格画出来了,我也就知道它们长什么样了。因为他画得实在是好。

不瞒你说,黑鸟想把施瓦辛格快快地"嫁"出去,完全是因为Coco的一句话。Coco说,那天他们聚会,来了一个叫施瓦辛格的人,施瓦辛格说他认识我们夫妇,并且他很喜欢我。Coco说这话的时候,我也在场。我一听就乐了。

其实,触动黑鸟的这句话与其说是Coco说的,还不如说是施瓦辛格说的。可又不完全是施瓦辛格说的,是 Coco 转述的施瓦辛格的话。而 Coco 之所以这样说,无非是要表明,她对施瓦辛格、对黑鸟以及对我,都有好感。一个人要对周围所有人都有好感,为什么不可以呢?况且那天阳光和煦,春草馥郁。也许人在芬芳明亮的空气里,特别适合对别人表达善意吧。所以那天我一乐也开了口,我说:"施瓦辛格谁都喜欢,他喜欢他(指黑鸟)比喜欢我还厉害,可能喜欢你(指 Coco)又比喜欢他还厉害呢。"

我说这话是有根据的。有段时间我和黑鸟喜欢上街溜达,奇怪的是无论走到文昌桥,还是十字街,常常都有个家伙不知从哪里就冒了出来。这家伙正是施瓦辛格,那时已是黑鸟的朋友,可我还不认识他。他一上来就不停地跟黑鸟说话,一说能说老半天。这家伙的身份、背景困惑了我很长时间,我甚至这样问过黑鸟:"你没干坏事吧,要不便衣老跟着?""你确定吗,感兴趣的是我而不是'基友'?"

无论如何,听说黑鸟要把单身贵族施瓦辛格"嫁"出去,我心里也特别高兴。黑鸟出门之前,我告诉他,人为什么热衷于给别人做媒,据古代宫廷传物考证,是有原因的,而且其中大有奥妙。"你要好好记住,"我说,"做媒成功一次,人会增寿七年。"

"知道了知道了,不是说'胜造七级浮屠'吗?"

"什么呀!那是救人,不是做媒。"

一时半会儿,黑鸟也弄不清"增寿"和"造浮屠"孰优孰劣,也许在他看来,做媒跟救人也差不多吧。不过一想到自己给施瓦辛格做媒的决心,以及为此而将要变得年轻七岁,他竟然几乎偷笑起来:"这下我们俩年龄的差距就可以扯平了。"

"别高兴太早,以后日子还长着呢。你会做月老,我就不会当红娘?"我嘴上这么说,心里并不以为然。

"难怪,女的都比男的寿命长。"他可真明白。

"你打算把谁介绍给施瓦辛格呢?"我终于问道。

"铃兰。"铃兰是我们俩又一个共同的朋友。

这次轮到我偷笑。铃兰,那个爱练瑜珈的美眉,也自有她的一绝呀,当然只有我才知道:她分不清衣服的量词"件"与"条",于是健身房更衣室里老听得见她细声细气地说:"谁帮我递递那'条'毛衣!"●

七　夕

七夕,现在又叫"中国的情人节",但是从来没听说过,西方人把他们的情人节,叫成"咱国的七夕"。可见在中国人心目中,"情人节"比"七夕"更有标识性,可以用来释义。

且不说情人节的节日文化现在比七夕更喧嚣,更高调,在中国,爱情从来都是含蓄的,文化中给它预留的位置不多,七夕算一个,但是很少见,让一对青年男女的相会变成节日。而且哪怕就是牛郎织女相会,也不能独享情人专场——还有很多聒噪的喜鹊来陪,就像现实中成群结队的媒婆。

我刚毕业参加工作时,桂林的单位里有个热情洋溢的大姐,一直惦摸着,想把我嫁出去。其实我那时一点都不老,二十二三,远未进入"大龄女青年"行列。但是大姐着急呵,单位每来新人她都自认为归她带似的,她带她就有责任,而属于我的"新鲜人"时期也就三两年,她要在这三两年内帮我解决问题,还不是一般的问题,是终身大事。

我那时人虽不老,有点心灰意冷是真的。北大四年,别人的爱情我看了不少,没吃过猪肉光看看猪跑,我好像已经被生生腻倒。上周男生帮女生抢着打打开水,这周女生就被男生搂着在自习室的后排偷偷亲嘴。这有意思吗？别看我人瘦小，宿舍里的开水一次可以拎四瓶，不光拎自己的，别人的也捎带上。而且我吃饭就吃饭，不要别人喂。就这样，我既不小鸟依人，也不弱柳扶风，一点怜香惜玉的机会也不给，把那些个小男生献殷勤、秀浪漫的条条道路都给堵得死死的。也有不浪漫的男生前来敲过门，"出国派"说"咱一起考托吧"，"农村娃"说"咱一起学做城里人吧"，我都无动于衷。出国？目标太实在，任务多于爱；至于后者，呵呵，我觉得他聪明到有点狡黠，要追我也不至于把我先拽到跟他同一条起跑线上吧。

来到无亲无故的广西，是我人生中无政府主义大获全胜的一次事件。

儿时在云南个旧，听老阳山脚炼锡的大烟囱下那些"农转非"（在我们那儿就是进城当工人的意思）人家的小屁孩念过一首童谣："你妈那个＊，多来米来米。买根收音机，克到广西，买根摩托，克到外国……"当地方言，"根"就是"个"，"克"就是"去"。那是我对广西最早的印象。不明白收音机跟广西到底有什么关系，为什么买了收音机，就可以去到广西，是边听收音机边去广西，说明路途遥远呢，还是听收音机会听出幻觉，就像今天嗑白粉的人一样，明明在家里，却以为自己已经去了广西？小孩子的歌谣，也许只为押韵，不能深究含义，一深究便有点莫名其妙。但广西好像是一个很遥远、很江湖的地方吧。至于歌谣最后一句，买个摩托，就可以去到外国，那外国也不会是什么远洋国家，只能是跟广西接壤的越南了。

后来中学时，有过一次很奇怪的经历，一本正经的教导主任兼政治老师有次请同学们看节目，地点在学校小院。整个年级的同学席地而坐，看一条据说是从广西来的汉子耍蛇，把些个眼镜蛇、金环蛇、银环蛇、响尾蛇、青竹飙等等从一只普通旧麻袋里一一提溜出来,一时间,汉子身边那青石板地面上,一派群蛇乱舞。而汉子会吹一种尖利的口哨,最奇怪的是,哨音一响,蛇们还会听,乖乖的,并不敢越雷池一步,有的还能够随节奏翩翩起舞。最高潮处,汉子用棍子从蛇阵里挑起一根传说中的五步蛇,也就是被它咬后五步之内必然毙命那款,然后他张开自己的嘴,让它叮了自己舌头一下。

后面情节就流于平淡了,他当然是用自己的药,治好了似乎苦不堪言的舌伤。上世纪80年代中期,最早的推销走穴个案,在我单调、刻板的母校生活里独放异彩。想来那汉子也怪不容易,云南再是什么动植物王国,再怎么遍地龙蛇,城里的中学生买什么蛇药啊!无非赔本赚吃喝而已,也算是对一群半大孩子的免费自然知识普及。但是毫无疑问,耍蛇汉子加重了我想象中广西的江湖气,觉得那里一片蛮荒。汉子的肤色和脸上的毛孔也让我觉得那儿的人头顶心都会冒汗,当时以为所谓瘴疠之气也无非如此吧,想必那里应该是热气蒸腾,毒虫遍野,草木疯长到连美女蛇都留一头长而黑的头发。

毕业时,边疆生源不能留京,不能忍受回云南要么做厂办秘书,要么到越南做间谍的命运(因为云南碰巧也跟越南接壤),不忍看做局长的正统老爸面对女儿分配无比为难的样子,那么,广西就广西吧,何况还是桂林,何况还山水甲天下,何况还是文艺出版社,有很多据说很有意思的书看,山水看得完,书总是看不完的。于是就来了,青春成了一件无处安放的东西,很惹眼,也很麻烦。

没想到我无处安放的青春一来就迎头撞上桂林大姐无处安放的荷尔蒙。她说什么也要给我介绍对象,说一次不成,两次,两次不成……N次,说到我抓狂,敷衍她答应去见一次某记者以图终止这没完没了的纠缠。明着说不成,她就暗着来,以陪她看病为由,去见她事先约好的某医生,人家在暗处,我在明处。反正那段时间,她关心我嫁与不嫁的程度,不光超过我,甚至超过我爹妈——我要是定力不够都会怀疑:难道自己是她失散在云南的亲娃?虚拟一下,如果我真按她的安排顺利嫁了,我会送她一对条幅:"黑米出嫁,与有荣焉"。

有意料之外的后遗症。后来,我自然是有了自由恋爱的男友。有一回陪男友去医院看病,出诊的居然就是大姐牵过红线的某医生!当时两下里一照面,我好像有一种"人赃俱获"、被人坐实的感觉。因为那种情况下,医生是强势,病人是弱势呵,我男友无论病在哪个部位,医生都很值得在心里庆幸上一小回,如果是胃就想:她煮的饭太硬了吧?如果是心脏更简单:这回心跳玩过界了?是肺:小姐太难缠,肺都气炸了?是肝:气得肝疼?总之人体浑身都是零部件,无论如何都有损耗,好在男友病的是牙,总不至于想象是爱到入骨啃出来的吧?

别以为我在大姐心目中有多重要,重要到成了人家生活中为之奋斗的目标,非也!三四年后单位再来美女新人,我这"古灵精怪"外加"不听话"的家伙立刻被抛弃,大姐有了新欢,我就变作透明人,走到她面前她也看不见那种。我那个庆幸呵,简直倒吸一口冷气:好在我没被她成功安排,否则的话,她喜新厌旧而去,而我扛着被她安排的那位,会不会因为被釜底抽薪而冷汗如雨?而且貌似还得扛一辈子。换个立场,那个他又何尝不是如我一样的感受呢?

所以从此知道,原来世态炎凉也会有着热情的旗号和面目,此其一；其二就是，己所不欲，勿施于人，这辈子我坚决不做媒，哪怕以后，多年媳妇熬成婆，熬成什么贼婆娘都行，就不能是"媒婆"的"婆"。铭此为记。●

马路上的绳子

看着如今马路上比蝗虫还多的汽车,我想起有个阿拉伯古代先知说过,地面上爬满铁甲虫时,人类离灭亡也不远了。他所谓的铁甲虫,应该就是现代社会的汽车吧。汽车的好处不用多说,方便快捷;坏处呢,也不用多说,噪音污染,烟尘污染,还塞车,耗油,遇上李刚的儿子还撞死人逃逸等等。可是只要速度快,人类哪怕就为了这一个好处,也绝不会放弃汽车的,不但不会放弃还要研制速度更快的东东,哪怕为此撞死更多的人。

我小时候看见的汽车都是拉货的卡车,拉河沙、煤灰、木材、竹器,偶尔也有拉人的,五六辆车浩浩荡荡从市中心开过——那时有五六辆车连续行进是很壮观的,上面站着一些持枪的民兵,民兵押解着几个面色死白的成年人,胸口挂着打红叉的牌子,我们睁着小眼睛看他们,而他们低垂着脑袋,已经无力看我们。那时很少见到小轿车,小轿车是尼克松来过以后才出现的,而且是清一色的黑色红旗牌,全都挂着窗帘。美国人住在榕湖饭店,记得有一次戴眼镜的基辛格和一帮美国记者走到阳桥百货商店,引来大群人围观,洋人走到哪,哪里的人就如潮水般退开,走过后又如潮水般跟进。我也是那潮水中的一小滴。

我家住在漓江边的一间旧纱厂的院子里,60年代中期沿漓江铺了一条柏油马路叫滨江路,那条路通向滨江幼儿园,四岁那年我从幼儿园逃回家一次,躲在家对面的灌木丛里,很警觉,果然看见女老师追踪而来,问邻居,邻居摇头。这是我人生中第一次成功逃避追捕。马路修好后可方便了——不是方便汽车行走,而是方便我们睡觉。夏日的夜晚,我们在马路上铺开竹席,听大人讲鬼故事,有时会有彗星掠过,大人总是警告大家千万别看,我们这里把彗星叫扫帚星,说是看了会倒霉的。警告归警告,哪挡得住我的好奇心呢,我总是忍不住多看几眼,看那美丽的尾巴在夜幕中滑过。也不知道我成年后吃那么多苦头,是不是因为小时候看了太多扫帚星。

可能有朋友会问,在马路上睡觉就不怕被汽车压着?不怕,一点都不怕。柏油马路是修起来了,但城里没几辆汽车,好不容易看见一辆从文昌门方向开过来,速度慢得很,你在马路上跑几个来回都没事。到了晚上就没车了,所有的车都是公家的,谁会晚上开车呢,没饭局,没夜总会,没天上人间,没电动车,没摩托——军用摩托是有的,但都送给越南人打美国鬼子用了,打的正是那个戴眼镜的基辛格,所以我们可以放心躺在马路上扇蚊子,蚊子真多呀,多到可以把路灯嗡嗡罩住,不过那种蚊子只是看上去热闹,不叮人的。

不但汽车少,连单车也不多,那年头有单车的人家算富人了,如果有的是凤凰或永久,那要把邻居姑娘羡慕死,嫁给你的心都有。我跟邻居孩子到了夜晚就兴奋,老想做点惊天动地的事,想来想去还是打起马路的主意,找来一根绳子横穿马路,把两端系在两边的树根上,一次晚上黑乎乎的,见有辆单车骑过来,发个暗号就把绳子绷紧,结果把那车绊倒了,等那人站起来,我发现居然是我爸,吓得抄近路一溜烟跑回家,钻床底下躲起来。没过多久我爸推着烂车回来,刚进家门就对我妈说,也不知道哪个小王八蛋干的,害我摔了一跤,真想揍他一顿!▲

桂林叔叔

上世纪60年代中期,父亲从部队转业了,分配到桂林,新单位叫群众文化馆。这里好热闹,唱歌的,弹琴的,画画的,打球的,什么热闹有什么,最热闹的是灯光球场,里面有篮球比赛和歌咏比赛,街上的人要凭票才能进来观看,我不用票就可以到处跑,还可以坐第一排。这地方风景也不错,有桂花树,还有别的树,院子边靠近厕所的角落,有一棵老树,树窝窝里有一种蘑菇,做汤最好喝了,父亲经常举着我伸手进去掏,可是有一次居然掏出一只蛤蟆,太恶心了,我再也不去掏了,连蘑菇汤也不喝了,看见蘑菇我就会想到蛤蟆。

文化馆里的阿姨比叔叔多,那些阿姨不是唱歌就是跳舞,还涂脂抹粉,脸蛋好身材也好,蛮漂亮的,可是我更喜欢叔叔,觉得他们比她们聪明,跟他们在一起有意思,跟她们在一起,意思谈不上,只是有一点小小的快乐。她们的外形好看,看看还是很舒服的,可是如果交谈,就没什么意思了,无非是说你胖呀瘦呀高呀矮呀,没有触及灵魂的话题。父亲第一次带我去上班,在大门口遇到一个眼镜叔叔,还没等父亲开口,我就叫了一声叔叔好。

我是有心叫的,因为觉得那叔叔一定懂不少东西,我想跟他学,都戴眼镜了,想想看脑子里该藏着多少好东西?那些东西要不传给我,就太可惜了。我不是见叔叔就叫叔叔好的,说实话,我对成年人没好感,大概成年人对我这样的孩子,也没什么好感,喜欢捉弄我,既然是这样,那我们就互相捉弄吧,反正来到这世上,我对成年人就没抱过期望。

桂林叔叔尤其喜欢捉弄我,他们自以为好聪明,经常设一些套子让我钻,有次我碰到一个叔叔,问他叫什么名字,他说叫狗来问,旁边的人都笑了。我当时没反应过来,心想好怪哦,怎么有人姓狗呢,后来马上明白了,原来他不姓狗,他是变着招儿在骂我是狗呢,你们看桂林叔叔多可恶。我当时真想用一句本地粗话回敬他——这里的粗话跟这里的米粉一样有名,他们不说丢,说操,操字后面可以一口气接上五六个字,最后一个字是逼,逼你认错的逼,操的目的就是要逼你认错。可是考虑到我的身份,我忍住了,体面人家的孩子是不说粗话的,在心里骂骂可以。

我只是说哦,原来是狗叔叔啊,那你别挡我的路好吗,我要走了。旁边的人又笑了,纷纷夸我说得好,因为有句话叫好狗不挡路。对付这种鬼叔叔,就要用鬼办法。在这里我想提醒小朋友们,在鬼叔叔多的地方,一定要学会自我保护。怎么自我保护呢,比如遇上他们老来教训你,你明知大人说的没道理,也别跟大人计较,不吭声就是了,你越想跟大人说个明白,就越说不明白,大人在乎的不是道理,是面子,要想避免被大人死缠烂打,最好的办法是沉默,任他们说什么都假装没听见,懒得跟他们一般见识。他们真的没什么见识,有时连灵川小狗狗都能猜透他们的心思,可他们居然以为我不懂。

捉弄我的叔叔,我当然不喜欢,不过还有一种叔叔,我也不喜欢，什么都顺着我，我放个屁他都乐半天，这种叔叔也没意思，我都懂得3乘3等于9了，他还罗里罗嗦地跟我解释1加1为什么等于2，我要得到成年人的待遇。这种叔叔好碍事的，我想晒太阳，他们老挡住我的阳光，我想淋淋雨，他们赶紧撑起伞。至于桂林阿姨，更麻烦了，分明是自己想不清楚，讲不清楚，却老怪我们小朋友听不懂，还用手指来戳，戳我们的额头，有时还戳太阳穴，遇到这种人，我都尽量躲开，实在躲不开就敷衍一下，嘴上哦哦答应着，眼睛是冷的。都二三十岁的人了，想事情还不如我，老在那自言自语，为什么咧，为什么咧，他为什么不爱我咧，我为什么老想他咧，遇上这样的阿姨，你说我能不心烦吗？好像天底下只有一件事，就是她该不该爱他。还有呢，你说阿姨傻笑也就算了，她们本来就黏糊些，可有的叔叔笑不笑，完全是随阿姨的，跟阿姨的小奴才似的，阿姨笑，他们就笑，遇到这种叔叔，我都不好意思看他们。

　　还有一个叔叔，好奇怪的，平日见我理都懒得理，唯一一次理我是骂我小破孩——不是小破鞋，是小破孩，破烂的小孩子。这人对我好冷淡，可只要父亲出现，他马上就假装很喜欢我的样子，过来勾我的下巴，还夸我好聪明。我起先有点困惑，不明白他为什么要这样，不喜欢就不喜欢嘛——我也不在乎他喜不喜欢，无所谓，可他为什么要装喜欢呢？后来我明白了，看父亲一身军装，他害怕，想讨好父亲，我只是他用来讨好的一个工具，用过后也就不再搭理。

　　那么我喜欢哪类叔叔呢？隔壁有幢小洋楼，楼里有个叔叔，他的腿有点问题，走路一高一低的，喜欢坐在葡萄藤下玩扑克牌，他的手指好神奇哦，洗牌哗啦哗啦的，都还没看清楚，牌就洗好了，还会变纸牌魔术，无论你怎么换牌，他都能找出黑桃K。他还教我唱桂林儿歌,什么一(驿)门前,二江口,三里店,四(驷)洲湾,五里圩,六合路,七星岩,八角塘,九曲桥,十字街,都是本地的地名,我只知道七星岩和十字街在哪里,其余的都是第一次听说。我问为什么没有三多路和五美路呢,他说路名太多不好听,说着唱起了下一首,老弟老弟,我带你克(去)看戏,我坐板凳你坐地,我吃瓜子你吃屁。这明显是占我便宜的,我听懂了,但装出不懂的样子,这样他才会继续教我。

有次他拿了只鸡蛋问我,怎么样能让这只鸡蛋在石桌上立起来呢？我喜欢这种问题,可抓着鸡蛋在桌子上左放右放也立不起来。他拿过轻轻一磕,磕破了一头的蛋壳,立在石桌上了,说这叫不破不立。为什么这么简单的办法,我就没想到呢？我当时就愣住了,好钦佩他。过了一阵我鼓起勇气问他,叔叔为什么你……走路一高一低的呢？他说那是为了跳得更高。我知道他是开玩笑的,他不可能跳得更高,他跳得还没我高,可是这个回答镇住了我,让我明白了好多东西,那是些什么东西,一下也说不清楚,还得琢磨,而我喜欢琢磨。我好喜欢这样的叔叔,虽然他的腿有点问题。

我上前打招呼的这个眼镜叔叔,也挺不错的。他整天坐在一架钢琴前,一边弹奏一边唱歌,他的左手特别好玩,要么翻乐谱,要么捋头发,要么在空中挥来挥去,总不会闲着,实在没事干,就拿只苹果给我吃。眼镜叔叔负责组织歌咏比赛,站在前面打拍子,比如唱"工农兵,联合起来向前进,万众一心",唱到"兵"、"进"和"心"时,他的左手向上一扬,所有演员的脑袋也跟着一抬,那些阿姨和留长发叔叔额前的刘海,唱着唱着就甩起来了,又整齐又好看。遇上这种时刻,观众总是爆发出掌声。这里的观众没那么多规矩的,只要觉得好看就鼓掌,哪管你演完没演完啊,还格格笑。有的妈妈抱着小朋友,比我还小的小朋友,一边听唱歌一边喂奶,奶水随音乐灌进小嘴,这样的孩子长大,不成音乐家才怪呢。▲

麻雀与我

记忆中的童年,总跟麻雀有关。那时大人忙着开会,不大打理周边环境,树呀草呀都生长茂盛,麻雀自然也多,常常在房顶上站成一排,有的头朝东,有的头朝西,无比惬意地看着下面忙碌的人,有时还发出唧唧喳喳的叫声,大概是议论某些人的行为不聪明。

那些不聪明的人当中,有一个是我。当然那是麻雀的看法,我自以为自己还是很聪明的,比如趁大人围坐在一起开会,我和一个叫瑞琳的小姑娘,在大人屁股坐的凳子下爬行,无声交换相互爱慕的眼神。瑞琳的妈妈因不堪忍受印尼人的唾沫,60年代中期回到祖国,不想又遭遇同胞的唾沫,说她是"狗特务",只好再回印尼,留下瑞琳跟外婆过,于是每当大人开会,我们就在大人的屁股下约会。

这还不算最聪明的玩法,最聪明的玩法是抓小麻雀。为了抓到那些唧唧喳喳的小麻雀,我想出了好多妙计,现在写出来告诉大家。只是时代不同了,如今的小朋友,想用这些妙计对付如今的麻雀,恐怕不管用了。

妙计一:在地上挖个小坑,里面放几粒米,上面支一块玻璃,再拉一根细线。玻璃是透明的,小麻雀以为小坑没盖,会飞下来啄米吃,这时一拉线,玻璃落下来,就把麻雀捉住了。

妙计二:在地上撒些米,用细细的钓鱼线打好多活结,一头固定在地上,小麻雀一边啄米,一边跳,爪子跳进活结里也不知道,还继续跳,活结慢慢收紧,就被捉住了,只好眼巴巴见你走过来,怎么扑腾也飞不起来。

妙计三:先用酒把米泡了,然后撒地上,小麻雀一见白花花一片米,又没人看守,一下落下来一群,吃着吃着就醉了,一只只脚步晃悠,东歪西倒,跟喝了酒的武松似的,随后全醉倒在地,睡着了,就等你上去一只一只慢慢捡,好轻松!

也许有人说,啊?这么缺德,三种方法你都干过?

是的,三种方法我都干过,不过从来没抓到过一只小麻雀,哈哈。前面抓到小麻雀的场景,只是我的想象而已。想象只是想象,小麻雀是不会配合的。它们也会有它们的想象,大概在小麻雀的想象中,没准哪天会趁我走在路上,准确无误地朝我的脑门发射一泡屎,用现在的话说,叫精确打击,或者定点清除吧。在以后的日子里,我确实好几次遭遇过空中袭来的鸟屎,抬头看却什么也没有,也不知道是不是真的遭到了小麻雀的报复。

我们人总以为自己聪明,其实小麻雀才不傻呢,那些鸟眼早就看穿了我的诡计,根本不上当。麻雀的眼睛好锐利的,我有什么坏心思,它们清楚得很。当然那是四十年前的麻雀,如今的麻雀,眼睛是不是依然那么锐利,我就不知道了,因为如今的房顶上,根本就没麻雀了。▲

童年记忆

一、小姐姐

许多许多年前,这次真的是很久以前,远到连"文革"都还没发生,大约是60年代中期,那时我还不到四岁——确实还不到四岁,因为这件事情过后,有一天我挥着一面小红旗,一边在院子里走,一边喊:"我四岁了!我四岁了!"那时都好这一口,遇到什么事都要挥旗帜喊口号,我也染上了这种习气,一点屁大的事都要嚷嚷。还是说回来吧,这是一座医院职工的大院子,孩子们的爸爸妈妈要么是医生,要么是护士,于是小朋友玩游戏,也会跟医学沾点边。那天我们五六个小朋友,全都是小男孩,有三四岁的,有五六岁的,在一个小姐姐的指挥下,齐刷刷坐一排,小姐姐也就七八岁,但是在那个年龄段,大个一两岁,威望就大多了,我们都听她的。

她要我们一个个露出小鸡鸡,随后她呵呵双手,上前搓一下,搓完这个搓那个,说这叫体检,医院都这样。游戏结束大家一哄而散,也没当回事。可是总会有那么一两个小朋友,什么事都要告诉妈妈,妈妈知道了,没多久妈妈们全知道了,都很生气,不过也只是生气,毕竟只是小姐姐搓了小弟弟们,如果是小哥哥摸了小妹妹们,那可不得了。那件事情过后,小姐姐变了,变得沉默寡言,后来随全家搬走了。又过了十几年,一次我在街上看见她,她穿白色裙子,骑车风一般从我身边掠过,回头给了我一个笑容。

二、冰 棍

小时候过夏天,离不开大葵扇和凉席。那葵扇就是葵树的一片叶子,不但可以扇风,还能驱蚊虫,记得以新会产的最好。凉席也是好东西,找块清凉地儿一铺,就可以入睡。小孩子最喜欢的是冰棍,那时候没冰箱,也没空调,整天热乎乎的,吃根冰棍是莫大的享受。冰棍分几种,两分钱的叫果味冰棍,是最便宜的,其实也没什么果味,加了点色素,红黄绿都有,小贩吆喝"冰棍冰棍,两分钱一根",指的就是这种。

三分钱的是豆沙冰棍,绿豆沙一般占冰棍的四分之一,但因为是人工随手放的,也有占到三分之一或二分之一的,我吃过一根绿豆沙占四分之三,可以直接叫豆沙棍了。还有一种叫牛奶冰棍,最贵了,要五分钱,说是牛奶的,可不是我们想象的全是牛奶,只是加了一点牛奶或奶粉,稀稀薄薄的,跟洗奶锅的水差不多。想想也是,那时连牛都没几头,哪来奶,不过意思意思而已。后来国营商家不好意思了,改叫奶味冰棍,名字倒是挺贴切的,不过价钱没变,还是五分。

三、青　工

在"文革"期间度过童年,可看的书是很少的,可偏偏又认得字,于是经常到十字街、阳桥一带找字看,标语横幅大字报都看,不过那些内容骂骂咧咧的,没意思。最好看的是布告,不是如今的商品介绍,而是死刑判决书。每次处决犯人时,都会贴出判决布告,公布犯人姓名、年龄和犯罪事实,同时在姓名上打一个红叉。罪犯有各种各样,政治犯居多,比如搞暴乱呀,搞阶级报复呀,里通外国呀等等,是真是假也不知道,最引人眼球的是强奸犯。那时候描述流氓行径是不会用性侵、猥亵这种含蓄字眼的,用的都是很直接的动词,比如摸、捏等等,还有一个词叫抠弄,当时年纪小,字认得不少,毛没长几根,有很长一段时间不明白,为什么要抠弄?抠哪里,弄哪里,不明白。

还有一个词叫奸尸,也很费想象力。至今记得当时轰动全城的一桩案子,说一老师傅收一青工做徒弟,徒弟爱上师傅的女儿,师傅也有意以女相许。一次徒弟带师傅女儿上月牙山采药,在山上僻静处提出性要求,被女羞涩拒绝,结果一时兴起强逼女就范,缠斗中将女勒死随后奸尸。去过七星公园的人都知道月牙山,那地方林木葱郁风景独好,不想却发生这样的悲剧。小城人展开了想象的翅膀,把这件事渲染到极致,一时间谁也不敢再上月牙山了,而童年的我除了不明白抠弄,更不明白既然爱,为什么要勒死、要奸尸。

四、三个蛋

"文革"后期大局已定,在军方的支持下,誓死捍卫主席的甲派,战胜了誓死捍卫主席的乙派,社会总算安定下来了,我们又可以上课了。院子里搬来了一户新人家,家中有兄弟两个,弟弟跟我一样大,都读三年级,成了隔壁班同学。我要说的不是同学,是同学的哥哥。这小哥哥比我们大两三岁,自然也比我们懂事,想得也比我们多。我们就知道吃饭,小哥哥除了吃饭,还要想一些道理。

一天吃中饭时,他忽然来到院子里,一个人痛哭起来。我们闻声赶紧跑出去,问他怎么啦,他也不说,我们也不会安慰人,只好围着他跟着难过。那年头难过的事是经常发生的,我们都习惯了。没多久同学的妈妈出来了——对啦,同学的父母都是东北人,我们叫"南下干部"。她说这是咋整的啦,哭什么呀?小哥哥见妈妈来了,哭得更厉害了,一边哭一边说:"我们老师……说了,旧社会……贫下中农……的鸡,好不容易生下……一个蛋,十天半月都舍不得……吃,可我爸刚才……一口气就吃了三个蛋!"

五、孔老二

上小学时正遇上开展"批林批孔"运动,学校的墙壁上挂了好多漫画,都是讽刺孔子的,比如画孔子分不清稻子和麦子啦,见了南子夫人流口水啦等等。对了,那时不兴叫孔子,叫孔老二,因为他在家排行老二。我当时暗想,要是按这种叫法,我也应该叫沈老二的,只是我没什么名气,没人这样叫我。

"批孔"归"批孔",我也管不着,可是我喜欢看书,到处找书看——书店里倒是蛮多书的,光是马恩列斯毛就有好几排,可那些书没人看,都起灰尘了。我想看小说,比如《红岩》什么的,说实话《红岩》还是蛮好看的,尤其是小萝卜头的故事。一次我进新华书店,里面黑乎乎的没人,售货员不见了,我站在柜台前发了一会儿呆,就见一个邮递员进来,把一包书放柜台上转身就走。我当时就起了占有的念头,谁知道里面是不是一大包小说呢,何况我的浙江老乡孔乙己早就说过,窃书不能算偷!我抱住那包书一口气跑到文化宫僻静处,打开一看,是十本一模一样的《剥开孔老二的画皮》。

六、胖阿姨

我从小是吃食堂长大的。父母太忙了,尤其是"文革"后期,要么斗别人,要么挨别人斗,基本没时间做饭。我那时甚至觉得,人生来就要去食堂打饭,直到有一天,我发现有个同学天天在家吃,问他为什么不吃食堂,他说食堂的饭菜不够味。这时我才明白,原来并不是所有人都必须吃食堂的。我吃的是医院食堂,那食堂位置没变过,但窗口变来变去。不过无论怎么变,里面总有个打菜的胖阿姨,排在长长的队伍里,远远就能看见她忙来忙去。

食堂的菜通常是分开炒的,青菜归青菜,肉归肉。所谓肉,往往是一种类似肉酱的东西,别小看那勺肉酱,舀一勺浇在青菜上,吃着比什么都香,一天的力气也有了,那是我们每餐的精华所在。所以每次排队到窗口,我都眼巴巴的看着那只装肉酱的大盆子,巴望胖阿姨给我多舀点。勺子在她手里,舀多舀少全凭她兴致的大小。可要想人家多舀点,你总得有所表示呀,比如平日给她家小娃娃塞个梨。我们小孩子家家的,哪有这本事,自己都没梨吃,怎么塞?那我给她什么呢?笑。每次排到窗口前,我的脸上都堆满了给她的笑。▲

邻家打渔人

我小时候住在漓江边的一座大杂院里，院内有十来户人家，除了一户上岸的渔民，其他都是单位职工。渔民本来在漓江打渔，为什么会上岸呢？因为市区的河段变浅变窄了，没几条鱼可打，加上渔船也破了，不好住，于是政府给这户船上人家在岸上找了个住处，就在这院子里，靠外边的头一家，可以看见河。渔民家的男主人是个老渔夫，我一直以为他很老，其实只是长得老而已，也就四五十岁，想想整天在风雨里撒网，自然比一般人要黑些，也老些。他很沉默，喜欢蹲在一块石头上，望着河抽闷烟，粗砺的赤脚紧紧抓着石头。他以前可以蹲在竹排上，指挥鹭鸶抓捕深水里的游鱼，现在只能蹲在石头上抽烟，当然闷。

渔翁的儿子没念过什么书，但长得蛮帅的，留撮小胡子，属于港星郑中基那款。儿媳挺妖冶的，一双眼睛左顾右盼、艳光流溢。夏夜经常敞开衬衣在暮色中进出，白色的胸衣若隐若现，或者撩裙子扇凉快，露出两条白花花的大腿，看见我的眼睛直了，她还冲我坏笑。我觉得她好有姿色，至少符合我那时的口味。我那时13岁，口味蛮重的。不过这小两口经常吵架，还打架。我们小伙伴一听见尖叫声，就兴高采烈地往渔翁家跑，挤到门缝前看热闹。那时的门缝隙可大了,别说挡风,连老鼠都挡不住,里面的情景可谓一览无余。

那情景也够奇特,只见女的缩在男的胯下,两手死死揪住男的命根,男的则抓住女的头发,一拳一拳往下砸,可往往一拳砸下去,嚎叫的是他自己,因为他每砸一下,女的就狠揪一把,有点像开山打炮眼的动作。这样交战数十个回合,男的告饶了,说放手吧,放手吧。女的在他裆下闷声问,还打我不?男答不打了。还打不?不打了。真不打了?真不打。女的这才披头散发钻出来。

接下来轮到媳妇鬼哭狼嚎了,至少是十来分钟的痛殴,伴随着男的恶骂,你抓,你抓,看你抓,看你还抓!骂声和拳头声交替响起,女的东躲西藏,但始终躲不开如雨的拳点,挣扎中肩带都落到胳膊上。遇上这种情景,渔翁还是很沉默,照旧蹲在门口抽烟。我们把看到的场面转述给大人听,大人听得比我们还津津有味,不过每次听完后都厉声斥责:"小孩子,懂什么,做作业去!"其实那时哪来什么作业呀,唯一的作业是听广播,而院子里的喇叭总是嗡嗡的,好像播音员每天都带着重感冒坚持上班。有次广播里响起哀乐,可听不清楚死者名字,几个大人好焦急,互相问谁死了?谁死了?还是我耳尖,告诉他们是陈毅。

小两口每过三五天就要闹上一回,过程基本类似,只不过时间有些变化,有时下午有时傍晚。有文化的人大概以为,这种日子过不长了,光天化日之下揪扯给人看,太丢人了,丢人丢到家了。可渔家孩子不这么想,打归打,日子还是要过的,打过后两人的感情还更好呢,双双手拉手在院子里进出,男的胳臂上有乌青的抓痕,女的脸蛋上有粉色的娇羞。所谓一日夫妻百日恩,可见人家这对夫妻既是一日,也是百日,当中的奥妙,光有文化也未必懂。

渔民家有渔夫，自然还有渔妇。那渔妇终日操持家务，长得很庞大，我们都叫她渔婆。她喜欢搬一只木盆到院子中央，坐在那里搓衣服。那是很大的木盆，大到像一只船，可以坐进去洗澡。渔妇一边搓一边自语——说自语是不准确的，她的声音很大，各家各户都能听见。她大概也希望各家各户听见：搭傍毛主席他老人家，我们才有房子住云云。我们不懂什么叫搭傍，傍是傍大款的傍，估计是依靠的意思，用如今的话说，就是傍上毛主席，才有房子住。这院子里的住户，除了渔民家，其余原来都是有房子住的——住的还是更好的房子，被从不同的地方撵到这儿来，所以她这样说也算属实。

毛死后，大杂院十来户人家，只有一家哭了，对，就是渔民那家。渔民家也只有渔妇一个人哭，眼睛都哭肿了，老渔夫依旧像鹭鸶那样，蹲在门口抽闷烟，粗砺的赤脚紧紧抓着石头。▲

我的沙葫芦情结

我小时候住的地方，靠着杉湖，也就是本地人俗称的环湖塘。窗前用竹篱笆围了一块地，可以在里面种东西。我喜欢种豆种瓜，种过西瓜、香瓜、丝瓜、南瓜，还有葫芦瓜，见过植物生长的全过程，瓜子变成瓜苗，再变成瓜花，最后变成瓜，知道种瓜确实只能得瓜，不能得豆。不过我在这里说的沙葫芦，跟葫芦瓜无关，世上也没有叫沙葫芦的品种。

人长大了，就得去读书，想不想去，都由不得你，所谓小呀小儿郎，背着书包上学堂。我上学堂时，周围有四座小学，距离我家都差不多远，分别是民主路小学、文明路小学、杉湖路小学和滨江路小学，当中数杉湖路小学最好，与榕湖路小学并列全市重点。如果去问院子里的大哥哥大姐姐，你上哪个学校呀？凡在杉湖路小学上学的，都会很骄傲地如实回答，当然是杉湖路小学。如果不是呢，就顾左右而言他，什么？上学？哦，在那……边，说着就走开了。可那时候我还年幼，加上那些哥哥姐姐发音也不太准，我总把杉湖路小学听成沙葫芦小学。既然猪八戒有个朋友叫沙和尚，世上哪个地方长出沙葫芦，也是可能的。

沙葫芦小学原来是福建会馆，曾经有过雕栏玉砌的气派。民国时开办小学,取名叫黄花岗小学,以纪念30多年前牺牲的黄花岗72烈士。不过我上学时,只见到门口的两头石狮子,还有一片青石铺就的庭院。传说中的白龙池被填掉了,因为害怕苏联人空袭,在下面挖了防空洞。不知道白龙池里有没有放养乌龟,如果有,现在也成忍者神龟了。碰上初夏时节,有时上学去得早,校园里没人玩,我就坐在庭院的大树下,看一种豆荚。豆荚旋转着从高高的树冠上掉下来,像一顶顶小小的降落伞。苏联人没下来,豆荚下来了。

我在这所学校上完了小学,又上了两年初中,中间还停课一年,一共学了八年,比上完本科再上研的时间还长,是一生中待的时间最久的学校。小学里怎么会有初中呢?大概那几年遇上大跃进人口高峰期,小学生特别多,中学装不下了,就在一些教师素质相对高的小学办初中部。

我的初中班主任是湖北人,总把"日"发成"儿"音,今日是今儿,日记簿是儿记簿,日本鬼子成了儿本鬼子,至今印象深刻。她把家藏的《红岩》、《林海雪原》、《青春之歌》偷偷借给我看,也不怕被人揭发传播坏书。其实那些书一点都不坏,如今回过头看,我还觉得太好了,好得过了头。上历史课的是位男老师,个子瘦高瘦高的。他给我们讲鸦片战争,讲关天培、陈化成、邓世昌,讲到动情处,声音都是哽咽的,而我们只是呆呆地看着他,一副不知亡国恨的傻样。

上完初中二年级,全班同学集体转学,有去松坡中学的,有去中山中学的,我去了逸仙中学。最远的去了汉民中学,要坐船过漓江,走路穿越訾洲,到穿山脚下,一礼拜回一次家。一次见一女同学把席子、被子、蚊帐、脸盆、水壶背背上,沿江边行走,那份坚忍的神情,在现在的孩子脸上很难见到。

就在我转学的第二年,沙葫芦被拆掉了,盖起了如今叫大瀑布酒店的那个庞大玩意。那玩意不但吞食了沙葫芦,同时还吞食了沙葫芦周围的许多庭院楼阁。那些楼阁本来是抗战时期文化城的见证,少了那些见证,自然也少了文化。我至今还记得,学校西侧紧邻着市曲艺团,坐在教室里都可以听见演员排练地方剧目,比如桂林渔鼓、文场、零零落。听多了自己也会哼哼那调调,索索索拉哆来咪,哆来哆拉索咪来。在学校和曲艺团之间,有一条幽长的小巷,可能叫边隅巷,巷子里围着一排排竹篱笆,上面爬满了牵牛花。我最喜欢的一个女同学文慧,每天都由那巷子出,又回那巷子去。▲

十三岁的迷离眼神

同事刘先生的孩子刚上初中,就开始恋爱了,整天围着一个小姑娘转。刘太太非常头疼,说:"才十三四岁,懂什么呀,还挺认真!"我听了只是笑笑,不便说什么。我知道正因为是十三四岁,所以一定是很认真的,要比那些二十三四岁或者三十三四岁的成年人认真多了。是的,孩子或许确实不懂什么,没见过伟哥,没见过避孕套。可是没见过伟哥,并不等于就不懂情哥哥,别忘了当年的贾宝玉和林黛玉,也都只是十几岁的孩子。

一个人一生结识的人,可谓不计其数,平日交往的朋友是些什么人,稍加注意也能一目了然,可是在你的内心深处,往往还会有另外一些隐秘的朋友在陪伴你。那些朋友结构非常奇特,有的是情人,有的只是梦中情人,有的是童年伙伴,有的是电影里的角色,还有的甚至是远古的圣贤豪杰,他们来自不同的时间和空间,形象各异,背景繁杂,可有一点是共同的,那就是他们可以安抚你的灵魂。

人的灵魂是极其孤独的,并不因生活在人群里就可以得到抚慰。如果长久得不到抚慰,就会渐渐失去感知能力,这就是我们周围经常会出现狐疑目光的原因。多少清澈的眼神因为孤独而变得狐疑,而后又变得混沌乃至干涸。好在人不会等死,人有超越现实的能力,陷入孤独时会本能地去寻找灵魂的朋友,从人群中寻找,从电影中寻找,从书本和想象中寻找。只要寻找,总能找到,于是那些隐秘的朋友便从八方而来,悄悄进入你的内心,成为你的知己,忘年知己或红颜知己,于是你便不再感到孤独。

我不时会回忆起一位叫文慧的女孩。她是我想象出来的,但又不完全是我想象出来的。我在杉湖路小学初中部念书时,确实有过一位叫文慧的女同学。那座古老的校园二十多年前就被拆掉了,可是文慧一直是我心中抹不掉的记忆。她眼神清澈,个子修长,已经初显少女体态,尤其难得的是,口齿还异常清晰。比方说吧,学校里土生土长的本地女孩,遇上什么烦心事时,常常会软软地冒出一句:做(zou)什么哪?有点愠怒,有点撒娇,可文慧遇上同样情况时不这样说,她总是说:干吗哪?虽然也是用地方话发音,可那时的我每每听见她这样说,真是觉得非常洋气。为什么呢?就因为喜欢,喜欢是没有道理的。我并且以此断定她在家里一定是说普通话的。

我不知道在与她同窗的那两年时光中,她有没有哪怕一次感受到我热烈的目光,可能没有吧,倒不是她缺少少女的敏感,而是那时的我实在太不起眼了。后来我再也没有见到过她,也正因为再也没有见到过,她留在我脑海里的样子,永远是那么文静而聪慧,就如同她的名字一样。以至于后来我写小说时,如果遇上初恋的情节,常常会想到她,好像初恋的女孩,必定长着一双文慧的眼睛。

我之所以会提到文慧,因为那时候的我,就跟如今朋友的孩子一样,只有十三四岁。这当然不是什么初恋的故事,我那时也还没有读过《洛丽塔》①,我只是遥遥注视了她两年罢了。可这么多年过去了,我发现她不知什么时候,已经在我心中占据了一个位置,用她永远年轻的眼神,安抚我已不再年轻的灵魂。▲

---

① 美国小说家纳博科夫所著小说。洛丽塔为女孩名,现通常比喻小女孩,俗称小萝莉。

怀念七叶一枝花

小时候喜欢读书，但没书可读，家里的古书都被当作坏书没收了，只剩下一些新书。那时的出版业，可不像如今这么发达，一两年前出的书，就算新书了，而且所谓的新书，也不多，我家除了马恩列斯著作和雄文四卷，最常见的书，要数中草药手册，因为母亲在医院工作。没有武侠，也没有言情，连小说都没有，我最喜欢看的是什么书呢？这是如今的孩子怎么猜也猜不到的，我最喜欢看的一本书，叫《赤脚医生手册》。

赤脚医生是那个时代的产物，背着药箱，打着赤脚，走在田埂或山间的小路上，虽然不够洋气，但向老百姓普及了许多医学常识，给农村带去了实惠，与菲律宾的水稻革命一道，曾得到过联合国教科文组织的高度赞扬。我不学医，也不打赤脚，但很喜欢翻看那本书，因为里面配了很多逼真的插图，尤其是有关中草药的那部分。每种中草药的介绍，除了文字，还有用工笔仔细绘制的植物形状，从花卉到叶片，从果实到根须，都画得细致入微，便于赤脚医生在野外辨认采摘。

这些图画非常漂亮，纤毫毕见，栩栩如生，有的还是彩色的，也不知道那时哪来这么优秀、这么敬业的画家。许多普普通通的中草药，像是马齿苋、奶母草、车前草、七叶一枝花等等，我就是那时认得的。那些草有些什么药用价值，我现在记不得了，但那些美丽的花卉、果实和草叶，深深地印在了我的脑海里。

就说七叶一枝花吧，这是一种通常长有七片椭圆形小叶子的草本植物，据说可以治疗肿痛。在七片小叶子中间，开出一朵淡黄色的小花，远远看上去亭亭玉立，有一种卓尔不群的典雅。那时候要是在漓江边见到一朵这样的花，我和我的邻家小伙伴，会像农村孩子见到干牛粪一样兴奋，扑上去就一阵猛揪，将整株草连根拔起，放进随身携带的筐子里！学校曾经组织我们到郊外采药，上缴给医院。

我们究竟拔掉了多少朵七叶一枝花，数也数不清，总觉得这样的花朵，遍地都是，永远也揪不完的。漓江边揪光了，就到杉湖边揪，杉湖边揪光了，就到七星岩周围的树林里揪，一直揪到郊外的田野，遇上瞪眼的牛群才算罢休。如今这些漂亮的草叶，是再也见不着了，我们可以见到各种温顺的花，见到各种在温室和花圃培养出来的乖乖的花朵，红的、蓝的、黄的，一盆盆摆放在公园里、马路边和阳台上，但是我们看不见那些富于野性的美丽生命了，而正是那样的生命，才是大自然的精灵。▲

一种死于诗歌的寄生虫

提到七叶一枝花时,我说到过一本《赤脚医生手册》。那本手册里画了许多花朵,也画了许多细菌和寄生虫,像什么链球菌、大肠杆菌、葡萄球菌等等,形状怪异可怕。那时倒不怎么介绍引发性病的什么螺旋体、双球菌,因为据说性病已经绝灭。

比细菌更可怕的,是那些寄生虫,说是只要进入人体内,就会在里面长期生存,加上也见过蛔虫、猪囊虫,联想起来不免吓人。那段时间恰好毛泽东写了一首《送瘟神》的诗,赞扬江西余江消灭了血吸虫,于是奉"送瘟神"的最高指示,全国人民都要行动起来全力消灭血吸虫。这种本来距离我们很遥远的寄生虫,一下子变得家喻户晓了。

如今我们都知道,血吸虫属于蠕虫类,钻进人的身体内,人就会浮肿,肚子大起来,像孕妇一样。这种寄生虫在我的老家江南一带,是很多的,那里是水乡,适合血吸虫生长,"送瘟神"里的"瘟神",指的就是血吸虫。据说血吸虫躲藏在一种尖尾的螺蛳里,那种螺蛳外壳呈圆锥形,像螺丝钉,因此得名叫钉螺,感染了血吸虫毛蚴的钉螺,叫感染螺。钉螺是日本血吸虫的中间宿主,这种寄生虫就是引起血吸虫病的病原。

但那时候没有多少血吸虫的知识，对所有的螺蛳都很害怕。漓江虽然没发现过血吸虫，但谁敢保证这种"瘟神"就不会窜到清澈的河水里呢？于是消灭血吸虫的活动，照样必须在漓江里展开。当时动员全市医务人员下江找钉螺，我小小年纪也跟着母亲去了。漓江水真叫清呀，一边在浅水里走，一边就能看见水底的各色卵石，各种花纹的小鱼儿。鹅卵石密密麻麻铺在河底，一点淤泥也没有，有时还会长出一朵朵灯笼状的水草，在水里荡漾，那些小鱼就在水草间穿梭。

但我们可不管这些，用铁锹、铁铲对付它们，就为了找到那该死的钉螺。因为不太容易区分钉螺和别的螺蛳，许许多多的螺蛳跟鹅卵石一道，被铲上来扔在阳光下，与水草一起晒干晒死。

几天过去后，任务胜利完全——钉螺找没找到，谁也不知道，反正任务完成了。至于河床被破坏成什么样，死掉了多少水草，掘出了多少沙坑，谁都不关心，就跟拔草砍树一样正常。此后因为建筑需要，漓江上出现大量挖沙船，将河底刨出一个个深坑，夏日淹死许多外地来的游泳者，则是后话。顺便补充一句，据最新的调查材料显示，像性病一样，血吸虫也没有在中国绝灭，它只是在诗歌里绝灭了，从来也没有在大地上绝灭，非但没有绝灭，近些年又开始肆虐，祸害长江流域湖泊沼泽边的老百姓。▲

第一次听说 Computer 这个词

Computer 就是电脑，如今这玩意儿就像水，一天都离不开，天天都得冲浪，看新闻，写邮件，玩游戏。因为它的出现，许多行业都受到冲击，报业、邮政不用说，图书出版也大受影响，既然在网上能阅读，何必还买书，何况书价还那么贵！

第一次听说 Computer 这个词，是 20 多年前的 1982 年，那年夏天的一个黄昏，我在杉湖边的漓江饭店前，碰上一个姓黄的美籍华人，他很健谈，话语滔滔，说自己是 Computer Engineer（计算机工程师），说美国现在正在进行计算机革命。他问我听说过加州的硅谷（Silicon Valley）吗？我说我听说过加州，知道那里阳光好、橙子大，没听说过硅谷。他问我听说过 Computer 吗？我说 No。他就用怪怪的中文说，是计算机的意思。说他的中文怪，是因为那基本上是粤语，粤语也是中文，只不过是我不怎么听得懂的中文。

既然是计算机，那就比较好懂了。我们上中学时就听说过计算机，老师说是用来运算数学公式的，每分钟能运算几百次，甚至几千次，比我们的脑子还好用，还说要是陈景润有计算机，哥德巴赫猜想早就解决啦。初三那年去一家无线电设备厂实习，看工人师傅用计算机编制程序。那计算机比如今的家用电冰箱还庞大，有一些小灯和显示数字的按钮,摁不同的按钮,会亮起不同的灯。几乎所有的同学都比我厉害,都能多少编出一些简单的程序,我一个程序也没编出来,老实说,也没什么兴趣。

这位黄姓美籍华人对我说计算机,我同样也没兴趣,只想跟他谈谈约翰·丹佛(John Denver)和迪斯科,那时还有一个叫唐·莎麦(Don Summer)的女歌手,我也很着迷。他见我这副模样,说着说着,忽然哭了起来,说美国人都已经用上计算机了,可中国人还在开会,开会,开不完的会!你知道计算机革命是什么意思吗?以前一百个人做的事,现在十个人就可以做完,以后一个人都能做,想想看,中国和美国的差距,会不会越拉越大?我看见眼泪从他那张沧桑的脸上淌下来,感到很震惊。

大概在他看来,用"商女不知亡国恨,隔江犹唱后庭花"这句诗来形容当时的我,是很合适的。那时我整天想着怎样去美国,去享受合众国土地上免费的阳光,甚至觉得哪怕做猪崽被卖出去,也很幸福,当然不明白他为什么要哭。他当时也不会明白,为什么一个人生活在自己的土地上,却没有创造的机会和表达的权利,只能在黑暗中冒出漂洋过海做猪崽的念头。我们彼此都不明白。

如今 Computer 这个词,在美国似乎也不怎么常用了,我几次问酒店有没有 Computer 出租,对方一下都没听明白。他们现在喜欢说 Laptop,直译是"膝盖头",大概是电脑都做成了笔记本大小,更小巧也更普及了,可以放在膝盖上用的缘故。▲

我的湖南邻居

看报道说湖南邵阳自来水公司一退休女职工,在领导班子开会时,闯进会议室,洒汽油把公司领导全烧死了。很震惊,虽说也曾料想,社会矛盾积攒到一定火候,会以激烈的方式爆发,但一旦真正爆发还是很震惊,震惊之余也深感湖南婆娘厉害,以前只知道湘女多情,现在得加一句,湘女不好惹。为什么这样想呢?因为桂林人中,湖南人占十分之五,剩下几分分属江西、广东、贵州等周边省份,还有柳州、河池、玉林等省内县市。土生土长的桂林本地人是不多的,也就是说,在桂林生活,你总会遇到湖南人,在桂林恋爱,很可能遭遇湖南女人。

世人对湖南人的看法,分成两个极端,欣赏者称赞湖南人勇于创新,敢作敢为,敢为天下先;贬损者则说湖南人脸皮厚,手段辣,发音发不准。早年持后一种观点的人居多,我童年时代住的大院,有户湖南人,老头没什么爱好,就喜欢读报,拿一份报纸可以翻来覆去读一天,读破才作罢。他有两儿子一女儿,吃饭时经常会朝院子里喊,幺乃噶,回来恰饭了!湖南人把小叫幺,儿子不叫儿子,叫乃噶,吃叫恰。

最厉害的是他女儿,长相秀气口齿清晰,性格还泼辣,天生就是唱歌的料,若跟邻居吵起架来,可以站在院子中央骂,直把邻居骂到缩家里三天不出门。还有呢,长到十七八岁时,她喜欢去漓江游泳,每到傍晚就身穿连体泳衣,披一块浴巾,胸脯挺得高高的,光腿在院子里扭呀扭,走呀走,老男人不用说了,目光像抹了胶水,死死粘她身上,连我们这些小男孩都看呆了,哪见过那么白的腿呀。她上面有两个哥哥,谁也不敢打她的歪主意。后来女儿找了个机关干部,在市政府做秘书,时常来跟老丈人喝酒,一喝酒就说各种内幕消息,老丈人自然觉得长脸,喝得满面红光。

那都是陈年旧事了,这些年湖南人数量增多,在城市的各行各业身居要职,加上近年湖南辣妹子出尽风头,于是乎持前一种看法的人慢慢多了,也就是称赞湖南人敢作敢为的人多了,也没谁笑话湖南人了。由此想到广西本地人,觉得广西人还真特守规矩,不管是什么烂规矩,只要是规矩就守,管它合理不合理。

这也难怪,历史上广西人干过几件惊天动地的事,比如金田起义,比如桂系军阀,但都干不过湖南人,太平军被曾国藩灭了,李宗仁被毛泽东收编了,面对湖南人,广西人自然怕三分。墨西哥有个大作家叫富恩特斯①,他曾说墨西哥人最大的不幸,就是与美国为邻。估计广西人也有同感,最大的悲哀就是北边被湖南人霸着,那些霸蛮不但霸着还向南渗透,把广西人打得落花流水,政治精英、商界翘楚、学业名流,到处都是湖南人的影子。

湖南人说话呐勒不分,吃饭满嘴辣油,可你不得不承认,脑子确实精明好使,你想不到的,他们想到了;你想到不敢做的,他们做了;你做不成的,他们做成了。你还不得不承认,大街上那些面容

---

① 富恩特斯(1928—2012),墨西哥小说家,代表作有小说《假面具的日子》等。

姣好身段窈窕的桂林婆娘,一问上面两代准是湖南人,不是衡阳、邵阳,就是祁阳、耒阳,她们妖妖娆娆地走在杉湖旁、漓江边,时时会掠走你的目光。▲

雪花那个飘

桂林位于亚热带，十年也难得下一次雪，那还得遇上东北风特别大，把雪花吹过了越城岭和都庞岭，才会纷纷扬扬落下来，落在城市四周的山峰上。1980年桂林没有下雪，可是我们院子里的人也见到了雪花，而且是在夏天。那年入夏没过多久，院子里的一家李姓住户抱回来一台国产九寸电视机！说是国产货，其实厂家就在本市西部，应该算作市产货更准确。本来院子里有一只破喇叭，每天都准时播放，清晨六点半播《东方红》，傍晚九点半放《国际歌》，我们连钟都不要，听见歌曲就知道自己是该起床呢，还是该睡觉。

我们已经习惯于享受它提供的快乐了，虽说那快乐的声音有些喑哑。可是现在忽然出现了电视机，生活中又出现了新情况。电视机虽然是李家买的，但李家是我们的老邻居，而且人又厚道，因此李家的电视机也就成了我家的电视机，成了我们大家的电视机。每天晚上七点刚过，全院落的人都准时汇集在李家门口，等候那台电视机被抱出来，安放在大院楼梯拐角处。随后几十颗脑袋围成扇形，几十双眼睛齐刷刷投向雪花纷飞的屏幕。

为什么说雪花纷飞呢？可能是因为电视机质量不过关，也可能是因为四周多山吧,接收信号不太稳定,不过我们一般都相信原因是后者。反正不管怎么说,我们可以看见雪花了。既然电视机是大家的,大家自然对它格外爱惜,它小是小,而且仅有黑白两色,可大家都觉得里面的风光无限美好,从来没有谁抱怨过它的收视效果,连屏幕上那些飘忽闪烁的斑点,我们也称为雪花点,意思是像雪花一样漂亮。

有次喜儿在里面唱"北风那个吹/雪花那个飘/雪花那个飘/春来到……"时,我们都觉得效果真好,比去剧场看演出还满意。可是不久问题就出来了。电视机有好几个频道,不同频道播出的节目还不一样,表面上看提供了选择的自由,实际上却造成了麻烦。比方我喜欢看足球,国平喜欢看动画片,国平他爸喜欢听相声,他妈喜欢看电视连续剧,她奶奶喜欢看京剧,而李家叔叔想看新闻,李家阿姨喜欢李谷一等等,结果一个晚上下来没有一个人是高兴的。大伙儿都骂李家自私,有人还说"哼,有什么了不起,不就是一台电视机吗,我不看电视还不是照样活了几十年,也没死"!看的人也慢慢少了,好端端的邻里关系,就这样被一台电视机给毁了。有人想把那只破喇叭修好,重新听听《东方红》和《国际歌》也好,可是未能如愿。

看来选择也不是什么好东西,有时候有选择,还不如没选择呢。看的人越少,我就越高兴,这样我就可以专心看足球啦——谁不知道看中国队比赛划算呀,每次一场球看下来,连饭都不想吃了。不过看球是很需要耐心的,那只小小的皮球在雪花飘飞的屏幕上四处乱窜,你要是不专心就会找不到它,有时候你哪怕很专心,也不一定能把它立刻捕捉到,因为雪花也是有变化的,一阵稀疏,一阵密集,碰到它落得密集时,你会连球门在哪里都看不清楚,当然要找到球就更困难了。这还算好的呢,看足球毕竟要比看乒乓球方便多了,你要是观看乒乓球比赛,常常会觉得有千百只小小银球在眼前来回穿梭。可是哪怕就是千百只银球在穿梭,我们也觉得要比每天只听一两首歌要快活。▲

女店员

八十年代中期,我开了一家小店,地点选在举世闻名的象鼻山对面,那里风景好,游人多,是做买卖的好地方。小店卖什么呢?卖字画、文房四宝和古玩,这种店其实并不少,但我有我的招,比方卖铜钱吧,别人单个卖,那时候清朝的铜钱蛮多的,什么康熙通宝、乾隆通宝根本没人要,一块钱一枚都没人要。我把铜钱按朝代顺序串起来卖,洋人哪见过这阵势呀,花几百块钱买走一个朝代,真叫值。

那是卖,有卖就有买。一次来了个乡下小伙子,跟我年纪差不多,肩上扛了个麻袋,问我要不要铜钱。我问哪个朝代的?他说他也认不得,刚从古墓里挖出来的,原来他是盗墓的。这城市东郊有片著名的明代陵墓,乱世没人打理,那些年常被偷盗,盗出许多稀世珍宝,所谓稀世珍宝不是泛泛而指,而是专指明代的青花梅瓶,一种用来插梅枝的花瓶。古人的贵族生活是很讲究的,插梅花都有专门的瓶子。我当然不敢收购梅瓶,那是犯法的,收几枚铜钱问题不大。他见我有兴趣,准备打开麻袋给我看,我阻止了他。

我说我没看过里面是什么东西,你也不认得是什么东西,就说个价吧,我全要了。结果我们以一个整数成交,并没有细算哪枚铜钱多少钱。这世界之所以盗墓不绝,就是因为有我们这些奸商在撑腰。我后来数了数那堆铜钱,有一百多枚,多数是道光以后的,连光绪的都有,可见掩埋的时代并不久远。但里面也有几枚陌生的铜币,比如开元通宝、宽永通宝等,不清楚是哪个朝代的。当然也不排除一种可能,这些钱币并非从一个穴里出土,是小伙子从各家各户收集来的。

我请了一个女售货员帮忙看店,她看上去挺年轻,其实是个离婚女子,看人时眼神飘飘的,还喜欢低头一笑,从眼角瞟你,露出一线眼白。我那时初出茅庐,只觉得她的表情蛮招客人喜欢的,哪懂得最是那温柔的一笑,实际上是狐媚的一刀,会把成年男人刺得鸡飞狗跳。过了不久,小店外出现了一个瘦瘦的男人,他很少进店来,只在外面晃荡,有时摸一根烟出来抽,眼神不时往店里瞅。我是小本生意,最怕被人偷呀摸呀的,摸掉一块玉就损失好几百。有的古玩是人家寄卖的,虽说辨不清真伪,可要是丢了,人家才不相信是丢的呢,一口咬定是真的,说我卖了大价钱不承认,想独吞。所以我对那瘦男人特提防。

就在我严防死守之际,一个兄长来了,这个兄长我以前提到过,就是宁可把户口簿撕掉也不去云南插队的那位。我把我的不安告诉他,他看看那瘦男人说,你担什么心,我认识他,他刚从牢里出来。我一惊,更不安了。他问我,一个刚从牢里出来的人,最想要什么呢? 我立刻回答最想要钱呗。我那时整个人都钻在钱眼里,满脑子想的都是钱。兄长笑笑说,一看就知道你没坐过牢,一个刚从牢里出来的人,最想要的是女人,他在外面转悠,是想把你店里这个女人带走,她走了,他也就消失了。兄长说的一点都不错,没过几天眼神飘飘的女人向我请辞,说另找了一份工,离家近。那个瘦男人我就再也没见到。▲

水样桂林

小时候曾碰到一位爱好摄影的香港人,他走过世界不少地方,希腊、埃及都去过,谈到同为文明古国的中国,他这样表述自己的拍摄感受:不知为什么,拍出来的照片,色彩都很暗。那时人的穿着,自然不用说,都偏灰偏蓝,建筑也很旧,加上盖了许多中小工厂,城市上空常年笼罩着厚厚的烟尘,天空是铅灰色的,人的眼神也是铅灰色。

去年夏天,一位家住南方丘陵小镇的小表妹,第一次来桂林,说:桂林的每个角落,都像是花园。我听了很惊奇。长期住在一座城市里,有时会忘记城市的变化,就像朝夕相处的人,不会注意到对方有了鱼尾纹,或者白发。尽管尚有许多不满意,但这座城市确实变了许多,至少它已经明白,自己的命运与漓江的河水,与沿岸的山峰绿野息息相关,爱护这些大自然的天赐景物,就是爱护自己。

大家都知道,北方有些地方缺水,一盆水要洗脸洗脚,还要冲厕所。有个作者朋友从北方来,说他最受不了的一件事,就是看见南方人开着水龙头洗脸漱口,这边洗着漱着,那边水哗哗地流。确实,桂林水多,从来就没有缺水的时候,人们常说夜上海,秋北京,雾重庆，雨桂林，说的是景色。我觉得说雨桂林，不足以形容桂林的湿，水桂林才更准确，因为桂林的水质，确实是无与伦比的。

记得少年出游，头一次到华东各城市，很惊奇喝到的水有那么强烈的漂白粉味，而喝水的本地人，已经习以为常，不觉得异样。又记得小时候养鱼，每次换水都要拎桶走几百米，到漓江中央去取水。那时的鱼是很挑剔的，如果换的是自来水，很快就死掉，只有在清澈的漓江水中，才会悠然逡巡。

社会在发展，现在的鱼，跟现在的人一样，都培养出了承受力，在浑浊的水中也能存活。人其实也一样，空气就像水，我们就像鱼，只是水比空气更稠些，我们比鱼更傻些。鱼碰上不清洁的水，可以逃避，去上游或者下游，寻找新的生存地，而我们当中只有少数人可以远走高飞，多数人贫贱不能移（民），只能忍受，继续生活在原地。

这里说的，还只是视觉上的影响，至于声、光、震动、压力、磁性等等的影响，还没有提及。这里说的，也只是对人的影响，至于大的生态环境中，对大熊猫、小昆虫的影响，在一个追逐经济效益的社会，更没有条件提到桌面上商榷。

似乎现代人只考虑自己，也只有能力考虑自己，至于其他生物的生存空间，那是不存在的，不把它们拿来吃掉，就算仁慈了。▲

吃什么认什么

有句话叫作"端起碗来吃肉,放下筷子骂娘",讽刺的是横竖不认账的家伙。我可不是这种人,我这人最认吃的账了。就像张爱玲笔下的红玫瑰,把去年吃的羊肉都长在脸上。可如果你问我,现在是四月,去年、前年以及再往前数的四月,我都吃了些什么,你会一下把我给问住。

其实吃什么还不都是桂林水滋养出来的。一方水土养一方人,据说有人在北欧生活时间长了,皮肤会白一点,鼻子会高一点,是否属实不得而知,我想皮肤白是因为少见阳光,鼻子微微隆起么,可以方便大冷天呼吸时将冷空气在鼻腔里多蓄一蓄、暖一暖。我在桂林住下不久,脸上之前的"豆腐肌"便开始无休无止地冒些"小山丘"——桂林这地方地势低湿,水也硬,侵蚀地表会长出刀砍斧削的这山、那山,喝到肚里脸上就此起彼伏地长痘子。当地人生孩子,有条件的家庭母婴都搽食珍珠粉,这样孩子长大后皮肤据说会比较光洁,免了一天到晚"战痘"的麻烦。

各人有各人的体质,要是我说所有到桂林定居的外地人都要付出在脸上冒几座"象鼻山"、"叠彩山"、"独秀峰"的代价,桂林市负责未来新移民拓展计划的官员一定跟我急。本人没有店开,桂林迁来多少万人跟我不相干,我只希望这座城市葆有独得一份的清静。

还真的在旧日记里查到一份我们二人小家的四月菜谱。2000年4月下旬某日晚餐:1.鸡汁豆腐。头天准备好一只下过蛋的老土鸡,配放红枣、香菇和生姜,以焖烧锅熬制一夜。等到做这菜时,将煮好的鸡汤连同鸡块舀出一些,加水兑得略清,和半斤嫩豆腐切成的小块一起放入锅中,上炉用文火煮。沸前加盐,好入味,最后撒小葱末。此菜烹饪要诀:豆腐不要翻动,成品才既有煮的甘甜,又有炖的香浓。2.凉拌韭菜。这是我引进的云南家乡凉菜,桂林人把韭菜当香辛调味小菜吃,量并不大,不像在云南餐桌上,韭菜颇有一席之地。这个菜就是把摘好洗净的韭菜放滚水里焯半分钟,取出切段,加盐、生抽、白醋、糖、鸡精、麻油及酸红辣椒一拌,就可以吃了。当天老公对这顿饭的评价是:一荤一素,相得益彰。

鸡汁豆腐说是荤菜,其实唱主角的是鸡汁和豆腐。这道菜如果是在水质污染严重的城市,一定煮不出我说的味道。就像桂林人吃鱼,同样是鱼,可是开车到近郊去吃回水湾渔家现烹出来的鱼,味道就是不一样。前几天我们刚去了一趟,男客已经有人在饭前下到江里去游泳了,女客么,就一边透着竹影看江上风景,一边吃刚从树上摘下来的乌紫甜美的桑葚。

在桂林,好像什么菜都是水唱的主角,我无论吃什么,认的就是这一口漓江的水。●

桂林米粉 PK 云南米线

云南是我娘家,桂林是我婆家,我在两边各生活了十来年。这两边的吃食,都有我最好的那一口,不用说,那就是云南的米线和桂林的米粉。如果你问我,到底是桂林米粉爽口,还是云南米线好吃,这个问题嘛,呵呵,手心、手背都是肉,你可别指望我会偏袒哪一边。我在哪边就吃哪边好吃的,鱼肉和熊掌,我一个也不会落下。

米粉和米线本身是同一种东西,都用大米磨成米浆,按一定比例加水勾兑,再放到机器里榨出来,这种圆溜溜的线状食品,英文都叫"rice noodle",也就是"米做的面条",很是贴切生动。我就经常用桂林菜市上买回的生米粉,在家自个儿做云南过桥米线吃——这足以证明,两样东西从主料上是可以不分家的。

桂林米粉论个卖,也就是将粉团成一团独立成形,出厂前厂家就按斤两分好了,方便而干净,每箱25个,每个2两。相比之下,云南米线卖得较为写意,大箩出厂,无论二两三两,店家随手估摸着扯多少算多少,童叟无欺。从卖米线看淳朴民风还有一例,主妇去早市买生米线回家做早点,卖家会在米线筐旁搁一堆香韭菜,供买家免费自取,拿回家做配料。

在云南，米线好不好讲"筋骨"；在桂林，米粉好不好看"细滑"。云南米线分干、水两种，各有各的拥趸。干米线方便携带，吃时用水发开，口感柔韧有嚼头；水米线在当地消费，口感绵软有弹性。用我老妈亲自体验后的感触来说——桂林米粉更像是云南的水米线。

其实我一直和稀泥两边讨好的那个问题，早被我老爸一锤定了音。他和我妈来这儿小住一段后一口咬定，桂林米粉比云南米线好吃！我知道仁者见仁、智者见智，却万没料到阵前倒戈、投到桂林米粉这边来的，竟会是老爸这个地道的云南人！

二老每天一早准点去"报到"的那家粉店，是他们精确踩点后一致认定的，说我这儿周围十几家粉店，就数那家的米粉最好吃，最堪回味，简直乐坏了那家的湖南籍女老板。会吃粉的人都认店，认时间，从这点上看，我父母已经是很合格的"米粉发烧友"。店不同，卤水配方大异不说，各家配料也不一样。去得晚了，无论米粉还是米线，刚刚做出时表面上那层肉眼看不见的粉膜会慢慢破掉，吃起来，所谓"细滑"就没有保证了。

我老爸从老年人的角度最欣赏桂林米粉的地方，是它适合细嚼慢咽，"每一口都有回味"。进店坐下的客人一碗在手，都自然而然吃得安静仔细，不像云南米线宽汤足料，吃时稀里哗啦，场面之热烈，据说吓跑过前来投资的港商，直说云南人太排场，不够节约。

桂林米粉是我爸的"告别演出"，每次离开桂林，哪怕拉着行李箱，也要到粉店去吃上一碗垫底，心里才踏实。云南米线是我的"登台亮相"，每次回到昆明，第一天的第一餐饭，要找我很容易，雷打不动在过桥米线馆里坐着呢。云南米线就像我富足而豁达的娘家人，桂林米粉则是我精明又贴心的小姑。●

头上的事

我云南老家曾经最熟的理发室名叫"三八",桂林市中心曾经最牛的理发店名叫"七三",都跟数字有关,却是前数字时代的故事。

三八理发室跟现在港片里拿来骂人的那种三八一点也不沾边,它是真诚地三八着:打我记事开始,里面的理发员就是清一色的女子,穿洁净的工作服,送上来的毛巾永远蒸出香喷喷的热气,我被按着头让电推子啃后脖颈的滋味痒酥酥的,店堂里此起彼伏嗡嗡着吹风机的声音,让人昏昏欲睡。我家那时就住这理发室楼上,确切地说,是小学学校和这理发室分享小城里的一套旧式财主宅院,常常是,理发室大锅炉的水开了,她们自个儿不知道,几个老师的孩子却趴在楼上走廊的木栏杆上齐声高喊"三八理发室的水涨了",一直要喊到她们应声。

三八理发室并非女生宿舍男客勿进。老妈自己烫头,也带我吹头的时候,常能看见些叔叔伯伯躺在店里很专业的皮面铁帮理发椅上,被理发员阿姨用带保龄球瓶底形木柄的白毛刷招呼得满腮帮子都是白花花的肥皂沫,乖乖等着人家动剃刀。在野外修路架桥的老爸难得回来,胡子拉碴地进一趟理发室,出来就变个齐整干净的俊小伙。

小孩不知大人头上那点事有多重要。初中时，女同学们都不让穿奇装异服，只有小玲平安无事地长年烫着短鬈毛，穿着喇叭裤。N年以后才知道，小玲她妈当年就在三八理发室上班。想想我那严厉的女班主任，可是发型无小事的哦。

桂林的七三理发店，据说得名于毛泽东发表在某年七月三号的一个指示，那指示是制止"武斗"的。我刚到桂林时，这店还没散，还在市中心，但已经有点江河日下、难以为继的意思，收费不高，做的发型也中规中矩，洋不起来。很快，我跟城里的熟女一样，在其他时髦的店里有了长年认定的发型师，他们多半操着生熟不同的粤地口音，取的店名么，不是"大香港"，就是"小九龙"。

这一阵，我爸在桂林住着什么都好，就是找不着合心的理发店。他说了，发廊就是发廊，装修再漂亮，他也不进去，他认的就是那把哪怕皮子破了个角，里面也能抽出棕毛来的专业理发椅，理发师傅可以不论男女，但一定要不止懂理发，还懂修面，不糊弄人。

那天我穿着出门礼鞋随老爸从七三原址阳桥一带一路找到桂剧院的后巷里，脚尖悄悄磨起了泡，总算找到一家自号"七三顾师傅"的小店。看他心满意足躺在那儿享受传统理发全套把式，我坐在一边想，俺老爸什么时候出落成个老派绅士了，在乎我出门的淑女模样，还把头上的事，坚持成了一种信仰。●

我的专属发型师

说真的,我一直不相信他是广州仔,我只在私下里认为,他来自广东。

他在桂林的时间不会比我短,小二十年是起码的。他跟本地顾客能说桂林话,虽然带着他家乡的口音,但本地人好像还就好他这一口,因为粤地的风尚在本地很吃香。他跟他搭档的伙伴说粤语,是不是正宗广州话,我有所怀疑,但也没法识别。

他叫阿贤,我的专属发型师。这个专属不是谁派给我的,是我和他共同用岁月打熬出来的,我用我的信任,他用他的手艺,我的信任中偶有用到过坚持,他的手艺则不断翻新,但并不出奇。就这样,我跟他没有任何约定,只是凭着默契,把这种专属关系维系了十余年。到底是十几年,我记不清了,也有可能是十年,反正就是从某一天开始,我忽然决定把自己头上的事全部交由他来打理,没人发出口令,也没有任何仪式,我们的关系从那个时间点延伸出来,不知不觉,居然就超过了一些人婚姻的寿命,可是一回头,却找不到开始的纪念日。

这实在是一种没有任何负担的关系。他从不推销美发用品,也不会让他的洗头小妹向客人兜售什么月卡、年卡。从始至终,他不主张我烫发,哪怕在烫发很流行、很赚钱的年份里。他说我的发丝细、发质柔,不烫有很好的光泽度,烫了发质就伤了,而且人还老气。有一阵流行蘑菇头,我到他那儿试着提过几次申请,他拒不帮我剪,说我的脸型适合下发略尖,圆了就不好看了。又有一阵流行爆炸头,他连小爆炸都不让我尝试,最后被我吵烦了,宁可只赚十块钱帮我做"一次烫",就是洗过就变直的一次性烫发,也不肯收我眼巴巴想送上去的几百大元,做个"有毒"发型。没错,他说那发型配别人也许合适,配我就成了毒药,实在有害于他所强调的"气质"。

　　事实证明他每次说的都是对的,他简直成了我头上的主宰。因为有了阿贤,我蓄发的过程变得前所未有地从容——在短发开始一点点留长的过程里,每个月找他修一次头发,每次他都修出在那个长度上适可而止的小碎。直至有一天,我波澜不惊、循序渐进的发型引起了挑剔女伴的注意,她对我说:"你现在的发型,是你梳过的所有发型中最适合你的。"是呵,在喧嚣嘈杂的世间,我跟我的发型互相找到,它就已经不只是发型,而变成了某种冲淡的生活方式。我开始相信,发型也是一种软雕塑,要经过多次打造才能成型,要是这人剪一下,那人剪一下,就永远不可能完成一件作品。我很享受这样一种平静,走在闹市的人流里,再也不用操心、烦恼,我是烫发呢,还是不烫?是留长呢,还是剪短?虽然是些世俗琐碎的问题,却常常很让人牵肠挂肚。我对阿贤的依赖达到这种程度:他要是忙着,换别人来为我吹头,我会觉得吹出来的头都是方的。

　　我刚到桂林的那几年,桂林妹流行嫁广州发型师,几乎每一家广东仔开的发廊都门庭若市,像我这样初来乍到的生客,甚至有点不得要领似的挤不进去。后来听说,有个妹仔嫁给了阿贤的伙伴之一阿明,阿明带她去了美国。阿明在美国干的营生还是发廊,专给唐人街的华人做头发,几年以后回来探访,小两口坐在一间休闲餐吧里吃饭,碰巧在我和朋友邻桌。他们默默地吃,除了身边多了个孩子,没有任何高潮迹象,甚至还少了些许出国前有过的聒噪和热闹。

阿贤没出国,他觉得国外的钱也不是那么好挣,就一直在桂林待着,不知不觉就过完青春期步入了中年。他娶的桂林妹先是赌钱,后是吸毒,最后扔下个孩子长年住进了戒毒所。所以,阿贤常说的一句话就是:"女孩子还是要有工作,没工作就会打牌,一打牌就会赌钱,输了钱什么事都干得出来……"十几年前我们刚认识的时候,他说过一句话,当时我不以为意,以为那是他对顾客的殷勤所致,一来二去,发现他的赞美是真心的,他说:"你那么年轻就那么能干,真厉害!"他对小城中像我这样的职业女性好像接触不多,我因而在他那儿赢得了少有的认同。

有一阵阿贤干活真是拼命呵,天天围着那把理发椅转,好像每天站够钟,做够客人,心里才安生,活着才踏实。为此,饭可以不认真吃,经常跟着店里的伙计,不是米粉,就是盒饭地胡乱打发;觉也可以少睡,早上九点开门,晚上一定入夜才打烊。别人的节假日,变成他的大忙时。就是过年他也不回家,越是过年,他就越是连轴转,用自己的劳作,扮美别人的春节。"没办法,"他说,"孩子还小,放在外婆家,所有家用都从我一双手上出!"说时下意识地往胸前举了举双手,一手捏着梳子,一手持着剪刀。我心下暗忖:"这么能吃苦,一定不是城里人,广州仔哪有背井离乡到小城市这么打拼的?"

有一年为了扩大经营,阿贤告别几个同乡,和另外一个本地合伙人，在象鼻山旁的公交车站那儿开了一间既宽敞又潮的店。地段很好，市区中心的中心，可惜的是，店的位置设在一条单行线上，过往行人也以外地游客为多，当地人少有从那儿过的，这不觉间影响了客流。更滑稽的是，本来开门见山的位置，门口公交车站竖起了阔绰的站台——政府形象工程之一——就把从里面看出来的什么风景都挡了，把潜在顾客群从外面看进去的视线也挡了。于是店里逐渐冷清下来，只有我这样的熟客，才会专门找上门去捧场。正好那两年我辞职了，阿贤却并不嫌我没工作，知道我在家写字，他没来由的鼓励还是那句话："好好写，你好能干的！"反而是我憋不住了："赶紧换地方吧，你不能只帮别人挣租金呵。"

他就换了，换到市中心的另一个十字路口，店名取了个意大利式，合伙人变成个花枝招展的老男人，也是本地人，经常拿眼睛瞟阿贤收我多少钱。有一段，老男人到外面晃了一圈，回来就在他自己座席旁贴上了"韩国受训归来"的标签，洗剪吹单价也调高了，还凭空多了个价码更加昂贵的"形象设计"。阿贤悄悄告诉我，那人只是到广州上了个培训班刚回来。跟那人合伙没多久，阿贤就退了股，变成每月领工资的高级师傅，再后来不久，也就是现在，阿贤转了一圈，又回到我跟他认识的那条老街上，跟他当年同乡中的几个，合开了一间很小的店面。他说这样好，没有高额的租金负担，自己兄弟，也好打交道。

就在阿贤换来换去的过程里，我的心思也没闲着。我觉得阿贤做头做得好是好，长期给同一个人做，是不是太单调了，是不是自动放弃了变化的机会，是不是已经成为可笑的定式，自己还浑然不觉……不瞒各位，我心里还嫌阿贤那段帮我剪的头，头顶上的发，总是很贴。于是有那么一次两次——只要心思活了，总不缺这样的机会——我给完自己借口,阿贤不在店里,或者电话不通,就钻进了别的发廊。发廊小弟没说几句就撺掇我烫发,我当然坚决不干,于是师傅出面了,说不是烫发,是定型,他们店里特创的,火候掌握特别好。我立马中招。新技术,原创力,这种词汇专门杀我这种人。于是顶着个被从头顶局部定型的蓬松发型晃了一年半载,事后回过头来看那段的照片——什么自欺欺人的定型,可不还是烫发吗?真是显得老气啊。

终于恍然大悟,岁月在流走,发质也在变。我在嫌弃发型师技穷的时候,万万没想到自己头发也有弹性逐渐流失的一天,弹性一减少,必然就显得贴。有些时髦而轻慢的发廊为什么只接待年轻女子,因为接待年长妇女会比较的吃力而不讨好。怯怯地回来,怀着偷情般的歉意找到阿贤。他倒是大度:"嫌头顶上不够有发量?这个不用烫的,剪也剪得出。"我信他,靳羽西说过,女人是用不着烫发的——瞧我多明白,早都干吗去了。

前天在他店里,他说起最近为什么常常回老家,因为父母年纪大了,老病交加。说起他家在广州上下九的老屋,现在搬到了一德路。一德路为什么没有蚊子?只有老广州才知道——因为那里整条街批发海产品干货,蚊子闻不得海腥味。说起他小时候爱跑步,每天一跑跑上沙面,围着沙面跑一圈又回上下九,坚持了十几年,打下了好的身体底子。说起我在广州住过的爱群大厦,就在他们一德路前面。说起他仍然留在广州的兄弟姐妹,大家十几年前就商量好,每人每月拿出一笔钱,作为父母养老基金存上(他口音重,把"基金"说成了"资金",但我听得懂),攒到现在已经很多了,完全够父母住院花销。他真是个广州仔,精明,实干,体育控。他家老屋在西关,认真追究起来,他还是传说中的"西关少爷"。

"广州有家,你当年为什么还要来桂林呢?"

"那时在广州做发廊,一月也就五六百,这边有人请我们过来,一月可以赚八百,甚至上千,就留了下来。等到想走的时候,手上已经攒了不少客人,就有点舍不得,于是又做又做……等到再想回去,已经回不去了,用这边的钱,买不起那边的楼咯……结了婚有了小孩就更加……桂林也不错。"

黑瘦的阿贤是极瘦的那种,常年理个小平头,不同时期变化一下头发的颜色,再穿件酷酷的色彩饱和度很高的黑恤衫,从后面看就是个二十来岁的小伙子。他们做发廊的,身上很自觉地要带上时尚元素,才能够吸引市面上爱赶时髦的年轻男女。但这几年,阿贤渐渐有些驼背了,焗得棕黄的头发茬,有时会露出霜白的两鬓。我经常会想:总有那么一天吧,阿贤真的老了,不做了,那我该找谁去做头发呢?恐怕那时突兀地出现在别的发廊、别的发型师面前的我,也足够令别人放心到可以随便加价或者搭售的程度了吧?望着远空的天际线,我忽然发现时间过得好快,只是理个发,就去了半辈子,而我和阿贤这样两个出来寻找不同时空况味的异乡人,就这么一天天过着,却把他乡变成了自己的故乡。●

思乡的葡萄

阿秀满十八岁的儿子小俊上广州打工去了,走了个把礼拜,传回来的消息说工作还没找到,暂时借住在他满满也就是小叔的集体宿舍里。小叔在那边工厂上班,负责扫地,每月有八百块钱工资。八百块钱,暂时还得叔侄俩匀着花,也强大到足以令农家子弟背井离乡。

这是很普通的打工仔的故事。然而这次,我见到的是打工仔的母亲,仿佛镜头闪回,背景不再是人头攒动、挤满农民工和他们行李卷的广州火车站,而是他们静谧而满含牵挂的家乡,桂林兴安附近的一个村落,旁边有漓江的支流溶江流过。

阿秀在门前清澈见底的溪流旁向我道出了内心的隐忧:"其实还是很担心他的。"会晕车的阿秀,离家几十公里的桂林城都很少去。她是位种葡萄的好手,家里七亩葡萄地,每亩一年挣三千。可是有什么用,儿子说走还要走,因为"当农民太辛苦"。眼下葡萄熟了,我从桂林乘一小时的班车,再乘十分钟的手扶拖拉机,就到了她家。

其实这里的巨峰葡萄也跟我一样,从外地迁来不过十几年。可是到现在竟已很成气候,以至这儿的整个乡都变成了"葡萄乡",

南方灿烂阳光下，葡萄满枝满串，颗颗晶莹饱满，仿佛在用它的甜美和繁盛证明我当初来这儿定居是个不错的选择。是啊，这儿既有美丽的江，又有成片的葡萄园，只是目前还造不出工艺上乘的红酒，否则说它疑似普罗旺斯也不为过。

食物有助于消解乡愁，我不知道小俊想家的时候，会不会借着广州的葡萄来平息自己的愁绪。呵呵，广州的葡萄，里面一定有他自家园子里出产的。因为家里葡萄好的都销往广东和港澳，只有那边才出得起价。每年都有商贩专门来收，两块到两块二一斤；中等的，半青不红，颗粒不均，卖一块六，就近销往桂林。我在桂林市面上看到的巨峰葡萄，这季卖三块一斤，中间商赚得比农民辛苦一年还多。在广州，价钱怎么也得翻一倍吧。

前不久有商贩电话来约，说好这两天就有车过来拉货，阿秀一家于是忙起来。先要把包在果串上的那层报纸小心摘了，那纸是在葡萄刚挂果时就用铁丝系上串柄的，像只杯口朝下的红酒杯，一来隔开过多的潮气，二来农药也喷不到果子身上。摘了纸罩的葡萄让太阳一晒，不几天就都红了。然后是摘果装箱，大家只管用剪刀在成排的棚架间剪摘，装箱是阿秀的事，都说她装得又多又好。原来装箱时还要把葡萄串的把儿再剪一道，免得戳了别的葡萄。

阿秀这哪是在装箱呀，分明觉得她小心翼翼侍弄的这些果子，她儿子也吃得着。●

陪床"两头尾"

上世纪末有一年黑鸟生病住院,住的是普通的三人病房。邻床有个患脑瘫的老头,天天一动不动躺在床上,吃喝拉撒全得靠人侍候。我们就这样认识了"两头尾"。

"两头尾"是老头的陪床,负责24小时看护病人,五十多岁的一位乡下大婶。至于乡下的具体位置,说是尧山背后一个叫"两头尾"的山里村落,生僻得连本地人也弄不清到底在哪里,但因为名字很特别,就成了我和黑鸟私下里对她的称谓。

"两头尾"白天忙出忙进,喂病人吃家属送来的一日三餐,更衣擦洗,端屎倒尿。到了晚上,会变戏法似的拉出一铺折叠床,手脚麻利地在病床边的过道上稍事铺整,和衣躺下。半夜老头一呻吟她就爬起来,给病人赶赶蚊虫,拉拉被角,不时还低声嘟喃几句,做得很自然,像哄自家孩子一样。相比之下,老头那每天面色漠然前来送饭的亲属子女,倒显得有点例行公事,每每换完饭盒,随便交代两句就走人,连坐都没坐过。所谓"久病床前无孝子",想必这个脑瘫病人也有过身体健康、全家和乐的美好时光吧。

"两头尾"有几位女伴在隔壁病房陪床,不时会过来坐坐,陪她说说话。黑鸟刚住进去那天,"两头尾"凑上来,用挺私密的口气问我,我老公需不需要陪床,她想替她的女伴拉点活。当时我对"陪床"这个新行当实在缺乏了解,又嫌她那张略带惊愕的笑脸突然凑过来有点猝不及防,况且黑鸟得的也不是什么大病,我们小夫小妻,我也正好展示展示自己平时不显山、不露水的护理能力,就不由分说拒绝了她。

黑鸟人缘好,没几天就和她混熟了。我再去,她脸上便有了真诚的笑意,话也多起来。这时我才发现,她就是高兴的时候,脸上也带着某种惊愕的调子,一双年轻时应该算是好看的眼睛,现在更像是忽闪着快乐和某种适度而不让人讨厌的好奇。看得出来,她对自己的生活状况挺满足。

时间长了,我还发现了很有意思的一幕。

她侍候病人大小便,会选在靠墙而避人的一侧,这样我们就不可能看见她操作,只看得见她的脸和她面前病人膝头的白被子拱成的小山。她的脸随着她的动作在小山上极其生动地皱缩着,让人诧异,一个人脸上居然可能有那么多细小的放射状纹路啊!而这些纹路,全都指向她脸中央挤作一团的五官。即便在如此艰难而尴尬的时刻,她的脸仍是那样惊愕着,让你在看到它的第一瞬,首先想到的是惊愕而不是别的什么。

病人家属是不给陪床送饭的,只是每月给她250块钱。吃饭时间一到,她先给病人喂完饭,再拿上饭碗去外面买快餐吃。她把她每天的伙食费控制在4块钱以内,省下的钱就攒起来,捎回家去,作为她农闲时出来打工给家里的帮补。每天4块钱能吃到什么?她这样算给我们听:把4块钱分成3份,早餐简单些,就1块钱,正餐各1块5。早餐吃普通市民常吃的2两米粉也要1块5毛钱,她1块钱怎么够?她就吃"素粉",也就是面上没盖荤肉片那种,反正葱花、炸黄豆、酸菜什么的可以随便添。有时候早餐换成5毛钱的糯米饭,既顶饱,还可以省5毛钱。至于正餐的1块5,5毛钱素菜5毛钱豆腐2毛钱米饭,剩下3毛钱,添在哪里都不够买荤腥,于是让小老板打碗肉皮汤,就算对付过去。

吃肉的话题是自然而然引出来的。她那么快乐地谈起她的乡下生活:

"肉么,我们早吃腻了。一家杀猪,全村都能割上肉吃。"

又介绍说,在他们乡下,当天杀的活肉炒来吃,头天杀的炖来吃。绝对新鲜,不像城里人有冰箱,可是,"净吃死肉!"她说。真是一语惊醒梦中人啊,我和黑鸟对望一眼,原来大家都是属兀鹫的,常吃动物尸体。

继而说到青菜,她说他们那儿专门留一块菜地,不打农药,种来自己吃。至于卖给城里人的菜嘛,"下午要割了,上午还要打一次药",因为城里人怕虫子。所以,"你们城里人,身体不好,吃农药太多!"

她越说越打开了话匣子,开始说山里的水,"那是沁甜的山泉水呀,哪像你们城里人,净喝漂白粉!"还有山里的空气,"又甜又润又干净,你们城里的空气不能比。城里到处都是难闻的汽油味。"

最后,她几乎是洋洋得意地忽闪着眼睛作出小结,小结得我和黑鸟特自卑,只有陪笑脸听的份:

"你们城里人,真可怜啊!" ●

病中记

一、病　友

　　住院住在桂林医学院附属医院病房,邻床的病友是位年近70的老先生,瘦瘦高高的,患的病比较严重。但他精明干练,不像个病人,住进来第二天就对小护士说,你们的账单不对,这600元是怎么算出来的?我做了20多年会计,一眼就能看出来!小护士赶紧去找护士长,结果医院还真承认算错了。这种本事一般的病友还真没有,比如像我吧,每天的账单送来,我都懒得看,反正也看不明白。记得住院第一天,我在护士站遇到一乡下老大爷,他说同志,你帮我看看我用了多少钱?我看半天告诉他,你预交九千元,已经花费一万二,还欠医院三千元。老大爷的眼神一下变得好惊愕,我假装没看见走开了。

　　做手术那天早上,邻床老先生忽然神情严肃地对陪人说,叫几个儿子务必在八点钟之前赶到,否则后果自负。这话果然起作用,儿子们全都赶来了,还有儿媳妇们。大家在床前围成一圈,等着他交代点什么,比如手术如发生意外,房子归谁存单归谁等等。不想老先生发布指令,你负责保管假牙,你负责拿护腰带,你负责抱毯子,等等。交代完毕也不坐轮椅,拖着胃管昂然走向手术室。

二、医　生

　　这医学院有个标志性专家梅教授,是留学德国的肝胆外科博士,我来这附属医院就医,就是冲着梅博士来的,不想他退休了,只有遇上很特殊的疑难病症才出马指导。一天临近下班,住院医生忽然赶来通知邻床老先生,说梅博士要来给他诊断。这下不得了,整个病房轰动了,连电视台的记者也赶来凑热闹。不一会梅博士来了,个子不高,领着一大群实习医生。他举着CT片正对大家讲解呢,什么positive、negative都用上了,这时一个装模作样的女记者挤进来说:"梅医生,占用您几分钟时间,医学院的同学马上就毕业了,您对他们有什么期望呢?"

　　梅博士说了十来分钟,有几句还蛮有意思的。他说千万不要相信那些要你们去农村扎根的空话,不要什么都政治化,那些要你们去农村扎根的人,他们自己为什么不去扎根?自己做不到的事,凭什么要别人做到?农村是需要医生,我就是从农村医生做起,一步一步走过来的,但是太艰难了,别说别人不可复制,我儿子都做不到。要想让年轻人去农村实习,就要给他们提供回来继续深造的机会,否则都是空话。我听了对他陡生好感,只是可怜的电视台又要剪辑了。

三、护　士

　　手术前一天回家洗澡，正洗着呢，忽然接到医院电话，一位护士对我说了句什么，也不知道是她语速快还是说话含混，我只听明白了后半句，于是就问她："你说什么，把什么处理干净？""阴毛！"这次她的回答很明确。我说哦，好的。她追问你自己处理吗？我说是。手术的部位距离那里比较近，当然应该处理，这是必须的。我本来是无名人士，摘了胆成无胆人士，再把那儿一处理，又是无毛人士，一下成了三无人员。

　　手术后第二天，我躺在病床上，进来一个戴口罩的年轻女护理员。她眼睛一闪一闪的，看着蛮漂亮，不是白衣天使，至少也是天使的亲戚。她把被子掀开，又褪下我的病号裤，里面什么也没穿，秋色一览无余。"怪不得，昨天医生打电话来，把我骂了一顿，说我是怎么处理的？"她说。我说这样不行吗，我已经很努力了！"当然不行，根本不合格！"我问还要处理？她说还处理什么，手术都做过了，消毒！病人本来就自卑，她这样一说，我更是愧疚难当。▲

无语白大褂

如今的医患困局,在我童年时似乎少见。我小时候在桂林市人民医院大院长大,对医生护士比较熟悉,也比较有感情。医生护士的付出,点点滴滴都看在眼里,因此看见穿白大褂的人就有亲近感,这种亲近感维持了数十年,期间还找过小护士谈情说爱,还真把她们当白衣天使看,尤其是口罩上面的那一双双眼睛。

我童年所在的那家医院,延续的是民国的格局,病房是一幢幢小洋楼,过道两边有冬青树,还有桃花、梨花和石榴,在这座小城市算是比较有规模的。大夫有留德的,留美的,外科主治医生号称"小城一把刀",还有49年从台湾地区回来的"国军军医",儿科、五官科的主任也很了得,所谓了得指的不仅是医术高明,而且医德也好,市民有口皆碑。

医德这玩意儿是很要命的,如今似乎不怎么提了,似乎不值钱,似乎如今的医生看病,要钱乃理所当然的事,不给钱怎么看病?怎么抓药?不知若华佗、扁鹊再世,若希波克拉底、南丁格尔地下有知,会不会同意这种观点?说古人洋人太遥远,就说我童年看见的医生吧。我小时候好奇,喜欢有事没事到门诊、病房乱窜,时常被大人警告小心染上传染病。我常见医生耐心细致地给患者解说身体的原理、疾病的来由、药物的作用,其实患者都是人,是人就有心理活动,适当的讲解所起的作用,有时比吃药还见效。在这一点上,那时的医生是做得很好的,这就是所谓医德,说起来其实也简单。

　　四岁那年比较调皮,跟邻居哥哥姐姐一起爬象鼻山,结果摔了一跤,把额头摔破了。满脸的血,自己倒没觉得什么,也没哭,但把小伙伴们吓坏了。一个姐姐抱起我一路狂奔到医院,也不知道她哪来的力气,要知道她当时还不到十岁,只是个小姐姐呢。给我缝针的正是"小城一把刀",那点技术可不是开玩笑的,我如今没破相,完全归功于他的缝合术。没过多久"文革"开始了,我看见"一把刀"挂一块牌,站凳子上,因为自己个头小,只能看见他的下半身。

　　接下来亮相的是一代工农兵医生,说起来也怪,这拨医生不但长得不像医生,白大褂穿身上也皱巴巴的,很难相信这样的人能看好病。我自己也穿过白大褂,初三那年参加红医班,所谓红医班就是专门学简单的吃药、打针、针灸、包扎等等,说是以后下乡用得上,比什么数理化管用多了,尽管我们学数理化总是向贫下中农靠拢,比如算数学题,算的都是猪圈的面积呀,水库的立方米呀,可是大家都知道,真的去乡下干农活,谁要你算这些东西啊,等你这边算清楚,那边早收工了。

　　我参加的是红医班,整天用银针往自己的手腕胳膊上扎,不过没敢扎耳朵后面,据说扎那儿可以治聋哑,唱"千年的铁树开了花,如今聋哑人说了话",好在没扎,据说也有扎成聋哑的。扎针没意思,有意思的是采摘中草药,认识了不少野花野草,什么奶母草、七叶一枝花、雷公根等等就是那时认识的。

记忆最深的是一次去凤北路地区医院实习,我穿上白大褂,那褂子好长啊——快拖地了,还在脖子上挂了一只听诊器。我走进一间病房时,里面的病人全都一咕噜坐起来,望着我,那眼神有惶恐,也有信赖。医生我吃三天药了,还咳呢!医生我的病有得治没?我本来只想找个病人练习听诊器,一看这阵势吓着了,赶紧溜走。

有过这样的经历,难怪我对那一代医生不信任。工农兵医生通常是不跟你解说病情的,不是不想,是不能,因为学的东西太粗浅,也说不出个道道,平常感冒发烧小病小痛可以应付,遇上疑难病症就没辙了,还得请"一把刀"那代老医生出马,市民也只认那些老先生。老医生是很厉害的,针灸科主任给巴基斯坦总统扎过针,五官科主任给老布什看过牙——那时老布什是驻北京联络处主任,戴着斗笠骑自行车去阳朔。

后来改革开放啦,改革开放当然好,但也有不好的一面,在看病这件事上尤其如此。曾经看过一个美国笑话,说医生甲问医生乙,哎,上次那个富婆要做心脏手术,手术做得如何?医生乙答一万美金。医生甲说你听错了,我问的是手术做得如何?医生乙说一万美金,要不为了那一万美金,我才不做那手术呢,多麻烦啊。不想70年代的美国笑话,成了21世纪中国大陆的现实。如今的医生,表面上看比工农兵那一代强多了,都是正宗医学院出来的,受过良好的医学教育,也有丰富的临床经验,但不知为什么,总觉得崭新的白大褂有气势,但缺少希波克拉底的底气。

我如今是很不喜欢上医院的,觉得医院不像医院,没人味,像屠宰场,病人在椅子上排队,就像待宰的牲口,很无奈也很无助,命运完全不由自己掌控,是死是活听天由命,好不容易轮到自己了,医生看都懒得看你一眼，开一大堆药就叫你走，脸上全是厌倦。曾听医生朋友抱怨，每天看几十号病人，换了你，你不烦？所谓听天由命的天，其实就是医生。

在治病这件事上，我们和洋人有点小小的区别，我们病了，喜欢说去看病，洋人病了，则说去看医生（see a doctor），掰掰这点区别还是有意思的。病是客观存在的，没什么可看，重要的是治病的那个人，所谓看医生，就是要先看看那个治病的人，看看他怎么样，如果他不怎么样，估计对疾病也不能怎么样，所以看医生要比看病更贴切些。

当然，说如今的医生都是唯利是图的混蛋也未必就对，总有一些医护人士依然坚守医德，依然是很优秀的，但是个别优秀不能解说当下的困局。我是不主张个人坚守的，付出的代价太大，太残酷，我更希望体系的改良，希望这改良不仅保护患者有病能治，同时也让医护人士得到足够的尊重，以我的观察，人的崇高感也是需要激发的，在一个良好的环境里，医生才更有可能成为好医生。▲

晨昏颠倒的女人

她是个年轻女人,眼袋却已经很深。她看人的时候常常俯着一张脸,脑门先探到你面前来,眼珠子冷冷地朝上一掀,也不过多流连,视线马上移开。

我印象中开始有她这个人,是十几年前的事。那时每每在固定的街角、固定的时段遇到她。算来她当时也就三十左右,却已经是后来那个样子了,仿佛从来没年轻过,也就无所谓老。她瘦得嶙峋,即便是在人们大肆地以瘦为美的年代,她也实在是过于黄瘦了,脸上颧骨和下巴之间永远凹着,一点女人的风韵也没有。

任何比她年轻的女人见到这个人都会害怕:这是个什么人呵,她过的是什么样的生活,难道女人三十真是一道关吗?她从不打扮,永远穿平底系绊黑布鞋,穿的衣服颜色非土即灰,十几年一贯制的两根小刷辫,辫根似乎特地编得很松,衬得脸更窄小,辫梢一味剪得齐平,仿佛默默遵循着某种固有的纪律。

十几年过去了,我家都搬了几次,工作也换过,而她还在清晨的象鼻山站赶公车。她总是用个塑料袋装她所有的随身钱物,再把袋口捉得紧紧。从没见她背过什么坤包,她身上不会有半点享受的影子,仿佛提前过上了俭朴的老年生活。不,不是提前,是把一生都透支给了节俭。她那么辛苦,到底为了什么？她常一个人,身边没出现过什么男人和孩子。夏天天亮得早时,会看见她孤绝的眼神,跟谁有仇似的,又好像才跟谁吵了一架,或者刚刚哭过。

她当然是位职业女性,要不不会有这么整饬的秩序感和这么急促的步伐。我后来发现,她在医院当护士,有段时间在化验室里负责给患者抽血。天啊,这个角色跟她的形象配合得也太天衣无缝了吧！我还知道她们科室有个人被患者私下唤作"吸血鬼",因为那人老找不着血管,老要重复扎针。但那"吸血鬼"竟然不是她,她倒是老帮漂亮的"吸血鬼"同事找血管,一找一个准。漂亮同事很快就离开了化验室,倒不是因为不会扎针,人家是某领导的家属,去了更为清闲体面的宣传科。

后来再看到她,便知道那是一种长年上大夜班的人的脸相。医院里的大夜班,透透实实从凌晨12点,上到早晨6点。也不知这些年她工资涨了没有,涨得多不多,孩子的学习来不来得及辅导,跟老公的感情会不会因为上夜班而受影响,她每天都这么晨昏颠倒,家里会是谁做饭又是谁管家。也终于知道,她看人时的眼神,原来是口罩上方流露的职业习惯。●

最冷的那天

从前读一位马华女诗人的诗句:"把手指掰断成树枝/在冰凉的夜晚/为你起火……"当时很纳闷:干吗要把老本赔干、把手指掰断呢?留着手指为爱人捡柴火不是挺好吗?后来再一想就明白了:人家那是在马来西亚,那儿的冬天不需要烤火,所以无论以哪种方式拿烤火来说事,都是在闹着玩。

说到烤火取暖,长江以北、珠江以南的人,都没他们什么事,反正北边屋里有暖气,南边常年有太阳。正经饱受数九寒天百般煎熬的,是掐头去尾中间这一段里待着的咱们。

那年俺初到桂林,满以为这儿既然是广西,自然应该长夏无冬,恨不得连冬装都集体下岗了,还取暖干吗?结果一个冬天下来,就被收拾得服服帖帖,才知道这儿地近湖南,冬天完全是潇湘之地的苦寒概念。最冷的那天,天上所有的风都起义了,发出阵阵吓人的怪叫。我学当地人生了一盆炭火,把木炭烧得叭吱叭吱火苗乱跳,屋里立刻便有了暖意。入夜,我把火盆端到床边,那火盆很别致,上着绝无仅有的玫瑰色釉彩,映着亮如宝石飘如风的火苗,像一朵正在热舞的玫瑰。我给它取了个名字,叫做"妖精玫瑰"。我的"妖精玫瑰"还有一块钻了蜂窝孔的同色盖板,我为它加上盖板,又关严了门窗,就决定睡了。临睡心里还美滋滋的,觉得自己像个公主,暖融融地躺在一个带壁炉的房间里。

这公主觉一睡下去,差点就没醒过来。第二天一早,同事H来敲我的门。要知道,在我们这样的大院里,一位并不熟悉的男同事,来敲一个刚刚毕业的女大学生的门,是需要一些勇气的,而他不仅敲了,而且咣咣咣敲得山响,而且一敲就敲了足足二十分钟。这些都是我后来才知道的事了。当时,我和一屋子一氧化碳待在一起,眼皮沉得根本不可能抬起来,身子连挣也挣不起来,脑海里一直在翻一本书,一页又一页,张张是白纸,连封面都是白的。有个声音在催眠似的对我说:好好翻,翻完才能起来哦……

可是,H的声音最终战胜了那个声音。我不知道自己是怎么从床上到的门边。门一拉开,我就一阵晕眩,吐了个昏天黑地。后来的日子里,我无数次打量过H,这个线条分明的严肃男人,是什么力量让他坚信我人还在屋里,毫不放弃,一直坚持到把门敲开?至今是一个谜。

现在的桂林,冬季取暖主要用的是各种大同小异的电器,因此再也不会有人像我和老公黑鸟一样,命运被一朵独一无二的"妖精玫瑰"连在了一起。●

最热的日子

天是立秋了,可是桂林一年中最热的日子还没过去。高温热浪就不说了,太阳明晃晃的,让中午下班的买菜时段,变得就像拼命。

阿芳来我家帮忙时说,他们没有高温补贴。阿芳是环卫工,上周她病了,说是不像感冒,因为她体质好,几乎从不感冒,可是却头晕、作呕、想睡觉。我说这就是中暑了。中暑不光难受,严重的还有性命危险。阿芳白天顶着烈日扫街,晚上回家家里没冰箱,也没空调,热了就吹大风扇,连夜吹。这一段风都是热的,多大的电扇也没用。一个人白天消耗太大,晚上又休息不好,身体不出问题才怪!之前有一回,我谎称自己要淘汰旧空调,想送她一台,她抵死不肯,说她家用不起,电费太贵了。我了解到她真没敷衍我,以她家两口的收入,还要养个上中学的孩子,俭省得平时连肉都不敢随便吃。在这个经济高速发展的国家,她好像被抛出了发展的轨道。

网上近来常有跟清洁工有关的消息,我就问阿芳:"你们工作中间,有休息和加水的地方吗?"

"哪里有!"就像每次节假日加班时,我问她有没有三倍加班费一样,她习惯了这个否定句式。

"那要是渴了呢?"

"渴了不知道自己带水呀!"她倒挺心安理得。

"水喝完了怎么办?"我又问。

"实在不行自己买啰……有时候路边卖矿泉水的摊子,卖别人一块一瓶,就卖我五毛……也不是个个摊子都这么好的。"

我想起从前有一首歌叫做《美丽的心灵》,在上世纪八十年代很是流行过一阵:

> 曙光照进路旁的林荫,铃声打破黎明的寂静。姑娘驾驶清洁车,晨风吹动你的衣襟。年轻的姑娘,新一代的清洁工人。我要为你歌唱,我要为你歌唱,歌唱你美丽的心灵。

这首歌里塑造的女清洁工青春激扬,意气风发,掌握知识技术,不是尤物,胜似尤物。

我不知道当年的她如今在哪里,当年的她其实是演员吧?有多少年轻的心曾经被她感召,投身到祖国的环卫事业?当初的年轻人如果在这一行里做成了老人,他们会不会后悔自己当年的选择呢?心灵如果光凭美丽而没有后援,它能支撑多久?

转回来说眼前,我要是觉得热得难受,中午还可以选择不买菜,在家随便对付一下。可是环卫工人却不可以,室外作业是他们的工作,工作无法逃避和对付。在一个清洁工拿不到高温补贴、没有相应劳保待遇的城市,传来官员还在吃吃喝喝,用公款大开酒宴的消息,这真是一种耻辱!同时又听闻参与吃喝的官员被罢免的罢免,被处分的处分,我似乎看到了雷霆施政的一点力度。但愿这个力度,能看到环卫工人的疾苦。●

一起吃糖

早晨,我照例去吃米粉,还是那胡子拉碴的男人在收钱。这男人出现两三个月了,看上去比老板娘起码年轻十岁。这之前,老板娘一直一个人经营着这家街角的"桂花米粉店","桂花"大概是老板娘本人的名字。

老板娘年近四十的样子,挽个髻,眉目清秀,眼神里透着股精明劲儿,嘴角的笑意说来就来。见客人吃了她的粉觉得味道好,就兜兜转转跟你拉家常,说得你心里热乎乎的,下次不光自己来,还要帮她带些客人来。

大概为了干活方便,她喜欢穿同一种式样的船形花布回力鞋,走起路来就好像没了脚后跟,一扭一扭的,显得有些胖。不过,吃粉的人就认一条:粉好人就好。这和"豆腐西施"是一个道理,因而她整个人还是蛮招人喜欢的。

男人浓眉大眼,像退役的文工团演员。说他像演员是指他的模样好,远看竟有几分像朱时茂;退役呢,是看他成天也没个主业,就在老板娘这儿待着,穿戴也比老板娘体面得多,常常是西装革履地围着锅台转,怎么看怎么不像是有长性的,倒像是为救急来帮一把,待不了多久就要去赴一个约会。可是,他还就这么呆下来,不走了。

有一次我听见有人忍不住问老板娘："他是你家——亲戚？"说话的人似乎很犹豫,不知道该捡一个什么样的词,左思右想最后才选中"亲戚"二字。

几乎是和这两个字的话音同时,老板娘曼声答了一句"朋友",然后就垂下了眼帘,难得一见的一抹红霞飞上脸来。听人"亲戚"二字一出口,立即又恍过神来,连忙改口说"对,对,是亲戚",比较甜蜜的暧昧。原来那男人约会的地点就在这锅台边啊。

男人倒是殷勤,每每抢顾客自己带去的碗帮着盛米粉。我偏偏最怕这样,怕他收钱的手弄脏我的碗。几次明里暗里的抵牾,他记住了我。

我话少,买完端着就走,一直没跟他们谁打上交道。

今天让他套上了近乎。他说："等我看看,有没有多收你的钱！"

一碗米粉的单价是一块五,而我给他的数不多不少,正好合适,我就说："今天给你的正好是昨天你找我的,算是还给你了。"头天他确实给我找补过零钱。

他一听就绽开了笑颜,马上说："你在哪儿卖东西？快告诉我,我下次去你那儿买。"他的意思是要照顾我生意,当然言下之意就是我已经照顾了他们生意,他很领情。

我真的乐了。我念了那么多年书,毕业后做的又是编辑——还是跟书打交道。真要说我的工作和"卖东西"之间的联系——难道让他看出了我是"卖书的"不成？当下心生一念,决定考考他。

"你看我像卖什么的？"话一出口我就非常之后悔,我怎么那么傻,把这么一个不着边际的问题抛给一个陌生人？可是已经来不及了。

他似乎是用力地想了想，回答得特别认真："卖糖果的。"

老板娘早就见我俩兜搭上了，眼风一直在斜斜地睃过来，又睃过来，却不娇也不嗔，不是不会，是不想。老板娘真是宠他。

我端着热乎乎的粉边走边"摊牌"："好，有空和老板娘一起来我请吃糖，我给你们打折！"

好多顾客一下子就把注意力集中到老板娘身上。

面对众人善意的好奇，老板娘有些扛不住了，转过身来嗔怪那男人说："你看你，卖粉就卖粉，瞎说什么呀！"

我走远了，还能听到男人在辩解："怕什么，你不是说了是'朋友'吗？是朋友当然可以一起吃糖了……"●

我成了"私房导游"

"离尘不离城","退休了,找个地方晒太阳去"。有的楼盘广告这么写。

我常常想,尘埃这玩艺,哪里都会有的,可大可小而已,离尘?就看你想离多大的尘,在污染严重的城市里,再离尘也不离尘,反过来,城市环境好了,再不离尘也离尘。城市这东西,正在无限扩大,总有一天人们会发现,并不是所有大的,都是好的。至于晒太阳都要选时间、选地点,要么是小白领写字楼里活得终日不见阳光太可怜,要么是房地产商逮个话头就煽情,太会制造概念。

我们远离阳光和新鲜空气,辛辛苦苦,为的是挣很多的钱,将来能买上一间远离尘埃,采光和通风效果都不错的房子;或者,已经贷款买了一间这样的房子,但是为了偿还沉重的房贷,天天要加班,新房子只能留给保姆去享受。生活看起来就像个本末倒置的悖论,比如在我老家,有昆明人为了气派装空调,殊不知,被誉为"天然大空调"的四季如春的气候,却被他拒之门外,他苦苦追求的,其实本身早已拥有。

阳朔有多美,很多人都知道,但他们对阳朔的了解多半局限于媒体的介绍和朋友的谈论,真正有条件身临其境加以感受的,少之又少；加上现代旅游业的广泛渗透，哪怕真有一天来到阳朔，也只是行色匆匆，几乎忘了自己想看什么，而是导游叫看什么，就看什么。就连我桂林的很多朋友也说，实在不知道阳朔有什么好玩的，每次只知道跟着游漓江的船下去，在那儿经停半天，看看西街，吃吃啤酒鱼。

我辞职以后，觉得一不能把锅挂起来不吃饭，二不能容忍自己吃老公的。那么在桂林，一个守着老公守着家的女人能做什么聊以糊口呢？脑海里翻出N个花样，想过卖老家的豆腐，车皮谈好了，又担心豆腐会不会烂在路上，而且开个小面包车一间一间小店去送货，回款却是个问题；动过批韩国服装的念头，那衣服半花不素，模样古怪，说不上是韩国城里还是乡下的款式，门槛费还不低；最悬的一次，朋友撺掇着一起卖煤，最后一块煤没卖成，中间的猫腻倒是过电影一样看了不少，真黑呵，比煤还黑。

什么招都想了，一点辄也没有。总算认清自己，离不开简单的快乐，忘不了身边的美丽。跑去阳朔泡了两月，在那儿漂流、探险、徒步，深度体验漓江，亲近阳光，然后高高兴兴写成一本《沙地黑米带你游阳朔》，笔写、手绘外加一半的摄影，全都自己扛下来。书出版了，我成了最不像导游的"导游"，我的书成了独家调配、与众不同的"私房"旅游指南。

"沙地黑米"原本是我给自己要开的小店起的"宝号"，竟成了我第一本书用的笔名。●

教练大人

我学车的地方，就在我家对岸穿山、塔山间的一块空地上。前一阵老下雨，教练黑着脸，说雨再大也要去。那教练本来人长得就黑，脸一拉下来，还真有点吓人。一帮学员只好说去就去，风雨无阻。

雨最大的那天，江水暴涨，我披着雨衣骑车出门，才到路口脸就被雨水泼个透湿。抹了几把水一抬头，着实吃了一惊：只见对岸我要去的地方云遮雾绕，就像仙乐袅袅中的一方胜景，在这一季可以承托千帆奔进的江流旁边兀自逍遥静好，美得如同幻象。当时心头涌起一阵冲动，觉得只要可以奔赴，淹死都值。

真的学起来可没那么浪漫。桂林的天气，一会儿水深，一会儿火热，一党①菜鸟在那烧柴油的中兴皮卡教练车上来回来去地折腾大半天，怕吃苦还真不行。前几天，我们几个女学员和教练一起在尧山跑路，最后有个人差点中暑，你猜是谁？不是别人，正是教练。别以为这男人体质差，学员换下来躺小树林吊床上乘凉休息的时候，他不能换，得从头到尾在副驾驶座上盯着，"享受"全天候

---

① "一党"为桂林口语，即"一伙"的意思。

日光浴。尧山那路被教练赞不绝口,说那儿既有弯道、坡道,又有百米加减速道,冷不丁地,还能碰上农民赶的牛群和在马路正中晒太阳的土狗,挺考人。

教练十几岁就学车了,开过大货,跑过长途,后来觉得命都搏在路上了,有点不值,就和太太一起在市里开起了出租,她开白天,他开晚上。两个人同在一个屋檐下,却天天单人睡双人床。时间一长,他觉得有点不对劲,某晚专门提早收工回家,想陪陪她,孰料引来对方一通数落,两人当场吵起来,她说他败家,他说她没情趣。

现在当教练好一些,街上私家车越多,出租车生意就越差,驾校生意也越来越好。当教练好比露天作业,辛苦是辛苦,不过收入还算稳定,而且他家住得离驾校近,就在塔山下的城中村里,学员在这边打个喷嚏,他在自家小楼上都听得见,可以马上穿过小东江上的石拱桥,三两分钟赶过来。学员要请他下馆子,他不领情,嫌周围小餐馆里的菜没他自家菜地里现摘的八棱瓜新鲜。他说他家是"观景房",可以边吃饭,边看窗外穿山公园的风景。

教练急起来会凶人,不过从来不用牲口和粗口骂人,在驾校算比较文明的一位,来了年轻女学员,老板一般都派给他教;为了合理调配以服众人,比较调皮的转业军人来学车,也分配给他教。所以,我们这一伙调侃咱教练的保留节目是,用唱军歌的腔调集体模仿他的口头禅:"一灯二档三喇叭,起步之前松手刹"。●

我的黄金周生活

黄金周，人多车多船都堵，我在家可以听见江上游轮频频的汽笛声。我家就住漓江边，平时船少，鲜有汽笛声可闻，只有旁边小别墅里的狗叫声，每每在夜半屡禁不绝，弄到现在，那狗成了小区的更夫，我们已经习惯了枕着吠声安然入眠。漓江船票平时280元一张，到了黄金周，变成380块，卖票的还说不贵，也就50美金，好像来这儿玩的人兜里都揣美刀。

黄金周，我不出门也能会很多朋友，这就是住旅游城市的好处。朋友们也不是不知道黄金周出个门好比凑热闹，可是一年到头也就这几天有整块的假期，平时不是上学就是上班，义务加班更是家常便饭，此时不出门透透风，更待何时？来的朋友多，我没法一一作陪，预定个酒店，提供个三五天出行计划参考，比如在哪儿玩、在哪儿吃什么的，我举手之劳。

有一回事先有同学从北京打电话来，说黄金周要携太太来桂林HAPPY，让我订个房间，同时特别声明，要桂林最好的酒店。听说此君那几年赚了点钱，人家既然开了这个口，我要是拿不出间像样的酒店来，就是活该我们桂林掉价了。于是毫不含糊，把这儿最好的五星级酒店优惠价呈上，人家就改了口。后来入住的是间三星,性价比还不错。最后结账的时候,他太太在大堂跟前台吵到领班要打电话向我呼救,非说酒店预先讲明的价钱还是收贵了。有损友后来提醒我说,人家太太指不定以为我收了什么回扣呢。好吧,房间是我用自己的携程白金卡定的,比本地人去问的柜台价优惠,回扣有啊,那点积分不知换个钥匙扣够不够。

虽然黄金周满街的车都是"粤"字牌照,让人恍然觉得自己还没出门就好像到了广东,但我脑子还没锈掉,总不能跟所有熟人都说"喂,你去办张携程吧",听上去没头没脑,好像吃错了药。所以来了人,再怎么吃力不讨好,该帮忙还得帮忙。像这个黄金周,原先两百多的标间涨到四百多预定价,要是临时来人现敲现住,就得六百多,还不一定有房。阳朔也是,平时一百五六的标房涨到四五百,熟人不开发票,能定个三百。这就是假日经济,桂林好多做旅游的,赚的都是旺季的钱。

文章还没写完,有酒店打来电话,催我去垫付房费做订金,没办法,十一房源奇俏呀。还回扣呢,我只希望我那些祖宗朋友说话算话,说来都来,要不然订下那么多间房,我就算临时拉人去打通宵麻将,求人人也不信呀:"你从来不玩这个的,今天受什么刺激了?"●

守桂望友

在桂林这样的城市生活，是可以以逸待劳的。因为只要守住山水，就有可能见到久违的朋友。所以古人的守株待兔，到了我这儿就变"守桂望友"。朋友当中不乏专门来桂林看我，连带着看看山水的；当然也有的是专程来桂林看山水，顺便看看我；也许还有更多，既然出差或是休假来桂林，那么出差有出差的公务，休假有休假的空间，来了也就无所谓看不看我。所以，在这座城市住久了，突然见到谁或者听说错过谁，我都不会感到太奇怪。

1993年我大学毕业刚上了两年班，盛夏时节。之所以记得住季节，是因为台胞餐馆里的冷气——当年有冷气的地方实在不多。我在那里面款待远道而来的女同学萍。萍不是一个人来，她身边陪着高大壮实的新郎倌。他俩刚刚北京、上海地兜了一圈，这会儿正途经桂林，在返家途中。是的，他俩就是传说中正在旅行结婚的新郎新娘。而我和萍，自从中学毕业各自上了不同城市的两所大学，就一直未曾谋面，由此也可以看出，我和她虽然熟，但关系可能还不算太近。工作后她回家乡我来桂林，就更是断了音讯。那时还没有手机和网络，她来了就来了，我见了也就见了，大家都感到了一阵久违的高兴。

台胞餐馆是我那时所在的出版社经常接待作者的地方。我亲眼见过我们年轻有为的副总，很是潇洒地扔了一摞社里新出的书给前台，完了甩手走人，好像连账也不用结——这是多么神奇的一间餐馆呵，竟然可以拿书换饭吃！偏偏店里的菜又极有特色，可以说是当年享誉桂林的顶尖潮汕菜馆。我和同学夫妇就这样围坐住台胞餐馆一张大圆桌的小半个角，中午客人不算多，半个厅堂几乎被我们专享。我们一坐定，店家就殷勤地上菜，每上一道菜，我都在一旁热烈地做着美食推介。

"这是潮酸炒肚片，看，这肚片真正是片的而不是切的，立刀为切卧刀为片，片的肚片层次更丰富，尝尝看，脆而不腻，不塞牙的，潮州酸菜很开胃……"边说我边给他俩布菜。

"这是台中芋泥，百吃不厌的小吃，强烈推荐，这么一小碗的印象，够你俩香甜一辈子……"我一边介绍菜，一边不忘给新婚夫妇寻找好彩头。

"这是潮州牛丸汤，这牛肉丸是手工打的，很劲道，不信咱们试试。"我边说边学印象中老总跟作者演示的样子，故作老练地从汤里捞了个肉丸出来，像摔乒乓球一样摔在桌上，肉丸果然一蹦老高。

那顿饭吃得既热闹又尽兴，记得新郎还向新娘申请喝了几口小酒。最关键的是我还提前留了一招，这才有了临出门时的奇效：大家是甩着手一起走出来的，谁也不用付账。——因为之前我专门单独先跑了一趟，也抱了一摞书来，没头没脑交给前台姑娘，顺带压了几十块钱，说了要点的几样菜。我这么做是为了避免吃完饭大家抢着埋单，我一个人抢不过他们两个；再说了，我提前付过账，即使他们不跟我抢，大家吃完就走，表面上不干钱什么事，同学一场,不是显得更纯粹,更脱俗吗?当然,我在私下里也不乏这么点小念头,就是想让客人觉得,地主在这儿还算玩得转,混得开。

现在想来,自己当年还真是好笑,前台姑娘是老板的闺女,年纪跟我差不了几岁,也不知喜不喜欢那些书。再有就是,自己当时手头并不宽裕,既要请客,还想要派头,压给店家的钱好像都不够那几道菜的价,还真以为几本破书就可以换饭吃了呢……可是姑娘一直善意地笑着,把书好好垛齐,仔细收到后面柜里,和她一家热情接待了我们三个年轻人。那姑娘生了张瓜子脸,肤色白白净净,最妙是一头秀发,不烫不染,在身后松松编了根独辫,她倒不一定看得懂那些书,可是感觉得到,她对知识的那种笼统的尊崇和认可,堪比我对她家美馔的浓厚热情。就这样,她一个商人的女儿,眼睛却为书闪亮;而我一介书生,却贪图口腹之欲,向俗而生。世事有时真是颠倒过来,你中有我,我中有你。就像"守株待兔"和"守桂望友"这两个词,原本是守着一株树,等待一只兔,现在从字面上变成守着一棵桂花树盼望友人。那么谁会守着桂花树呢?只有月宫里的白玉兔。所以我和兔,也是你中有我,我中有你,分不清谁是谁,谁又在等谁。成长如果有代价的话,就是回望来路的时候,你会为自己先前不妥的行为在心里凛然一惊。我也真是庆幸,这辈子常会遇到好人。

走出餐馆,萍把我拉到一边,开口问我借一笔钱。没想到,我那么千方百计绕开钱的话题,她倒是单刀直入,奔向主题。看来人在路上比在家有决断多了。她说他俩一路上钱花得差不多了,从这儿回家,还要点盘缠,好开销在桂林的住宿、交通,免不了回去还要给亲友带点罗汉果……我连忙打断她的话。那笔钱相当于我当时半年的工资了,我因为离家在外,自律较严,自从工作以后就不花家里一分钱,当时有限的积蓄,是自己攒下来的一点奖金和零花钱,正打算再攒一阵子,去买台全自动洗衣机。但我小小的面子不能忍受她把话说完,她只说了个大概意思,我就低着头红着脸答应了她,好像向别人借钱的不是她,而是我一样。我素来不爱跟人牵扯钱物上的关系,但知道穷家富路这个理,人在路上难免有个急难。

然后我就去银行取钱,那时还不兴ATM取款,记得在银行还排了会儿队。这个过程里,遇到男友(他当时在外出差)的母亲,我后来的家婆。见我赶得急,听我说了下情况,她只提醒了一句:"你要记得问同学要一张借条。"男友母亲不是生意人,退休前在医院当护士。两广一带受商品经济冲击比较早,像借钱给人又收人借条这种事,作为民间钱物往来的一种备忘,似乎早已深入人心。

问题是,我当时离开学校到南方的时间还不长,人也年轻,别说连想也没想过让同学打借条的事,就是经人提醒想到了,也觉得这种事怪难为情的,怎么开得了口?所谓阅历就是见识加经历,没有时间的足够打磨和锤炼,你想要多一分的阅历也不会有。我自己当时只觉得借钱给别人这件事有点突如其来,而且来得很被动,完全不在自己掌控范围之内……但就是说不清,这种不适的心理到底应该怎么排遣。一个刚出社会的年轻人,只有热情,没有方法,只知道莎士比亚借老丞相的嘴奉劝过年轻的哈姆雷特:"不要借别人的钱,也不要轻易借钱给朋友,一旦借钱给朋友,钱就会和朋友一起跑掉……"不知道这种事一旦临到自己头上,应该如何应对才好。

但是现在,"借条"一词横空出世,惹得我心痒痒,又不安。心痒的是,一手交钱给对方,一手让对方打个借条,这听起来倒也合情合理，比较具有操作性；不安的是，这事真的办起来，哪有说的那么容易——人家大老远找来也是种信任，我该怎么跟人提这话茬呢？

回来的路上，一路走，一路纠结，也顾不上大太阳下骑车骑得满身是汗。但心里还是升起一个理智的声音：打借条这事即使再难开口，对方既然不主动提出来，那我自己得提。我认她是朋友，所以借钱给她；她认我是朋友，就应该不会在意拿走钱的同时留下一张借条……我瞬间打定主意：既要帮助人，也要掌握主动。

给她钱之前，她提出要方便一下，于是我陪她去单位的卫生间，也因此等来了我要的机会。和她在卫生间的两个单元里，中间隔着过人高的壁板，谁也看不见谁。我平生第一次鼓足勇气，故作平静地说："不然你还是打张借条给我好了。"

她在那边平静作答："好的。"心里不知已然掀过几重波澜，也可能那波澜只是我波澜的投影。

他俩带着我的钱客气告别。后来没多久，大概一两个月以后，我收到了萍从家里寄来的钱，分文不少。我把心放下的同时，说真的，有一丝怅然，在心里隐然滑过。萍后来再也没主动联系过我，我们好像真的成了互无往来的陌路人。不过话说回来，我们从前又有过什么往来和联系呢？这一次，莎士比亚好像没说对——我的钱回来了，朋友依然很远，也还在那里……兴许哪一天，又会在桂林以"别来无恙"的开场白重聚。●

在冰岛等你

阿玫的上一辈谈恋爱,约会地点一般选在市中心榕湖边那棵五六人才能合抱的大榕树下。榕树有气根,独木也成林,是多情与长命的象征。无独有偶,刘三姐当年给阿牛哥抛绣球,也在大榕树下,足见榕树曾是桂林人的月老,见证过许多人的爱情。阿玫还记得当年被老妈一手牵着,母女俩悄悄摸到大榕树背后,偷看阿玫小姨新处的那个对象的情形。

那棵大榕树现在还在,主干越来越粗了,还添了好多大象腿一般粗细的"气根",外地游客走马观花,大多不晓得那是用水泥以假乱真砌成的。可能嫌老辈人土,也可能是下意识里担心自己未来的恋情也会像水泥气根那样掺假,反正如今当地年轻人在大榕树下拍拖的,好像并不多。不是说香港人都在地铁站约会吗,都市化了又怎么样,没有大树,不也一样接得上"地气"? 就拿阿玫来说,她最喜欢约人的地方,是依仁路边上的中心广场。

中心广场被说成是桂林市的大客厅。那儿的地面比较考究,用不同色泽的大理石地砖,镶了一幅完整的世界地图。说它大,它比世界小多了;说它小,它跟书上的地图相比,又显得阔大无边。那上面不仅用乒乓球面一般大的圆圈和中心点,标明了世界各国重要城市,还有北极冰盖和南极冰原,在五月初夏的阳光下,好像真的透出几许凉意。

阿玫每次在中心广场等我,两人远远互相看见,必然一通大呼小叫:"我在旧金山!""我在墨尔本!"真比通可视电话还便利。世界在我俩眼中,仿佛摇身一变,成了少女时代的跳房子游戏。

最近,我约阿玫出来时喜欢逗她:"记住,今天在冰岛等你呵!"阿玫么,是榕湖边一间酒吧的女主人,去年圣诞节,她店里来了个冰岛小伙,两人在比约克①的歌声陪伴下,很是来了一阵子的电。然后那小伙走了。走了以后,常有电话、伊妹儿来,对阿玫显得很依恋。

阿玫还没想清楚,自己这辈子到底会不会去到冰岛那么远的地方,她只是对小伙子说:"想我?过来这边晒太阳!"●

---

① 比约克(1965—),冰岛女歌手。

"淑女"也不是吃素的

朋友要给他刚出世的千金取名"质淑",我投了反对票:淑与不淑,不是贴贴标签就能解决的事,在"形式的淑女"借着商品、传媒大行其道的时代,"品质的淑女"有上前叫阵的必要吗?鱼目混珠的道理大家都懂,反过来如果鱼目太多,珠混鱼目以图热闹,岂不是太跌份?换句话说,如果孩子长大做不成淑女,叫这名字未免可笑;如果真是个淑女,反而还要因为这名字叫得太"满"吃点亏。

话说回来,天下父母给孩子取名字,谁不想寄托美好愿望?这也是情理中的事,我上面的质疑不过是借题发挥。本人有过一次遇人不"淑"的经历,就是乱贴标签害的。

事情起源于一次友人聚会上关于"淑女"的讨论。我当时的观点是:"也不看看万年历,泰坦尼克号上的罗丝小姐都超过一百岁了呀!"现代女子如此忙碌,别说地铁里当众补妆,就是当众吃包子当早餐也不在话下。职场如战场,兵荒马乱蹄声杂沓是常态,谁还有闲工夫上外婆的小阁楼上去熨睡帽上的一圈细花边?一句话,现代社会,古典意义上的淑女早就不见了,至于现代淑女嘛,正应了佛家那句偈语,"不可说,不可说,一说就是错",说得出来的,不是商家别有用意的夸张附丽,就是一堆徒有其表的空壳,偏要在都市上空轻飘而炫耀地飞。

但还是心有不甘。哪怕自己在朝九晚五的快餐生活里早已失却了做淑女的从容前提,仍然忍不住要环顾左右,由衷希望身边能出现几位淑女楷模足以反驳自己的论调,要不这个世界也太单调了。所以座中有人大力推荐他的一位朋友虹做桂林淑女人选,立即就得到了我的认同。

马上就有了与虹接触的机会,果然印象不错。同样自食其力,但虹风格稳健独立之余,还透着一派温和贞静的贤淑仪态,加上良好的教育背景,言谈举止极大地区别于街上青春可人电力四射,只可让人远观而不能开口说话的靓女一族。于是在心里暗暗将她归为城中难得一见的淑女之一。变故的隐患就此埋下。

然后就有一次在一起吃饭,席间她先生揭她老底,说她专爱吃肥肉,只是到外面来装出不吃的样子罢了。她那天便很有些无地自容,羞也不是,恼也不是,话说不成句,脸憋得通红,很是羞赧和尴尬。我对她的好印象却依然如故——不就是吃吃肥肉吗?只要体重不增加,就一定可以美容。林黛玉还吃张牙舞爪大螃蟹呢,吃肥肉也不妨碍做淑女嘛。

反而是她先生,给我的印象一直好不起来——每次来让我们关照业务,就说家里用钱紧,又要买房子,又要生孩子,这呀那的,让人难以招架。仿佛同龄人都在闲着数星星,就他家房子是房子,孩子是孩子。而且,每次让了他业务以后,催款催得又急,竟然吝啬得连为他加班算账的会计小姐的一份盒饭,也舍不得去买来。我真不明白,年轻人士里像他这样貌端体健收入不菲的,怎会活到如此不堪的份上。所以就一直为虹抱屈,觉得太不般配。圈中朋友有人在一旁笑我,说是别忘了"不是一家人,不进一扇门"的古训。

后来有一天,虹来约我去她就职的电视台做一个访谈节目,话题是聊我百年华诞的母校,报酬的事压根就没提。我出于帮朋友的忙,救火似的赶了过去。

同做节目的还有一长者,说是我的校友。直播前虹如此这般地"导演"了一番,拼命说服我在镜头面前像小女孩一样向长者连发萌问,"你们那时候的校园是什么样子的呀"之类。我当时也算年轻气盛,就婉言谢绝:"你也许了解,北大人不当'托儿'。"节目也就分开做了。做完节目我先走,忘了东西又转回去,一头撞上虹在给长者数钱。

当时的虹真是窘极了,我并没有刻意去看她,别人因我发窘的时候我会自己先不好意思起来。而她显然害怕我看她,整个脸真是能扭开就扭开,能低下就低下,但是她跟长者的交涉还没有结束,她不能停下来让对方看出什么蹊跷,又不想继续进行下去让我知道是怎么回事,语句开始结结巴巴。可是事情已经摆上了明面,还用得着我费脑子吗?我忽然改变主意决定看她一眼,就看一眼……啊,她此时的样子有点似曾相识……想起来了,那次被揭穿老底说她私下里爱吃肥肉,她不就是这副表情吗?至此我至少弄懂了:淑女,可以吃肥肉但不可以装作不吃肥肉。

后来才知道,原来关键在于长者的另一重身份,是她丈夫的顶头上司;最微妙的是,她丈夫那段时间正在争取晋升的机会。更有一种来自内部的说法,说是我那份"嘉宾"的报酬也还是有的,但是主持人可以代领了去,发给谁,发多少,都可以做主,她要两份加在一起发给那位长者以显其分量也是可以的。前面的说法比较可靠,后面的说法无法证实,我不愿去想它是真的。

正所谓难得糊涂,我多么希望不要发生那尴尬的一幕呀!我为什么要忘记东西,又为什么偏要在那个时候一头撞回去呢?如果没有这一幕,我损失一点微薄的报酬又算得了什么?至少还保得住虹在我心中建立起来的美好印象,至少我还可以常常这样引以为骄傲地宣称:"我有个朋友,真的很淑女哦!"

覆水难收啊。世界还是原貌,可是认识却发生了根本扭转。怪谁呢?当然怪我自己,是我自己从一开始就发生了指认错误,一厢情愿地给她套上了"淑女"的头衔。如果当初刚认识的时候不急着给人贴标签,对人对己都多留一点余地,也许就可以换一种方式去思考问题:她也有她的难处,现代人生存压力那么大,难免有顾此失彼的时候;她先生尽管为人小气,能够当众揭太太的老底,也不失为一种率性的天真。作为普通人,他们身上的毛病都不是什么不可原谅的错误……

所以,真的想念淑女的时候,千万不要跟现实里的别人和自己过不去,害得大家都累。还不如去逛逛满大街标榜的淑女时装屋,在商家营造的粉色情调里感受一回远古时代的长裙曳地和可爱花边,还有舒适而环保的棉的质感,看得兴起,割一块月薪出来买一份感觉回去;或者光是看看,心满意足之后"全薪而退",不带走一片云彩,都是可以的。与现代淑女的贫血相比,现代商业的伪浪漫真是不乏一番取悦于人的苦心。别以为我这是在向现代商业乱摇橄榄枝,穿上淑女衣裳就真的变得成淑女吗?我不信。它们只不过是我想换换心情时需要的道具。●

凯蒂的美国红包

那年春节,我终于见到了凯蒂。

凯蒂是地道的美国人,一句中文不会;但戳在人堆里,却是普通中国老阿姨模样——她父母原先是广东渔民,早年偷渡出去,全家一直生活在旧金山唐人街。成年后,她嫁的老公也是华裔,两人生了一堆孩子。等到孩子们长大,多半跟亚裔联了姻。

这些信息,我是听她指着带来的照片一一讲述的。照片上有她小儿子的婚礼场面,多年前已弃她而去、另觅新欢的老公,这会儿和她像临时"过家家"一样,回来撑一撑中式家庭高堂在上、父严母慈的场面。中餐馆俗艳的正堂装饰着红罗赤帐,光线晦暗,空气里可能有陈年油烟的味道,她和他端坐正中,接受新婚夫妇跪拜高堂。

上溯二十来年,据说凯蒂可是个大美人,这个"美"既是美丽的"美",不用说也沾了美国的"美"的光。桂林杉湖边,一帮狂练英文的大小伙子,把这偶然结识、还算配合的华裔女导游简直奉为大明星。就连她原本准备扔掉,发现这一招蛮灵光又随手惠赠的美国旧杂志,都有人抓起来一页一页翻着嗅。那人后来坦白,那么做只是想感受当年颇为罕有的印刷文明的铜版墨香;然而在凯蒂当时看来,却大有用比较曲折的方式一亲芳泽之嫌。

光阴荏苒,美丽的人和美国的梦一同渐行渐远。一群老小伙先后组建了自己的小家庭,我也被他们当中的一员招安,成了这圈子里年纪最小的一位。自从加入进来,凯蒂长、凯蒂短,就没少听他们絮叨过;他们也跟凯蒂添油加醋谈到我,好像老凯蒂和我,分别是他们在青春和壮年时期,邂逅的两个异类。当然,他们好像更希望稍事撮合一下,这俩异类立马变成同党。

无论如何,凯蒂总算来了,仿佛要在垂暮之年重新点数一遍年轻时撒在世界各地的浪花,多少有那么点朝花夕拾的意思。她提出,大年初三那天要在酒店设宴请客,给大家拜个年,感谢众人书来信往与她维系多年的情谊。还特别提出,席间要请大伙玩一个任选的游戏,游戏的目的,除了开心,胜出者还可以赢取她专门准备的奖品。"奖品很丰厚哦!"她用英文特地补充道。

六家人欣然双双前往,加上往首席一坐的主人,把包厢的超大号圆桌围了一圈。席间,大伙一边叙旧,一边重新操练生疏了好久的 broken English,气氛好到不能再好。很快就到了既定的游戏时间,大伙决定就玩击鼓传花。虽然都很好奇,获胜的人将会得到主人什么褒奖,但礼品只有一份,因此一群朋友还是礼让有加,不愿角力,只想用运气来决定胜负。

我被凯蒂挑出来,把眼睛蒙上,专管拿筷子敲一只底朝天翻过来的盘子——好个帮闲模样,我心想。游戏要求我先均匀地敲,然后忽然重敲一记。我敲盘的同时,众人挨个传一只问厨房要来的小号"黑美人"西瓜,等我那重重的一记敲下来,谁手里拿着西瓜,谁就是当晚的赢家。这个被蒙上眼睛的人,因为失去了竞夺奖品的机会,被特许可以事先私下看一眼那件神秘的奖品,是的,就看一眼。

　　我的确只看了一眼，立刻就傻在那里！可是别人还没来得及看见我犯傻的样子，我的眼睛已经被蒙上。整个敲盘子的过程中，我不断安慰自己，这只是个玩笑，一个地道的美式玩笑。美国人不是喜欢以猜谜的方式让人发笑吗？比如"一堵墙对另一堵墙说什么？"答案是"墙角见"。不过，凯蒂这回的玩笑，真是开大了。

　　最后的赢家是老赵，老赵是 Coco 的丈夫，一个高大腼腆的男人。他向在座各位兴奋地展示自己的奖品，一只传统的"恭喜发财"红包。

　　大家都祝贺他，有人说"不错嘛老赵，大捞一票"，嚷嚷着要他打开来看，这个丰厚的"利是"到底有多厚。

　　红包被老赵小心翼翼打开来，从里面当然是掏出了一张美元，美元么俗称"美刀"，不过这 100 美刀看起来好像有点蹊跷，仔细看了又看，千真万确——这是一张中国城镇菜市上，随便花一两毛钱，就可以买到的冥钞。●

一川与卡诺

曾几何时,在远离桂林的地方,人们对桂林的了解,除了山水,就是画童。漓江画童阿西和亚妮,是我们那个时代真正的小明星,画的水墨画登在当年最受家长追捧的《儿童时代》杂志封面上,别人什么反应我不知道,我当时是被震得一愣一愣的,想那画猫的阿西比我还小,几乎是刚会吃饭,就会画画了,而我虚长几岁,还只会吃饭,真是羞愧难当。

中国的家长有不愿意孩子当人、愿意他们当神的传统。虽说也有"小时了了,大未必佳"的古训,但古代神童的故事,还是一代又一代流传下来,什么司马光砸缸、骆宾王七岁咏鹅,寇准九岁咏华山——我华夏古国数千年文明史,仿佛家长们信手拈来、予取予求的弹药库。望子成龙的家长顺理成章坚信的是,让孩子速成一点"神性",应该有助于他们成年以后跟人的生存竞争。

我桂林的闺密小陈,孩提时被其父照着木纹唱片的发音,速成过几个语种的《我爱北京天安门》,恰逢其父下放的工厂开联欢会,小陈被抱到台上载歌载舞,咿呀一通,全厂的劳动人民顿时奔走相告:"老陈的女不得了,小小年纪,会唱六国语言!"让老陈很是满足了一回虚荣心,小陈也初尝自己与众不同的甜蜜滋味。只是长大以后,她会的几句英文,都因不常开口操练而快要忘光。

好在现在的年轻家长开通很多。我住的大院有一阵靠山,院里的人家老生男孩,后来整个大院搬了家,靠水,女孩子们又花团锦簇地投胎到这个大院里来。

男孩代表人一川,十一岁,最近当了一回"乞丐",为他班上患白血病的同学在市中心募捐,17分钟募到18元。他最大的困惑:现场有人不相信,说他会把这钱拿去旁边就近吃肯德基;最突出的感觉:时间过得特别慢;最大的欣慰,得到了老师、同学的理解和赞赏;最有力的支持者:他的胡子老爸。

女孩代表人,卡诺,三岁,会为任何简单的事物而快乐。戴上帽子是个秀气女孩子,脱下帽子就变假小子——因其短发里有一撮著名的刘海,怎么梳都像潘长江。卡诺名言:参加婚礼,发现"气球穿裙子了,气球是女孩子";卡诺创意:"柳州是喝粥的地方,我不喜欢喝粥,不去柳州。"卡诺的圣诞愿望:上街跟每一棵圣诞树合影,然后惊喜地发现,有棵白色圣诞树最美,"因为它刷了牙"。关于卡诺的名字,仁者见仁,智者见智,院里有作家说是卡尔维诺,有小资说是卡布其诺,她村里来的爷爷朴实,直接说是一卡车糯米。其实都没说对,是大人哄她睡觉时,从世界地图上随意读到的非洲尼日利亚一城市。取名者:她的博士老妈。●

云节的木棉花

先说木棉花。木棉，又叫红棉，不过在我老家，大家一直是叫它攀枝花的。虽说名字里有"花"这个字，我却是从来没见身边开过这种花，倒是家家都有的攀枝花枕头，据说就是用它的籽做成的，透气，天然，软硬适度。隔着枕头布，能一颗颗摸到里面有比绿豆大比豌豆小那么大的小颗粒，偶尔从针脚缝里挤出一两颗，黑的，上面还粘着长长的纤维丝絮。既然种子那么平凡，我对于没见过的攀枝花，原有的离奇想象也就一点点消失了。

前几天说过桂林春天多的是绿，少的是花，马上就遭到友人的质问。家住珠三角的女同学说，木棉花在她那里开得很火，难道我这边就没有吗？我听后一阵茫然。是呵，两广两广，总是比肩相连，广东有的，广西怎么就没有呢？可是我在桂林真没见过什么木棉树。刚刚去看一剑和菠萝嗝的博客，发现不对，不是广西没有木棉花——人家百色、南宁的木棉花，开得就很盛——而是桂林纬度太高了，在木棉花这件事上，桂北地区的桂林不能套用广西的概念，就像我之前写过的冬天，桂林不是想象中广西的温度，而更接近湖南。

还是回过来，谈谈我第一次看见的红艳艳的木棉花。不是在现实里，是在周文雍和陈铁军的婚礼上，那是一部关于婚礼的电影，名字就叫《刑场上的婚礼》，纪念的是两位牺牲在广州红花岗的早期共产党员。记得那电影里的岭南美景，鲜红的花映着蔚蓝的天，颜色很撞；电影的名字，刚的刑场和柔的婚礼，两样也很撞。偏偏我上小学的那些日子，不知为何每周至少有两部电影看，还都是学校组织的学生场。电影院里，女生很安静，可以从头到尾不离开座位，专心看电影，男生却很奇怪——老喜欢起来上厕所，看见好人冲锋，他们要上厕所，看见坏人死了，他们也要上厕所。然后在电影院侧门挂着的遮光天鹅绒幕帘里，冲出去的男生就和冲回来的男生，在里面频频发生蒙头蒙脑的对撞。

不说这些撞来撞去的事。最早的时候，我以为周文雍和陈铁军，男的姓陈，女的姓周。只有男的才"铁"嘛，而我有个表妹就叫"雍"。殊不知，文雍是新郎，铁军才是新娘，真是大吃一惊。两位原来是假夫妻，组织上让他们组合起来一起开展工运和青运工作，时间一长，两人就产生了感情。像这样一个过程，电视剧《潜伏》里面就有精彩反映，孙红雷和姚晨，演的就是一对弄假成真的地下党小夫妻。再说周文雍和陈铁军，后来被反动派抓了，临刑前的最后要求就是要举行婚礼变成真夫妻，嘘吁呵嘘吁，既感叹这一场爱情绝唱，也感叹反动派那天可能是脑子进水了，居然容忍了这一场婚礼，成全了它的青史留名。其实广东那个地方，后来一直不断地向我演绎着它的地域性格：柔的情伴着烈的血，鸟语、美食构筑的软生活，不妨碍人家经常是历史关头的革命策源地。我在那边有几个闺密，外表都是纤柔文静小女子，内里却藏着几把做大事的好性格。

看这电影才知道的，木棉花又叫英雄花。菠萝喃的博文又帮我把"英雄花"这名字温习了一遍。南宁那几张照片上的花花真叫一个火红呵,要不木棉怎么又叫红棉呢。瞧瞧,我跟这花是多么的缘浅,至今还停留在纸上谈兵的程度,不是电影里的,就是照片上的,传说中的真花……想起来了,我好像见过一次,在广州中山纪念堂前,说好像,是因为当时已经过了花季,看见的是落花的残瓣,不红了,却很皮实,彻底的死硬分子。

"红棉"两个字让我想起了吉他。八十年代初刚刚改革开放那会儿,会弹吉他,是极其风雅的一件事。会弹吉他的人,比今天开奔驰、宝马的主,那可神气多了。在台湾地区出品的电影里,不是秦祥林就是胡慧中,一个个美男俊女,男的大背头女的长发飘飘,全都穿一式的提臀小喇叭裤,抱个大吉他,叮叮咚咚,时间瞬间凝固,停在那一刻,那架式,那做派,帅呵,简直帅呆了。于是都跟电影里学呢,忽如一夜春风来,连我这个当时的初中生都知道了,国内最好的吉他牌子,就叫"红棉"。至于红棉吉他跟红棉树有什么关系,我不知道,可是我知道我姐夫,就是用一把红棉吉他,像琵琶天王一样坚守在医学院女生宿舍楼前,把他的绵绵情意滔滔不绝地弹向我美丽的莲表姐(这位是早期模特大赛云南赛区前三甲之一)的窗口,终于连克数位劲敌,俘获了伊人的芳心。要是换在今天,吉他厂如果知道这段佳话,请他俩去做品牌代言人都说不定,呵呵。如今,两个人的女儿都满了十八,刚刚去了美国求学,不知在异域的哪片月色、哪扇窗下、哪种肤色的小伙子会给她送花,他还会弹吉他吗……光阴荏苒,一代人都长出来了。

最后说云节。今天四月一号,就是我说的云节。其实不是我说的,是黑鸟说的,快过完这一天时,黑鸟也许是想要隆重地庆贺一下,又怕太隆重会吓着人,所以语气中又加了点调侃——故意一改他平时说的国语,用桂林话对我说:"云节快乐!"我说:"你说什么?"连听几遍都没听清,最后才醒过神来。原来,桂林人都把"人"字说成"银","愚"和"银"一连读,就变成了"云",所以"愚人节快乐"一旦说出口,就变成了"云节快乐"。有趣的是,等我明白过来,又把这句话原封不动地用国语回敬他,他居然跟我刚才一样表情木然,费半天劲也没听懂。

今天一整天都很平静,也许大家都忙吧,我们自己也瞎忙,没去骚扰谁。就连黑鸟有一位每年这个日子必定要跟他互相戏弄对方一回的哥们,最近也不知怎么了,跟霜打了似的有点无精打采。人啊,指不定在什么时候,就会遇上什么事,给自己的表情、姿态以至心灵,烙上一个小小的记号,这记号一天天多了,人就会一天天变老。可是,不管怎样,我和黑鸟还是要互相提醒:云节快乐!免于被愚弄的愚人节,变成了我们的云节,我喜欢这个名字,有点飘,有点轻,和所有的沉重一起,也将被岁月一笔带过。

我的几件尴尬事

1）我的初中和高中，是在象鼻山后面的逸仙中学念的。上高中那年，周恩来总理去世了，在当时的国家领导人中，他是比较得人心的，所以才会有后来的"天安门事件"。听到广播里说，总理交待死后把骨灰撒到祖国的江河大地上，我们好感动呀，要知道中国人都喜欢死后盖个陵墓什么的供后人瞻仰，地位越高陵墓越大，可人家总理什么也不要，把骨灰撒了，那是何等的高风亮节！我听后忍不住说，等以后我死了，也把骨灰撒了。旁边一个同学听见了，冲我说，你也撒，你以为你是谁呀？等你死了，往你那炉子里扔几块猪骨头牛骨头，还不知道烧出来的骨灰是谁的呢。我一愣，当时就把死后撒骨灰的念头给收回了。

2）改革开放后，桂林的洋人特别多。上世纪80年代初的一个春节，我陪一洋人到朋友家过年。洋人吃饱喝足后，自然要拍一些照片，记录一个中国家庭其乐融融的场面。一个个镜头拍过后，洋人开始拍我。当时媒体上最具古典美的照片，是一个意大利记者为周恩来总理拍的，画面上的周总理，侧身坐在沙发上，舒展一条胳膊，一脸对国家前途的忧患，任谁看了都会被感动。我见洋人拍我，赶紧做出周总理的姿态，凝目远望，满脸沉思，一副伟人状。

洋人啪啪啪一口气拍了几十张,闪光灯闪了几十次。要知道那年头可没数码相机,闪一下就是一张彩胶。后来才知道,那洋人是逗我玩呢,相机里根本就没装胶卷。

3) 十几年前的桂林,街头有许多人力三轮车,常在火车站、汽车站一带兜生意,旅客出站坐几块钱三轮车回家,也方便。一次与太太从外地回来,出了火车站,她走在前面跟三轮车夫讲价。通常车夫要价是五块,太太是外省人,我怕她被三轮车夫欺生,远远就喊:四块!四块!要知道五块虽然只比四块贵一块,但从数学原理上说,贵了 25% 呢。做股票一个涨停板才挣 10%,能节省 25%,当然值得还还价。这时太太说:你瞎嚷嚷什么呀,我都说好三块了!连车夫都忍不住笑了。

4) 我虽然没受过军训,但早上起床的速度还是比较快的。一次起床后,我干净利索地穿好衣服,一把抓起牙刷,挤了牙膏就往嘴里刷,才刷几下就感觉不对劲,牙膏的味道似乎很陌生,一点也不甜,还有点苦。原来太太刚买了一支白色鞋油,用来刷白皮鞋的。鞋油多粘呀,可以想见我花了多大工夫,才把嘴巴清理干净。早上起床后,我吃早餐也是很利索的,通常热杯牛奶,吃几片面包了事。今年下半年开始不敢喝奶了,怕惹那三什么氨,怕得肾结石,于是改吃麦片粥。麦片有几种,有开水冲的,有煮的,我喜欢前者,吃起来方便哈。一天我照例用沸水冲了一碗麦片,吃了几口发现不对,原来又犯错误了,把旁边一包用来熬粥的杂粮,当成麦片了。杂粮里有碎玉米、绿豆、小米什么的,估计连小狗狗都要啃一阵子,我哪咬得动?

5) 说说近视眼的故事吧。因为眼睛近视,我平日不敢主动跟人打招呼,生怕认错人。认错人是很麻烦的,比如人家是老李,你喊小李,降低了辈分,人家是处长,你喊主任,降低了身份,都是得罪人的事,还不如不喊呢。一次好不容易认清了一个来人,是最近分来的一个女博士,这下心里有把握了,于是满心欢喜打了个招呼,可人家根本不理,昂然而去。后来才知道,她的眼睛比我还近视。还有一次在北京,远远看见有个招牌"处女书店",好生纳闷,想不明白里面会卖什么书,走近一看,原来是"外文书店"。

6) 一次吃米粉,排在前面的是一个年轻女子,她要了三碗卤菜粉,是用纸碗装的,大概嫌粉店的消毒碗不卫生。她左手端一碗,右手端一碗,用两手夹住第三碗,转过身准备走,如果一切顺利的话,这姿势也还算潇洒。可那碗毕竟是纸做的,经不住她夹,只见那第三碗粉软软地往下一滑,眼看就要掉地上了。她的动作还算敏捷,一弯腰,用双腿暂时接住了它。我一看这情景,忙问要不要我帮一把?她连忙点头。我刚想帮,就犹豫了,因为这得伸手到她大腿中间去捞那碗粉,感觉怪怪的。她大概也意识到了,脑子也还算敏捷,迅速把右手上的那碗塞给我,然后自己捞回了那第三碗。

7) 80年代初桂林到广州的民航开通了,大家都很神气,安检员不用说,制服一穿那叫一个派,乘客如我也神气,那时年少张狂,根本不懂什么叫谦让。一次过安检,被安检员粗暴推搡,又见自己的行李被胡乱翻查,实在忍不住了,冒出一句:我又不是坏人,干吗查这么细?这下不得了,捅了马蜂窝——错了,是惹了大麻烦,一下围上来好几个安检员,把我带进一小屋搜身。我被喝令解开外衣,又解开内衣,搜到内裤时,一安检员问里面有东西吗?我说当然有,没有还叫男人吗?安检员面面相觑,挥挥手让我赶紧走。

8) 我的名字总体来说四平八稳,不怎么招惹人。曾有人说这名字以后会成名人,理由是里面带一个子字,并举出孔子、孟子做例子,说只要是什么什么子,以后就可能成名。我对这种说法只是笑笑,心想名字中带子字的坏人挺多的,比如什么川岛芳子就是,其他就不多说了,我也不求成什么名人,别成坏人就行了。跟太太结婚后,太太有一次去同学家,免不了跟同学聊起自己的老公,说沈东子长沈东子短的,同学的上海籍妈妈在一边默默听着,并不插话。到了吃饭的时候,同学妈妈实在忍不住了,小声问了一句:"你的那个沈同志……他是党员?"

9) 自从用上搜狗拼音,我觉得还是蛮方便的,方便之一是速度快,以前我用智能拼音,基本上要把元音辅音都打一遍字才出来,搜狗只要打头一个字母就可以;方便之二是可以自己组词,组过的词还不会丢失,下次打照样跳出来,比方沈东子吧,我先用SDZ组词,组好后每次敲SDZ,只要敲三下,跳出来的都是沈东子,真是太方便了。有一次在4S店等修车,看见旁边有台电脑可以上网,就抓紧时间写几个字,刚敲SDZ,结果吓我一跳,跳出来的不是沈东子,是书呆子,原来这个词也是SDZ。

10) 一次坐火车北上,卧铺车厢忽然涌进好多人,一个年轻妇女领着两个孩子,牵一个抱一个,挤到我的铺位前就挤不动了。看着年轻妈妈带两小孩上路,怪不容易的,我赶紧让出一半铺位给她娘仨歇息。妈妈说乖乖,快叫叔叔好,孩子也够乖,马上叫叔叔好,妈妈又说乖乖跟叔叔一起睡好吗?孩子说好啊,于是两个孩子安顿在我的铺位上,睡着了,我弯腿缩在剩下的空间里,也睡着了。到了半夜忽然觉得不对劲,睁眼一看,原来妈妈也熬不住了,昏睡中倒在我的腿上。毕竟是做妈妈的,她倒下时宁肯压着我,也不会压着孩子。我赶紧爬起来,坐到过道仅剩的一只凳子上,一直坐到天亮。就这样妈妈率领孩子们，终于攻陷了我的铺位。

11）早就听过领导闹婚外恋的传闻，不过不感兴趣，没当回事，人家克林顿的水花都飘裙子上了，还不照样做完了总统任期，老婆现在又做国务卿呢。不过话是这么说，真要遇上了，还挺为难。一天傍晚进咖啡店想吃点东西，刚坐下来，就隔窗玻璃看见领导朝这边走过来，旁边是一个陌生的漂亮女子。领导的眼神是很好的，换了平日，像这样的距离，我没看见他，他早看见我了，可这次隔着窗玻璃，又陪着美人，他没看见我。我好不容易有了先看见他的机会，不想一看见他就看见了两个人。更糟糕的是，他也是来喝咖啡的，进了门就在服务生的引导下朝我前面的空位走过来，我赶紧抓起一张报纸，竖起来看，遮住自己的脸。等领导和美人坐下，我捧着报纸赶紧走人，似乎偷情的不是领导，是我。

12）第一次去北方，是去北京。那是十二月一个晴朗的日子，挺冷的，我在沙滩住下，出门沿北池子大街走，走着走着，见街边一户人家的门口有几块碎玻璃，也不扫。我心想不会是冰吧？仔细瞧了瞧，确实不像冰。我也不是没见过冰，我们南方那儿最冷的时候，也结冰的，但是冰跟玻璃很容易区分，南方的冰光洁湿润，总有一点潮湿的印记，而眼下我看见的碎片，棱角很锋利，上面还有粉末，特别像摔碎的玻璃渣子，真是很难判断呀。为了弄清楚这个第一次来北方碰上的谜，我下决心走上前，拣起一块碎片，呵了呵气，证实确实是冰。这时房门吱呀一声开了，探出一老太太的头：这位同志，您找谁？她的眼神很警觉，大概已经琢磨我半天了。要知道北池子距离中南海很近呢。

13）十多年前去丽江，那时丽江还没机场，得从大理出发，坐长途汽车走十几个小时。天没亮就发车了，一路沿盘山公路忽上忽下,风景倒是不错,车子有时会开到云上面。快到中午时,汽车忽然在半山腰被截住,车门打开,上来几个戴袖套的值勤人员,手里拿着枪。其中一个在过道上来回走动,不时捅一下架子上的行李,原来是上车查白粉的。这东西是谁的?他忽然指着一个包裹问。谁都不吭声,居然没人认领,这下不得了,所有人都得下车搜身。禁毒嘛,当然得配合,搜就搜呗。可奇怪的是,别人都是搜搜就放过了,轮到我,那叫个仔细,从头到脚反反复复,就差没检屁眼了。最后终于放行上车,继续朝丽江进发。我问太太,莫非我长得像毒枭?她说谁让你的身份证是桂林的呢?

14)我有一件深红色的长袖套衫,颜色还是不错的,但我不喜欢上面的英文,所以通常都穿里面。有一年春天,跟朋友去灵川县的草坪踏青,那草坪是个乡镇的名字,不仅有草,还有花,尤其是成片的油菜花,一眼望去极尽妖娆,是拍摄的好地方。我们看过了菜花,走上小镇的街道,这时阳光明媚,感觉有点热了,于是我脱了外套,走在众人后面。走着走着,忽然感觉异样,觉有那么一瞬间,周围的空气凝固了,所有的人都看着我,眼神也不对劲。我本能地回过头,只见一头小牛正奋力朝我奔来!这时我才发现,在灿烂的阳光下,我的衣服是那么红,红得好像一团……燃烧的火,哦,不对,红得好像斗牛士手里那块布,怪不得那牛要冲过来呢,何况现在是四月,人家小母牛也是有春天的,大概把我当她爱人了。好在我一回头,小牛可能对我的模样挺失望吧,装出没事一般掉头走开了。

15)有次朋友寄来快件,等了好久还没送到,于是打电话给快递公司查询。对方要我报一下快递单号,我报上了。他说我查一下,你稍等。现代快递就是方便,你只要报上单号,他就会告诉你快件已经到达哪个环节,是在分拣公司呢,还是在路上,甚至在哪个快递员手里,都知道。过了一会他说,哦,沈东子呀,我知道,我知道。我当时暗喜,心想这些年我也写了不少小说,莫非我的名气这么大,还没得诺贝尔文学奖呢,快递员就已经知道我名字了?我试探性地问了他一句:你……认得我?对方马上回答说:怎么不认得,你忘了,上次我帮你送一盒月饼,问了好几家才找到你家?

16)刚学车那阵子,胆子特别小,怕撞人,人命关天,那可不是开玩笑的,因此总要到没人的地方才敢练车。后来渐渐敢去有人的地方了,也还要保持相当的距离,谁知道这铁家伙听不听指挥呢,万一歇斯底里发作,撞到哪儿都难说。我那时不知道,汽车是不会歇斯底里发作的,要发作,也是车里那个管方向盘的人。一次我想到进王城内练车,那儿是风景区,地宽人少,闹中取静,最适合练车了。可进去后才知道,正因为是风景区,游客根本不睬你,三三两两到处都是人,小黄帽站满了路面。我是真被吓着了,还有七八十米远呢,就开始猛摁喇叭,一边开一边摁,声音像救护车,可速度又很慢,所有人都被我吸引住了,全都转过脸看着我或我的车,根本没心思听导游介绍孙中山哪年在这里宣讲三民主义。

17)有次碰到一朋友的女友,她见我就说:沈东子,我哪点得罪你了?我一听心想坏了,赶紧说今天天气真不错,呵呵。打着哈哈连忙走人。这朋友是我的哥们,平日关系挺好的,好到什么话都说,前段时间他悄悄对我说:我准备结婚了,你觉得我那女朋友如何?他那女朋友平时也见过,我就照直把话说了,意思是做女朋友可以,做老婆嘛还要再看看。谁知这小子转身扑进女友怀抱,就把我给卖了。于是出现了开头那一幕。想想也是,你那点哥们义气,怎敌人家温香软玉?以后有谁问我类似的问题,打死我,我也不说。

18）许多年前的一个夏日中午,我去附近菜场买米,买了两大袋,左右手各拎一袋,沉甸甸地往回走,走着走着感觉有点吃力了,想换换手,可周围没地方搁,毕竟是吃的东西,不想往地上放哈。这时我见不远处路边有辆摩托车,心想在车座上搁一下比较合适。我走到摩托车前,把两袋米往车座上一放,歇了口气,不过就在搁上去的那片刻,我察觉车座上有一层薄灰,这车显然有一阵子没人用过了。没人用过的车,怎么会在路边停那么久,怎么不停在车库里？我正纳闷呢,忽然从树影中闪出几个矫捷的身影把我围住,一个低沉的声音冲我说：总算把你逮着了！我有些茫然,另一个人大概看出了蹊跷,问这车是你的吗？我说不是。说着拎起我的米,走开了。那几个身影有点悻悻然,又缩回阴影中。原来公安同志在搞埋伏呢,把我当成了偷车贼或接头的贩毒分子。

19）年纪大了,有时会被请去讲课,渐渐明白原来老师的老,也是衰老的老,一个人只要不死,熬到一定岁数,自然就老了,至于能不能成师,那很难说。编辑这行当有这点好处,自己什么也写不出,但照样可以对别人的作品品头论足,一次给大家讲小说,顺便点评各位的新作,说这里如何如何好,那里如何如何不好,说得忘乎所以,说了什么事后也忘了。没过多久遇上了过年,忽然收到一包腊肉,说是自家腌制的,请我尝尝,打开一看是一只腊猪嘴,我先是一喜,后是一愣,喜的是早听说猪嘴好吃,脆脆的,还从未吃过呢,愣的是这分明是在暗示我,我的点评说的不好,长了一只猪嘴吗？狗嘴吐不出象牙,猪嘴也吐不出的。当然后面这一段,是自己给自己开的玩笑,不过我还是很感谢送猪嘴的人,提醒我任何时候说话都要有分寸。▲

浮世

一日看尽千年

灵渠是个如梦如幻的地方,因为它常让人犯迷糊。我去过不下五次,每次去,置身在那儿的实景当中,都会在某个合适的契机,醍醐灌顶似的弄懂了"湘漓分派"的个中玄机奥妙。可是一回头再问自己,竟然全都忘得一干二净。就像梦里诒诗的人,任当时再怎么觉得妙不可言,千真万确,下决心要记住,醒来也是一片惘然。倒似笃定要人亲历才行,不足为外人道。

现在桂林兴安县的灵渠公园提出的口号是"北有长城,南有灵渠",是这么个道理,两大工程都是秦代修建的,南方边地闭塞一些,多年来忘了宣传这事,现在才有点醒过来。不像长城地近京畿,现代人可以抡圆了用白色污染膜拜古代文明。灵渠至今就没有过长城那样热络的人脉,冬天风大,衰草荒疏,偶尔还可以逃逃票,有人用三轮车带你抄到边路,然后轻飘飘荡出一"阮小七[①]",撑船来接你直接上铧嘴。在大、小天平,枯水期你能踩在脚下的每一块砖,都是实打实的秦砖,运气好时,还能看到鱼鳞石砌筑法中间留出的楔形咬合缝隙。

[①] 阮小七,绰号"活阎罗",梁山好汉之一,《水浒传》阮氏三兄弟里的小弟。

去的次数多了，什么季节的灵渠我都看过。有一回正值盛夏水大，同去的是一猛女扬之水，也就是《读书》杂志的赵丽雅先生，说什么也要上铧嘴。我这旱鸭子斗胆租了条小舢板陪她划过去，船到江心她冷不丁告诉我说她不会游泳。站在将湘漓二水三七分派的铧嘴口子上，北来的湍流在我们眼前被硬生生一劈两半，整个铧嘴仿佛一艘破浪前进的石舫，那气势才真叫爽啊——泰坦尼克算啥？两三年后才出品。赵先生看字飞快，学问较真，看公园长长的说明，我速度不及她一半；中午吃一种本地自产小鱼，我听音断字是"河花鱼"，很丢脸地说这鱼是吃河里漂着的花长大的，她不依，跟店家一路落实，最后弄明白是"禾花鱼"。

多么鲜活的记忆都会变成历史。一日看尽千年的灵渠，仿佛不知有汉，无论魏晋，把一切琐碎情节从泻水天平中毫无保留一泻而下，只剩下历史的嶙峋骨架，让我们铭记，从前有个一统天下的始皇帝，他的疆域空前宽广，他的谋略决胜千里；顶多再知道还有个领导了无数无名水利专家和普通士卒的大将军，名叫史禄。

可我对正史背后的细枝末节始终怀着难以消弭的好奇心。最近一次陪远道而来的父母去灵渠，撑船的艄公是旁边艾村的，说是整个村子都姓艾，祖籍远溯陕西。因为当年史禄在当地找不到多少劳动力，只好"以卒代役"，一边征战一边修渠，以至将士三年"不弛弩甲"。渠修好以后，有效战斗力开拔，继续转战他方，伤残者留下，在当地与土著和秦始皇特地移民的一批年轻妇女成家立业，繁衍后代。这些事，你说怎么就这么好听呢？●

兴安粑粑

每逢过春节,除了吃年糕,桂林人还吃一种用糯米做的糍粑。制作方法很简单,选上等糯米煮熟,倒在石钵里舂,舂得越烂越好,再舀出来,做成饼状放干就可以了。最好的糍粑产于兴安,就是古人开凿灵渠的那个地方,糍粑洁白半透明,表层有一层糯米的亮光,通常还会盖一个小小的红戳,老百姓俗称"兴安粑粑"。

第一次吃到"兴安粑粑",是在邻居家的火炉旁。父亲是江浙人,对广西的许多食品都很不屑,辣酱是从来不碰的,酸菜、狗肉也不吃,看见隔壁人家吃芋头扣肉,就会直摇头,说这些广西人,怎么这样吃肉呢,肉要切得很精细,细嚼慢咽,才好消化嘛。

受家庭影响,我从小就像个清教徒,哪怕青皮寡瘦,也不吃零食,好像不吃零食才是体面人,所以头一次看见邻家小伙伴乔乔手里抓着烤好的糍粑,居然不知道是什么东西。等到乔乔掰一块糍粑,蘸蘸白糖塞我嘴里,才发现那种入口即化的香甜,是何等的美味!

原来乔乔家有亲戚在灵渠旁边,每逢过年就会送来自家做的糍粑,这种白花花的上等糍粑,像我家这种外省迁来的人家,别说吃,就是看,都很难看到。

吃过那块糍粑后,我跟另一个小伙伴就打起了乔乔的主意。一次我们把乔乔约出来,问他想不想听故事?他点头。问他想不想听鬼故事?他猛点头。听一个故事,给我们吃一个"兴安粑粑",怎么样?

乔乔犹豫良久,说两个故事还差不多。我们立马就答应了,生怕他反悔,要知道我们肚子里没肉,没油水,但故事是有的,不但有,还挺多,别说两个,就是二十个故事换一个"兴安粑粑",也愿意啊。

那天我说了什么鬼故事,已经记不得了,我那小伙伴说了什么,也记不得了,只记得拿到糍粑后,我们就冒着寒风,跑到江边生起一堆火,一边咽口水,一边围在火旁,看着糍粑在火苗上变得浑圆,随后爆裂开,喷出热腾腾的香气……我至今记得乔乔把糍粑偷偷递出来时,那种依依不舍的眼神,其实在那个年代,他家的糍粑也不多。▲

触着河流的脉搏

朋友中有将游泳技术操练得炉火纯青的,可以跟着漓江里的小渔舟,游一段歇一段,一路畅游到阳朔。据说仰泳时最享受,只要顺着漓江的中轴线不花什么力气一直漂,满眼都开阔,蓝的是天白的是云,什么也不用想。说这话的朋友连身形都仿佛印上了波浪的线条,她的经验令我羡慕,圣经《创世纪》里说,"神的灵运行在水面上",应该就这么自在吧。

我不会游泳,但还可以选择以徒步的方式亲近漓江。徒步和游泳相似的地方,就是对过程的绝对体验,你游中轴线,我踩轮廓线,每一划,每一步,都必须亲力亲为,不可能用任何交通工具来替代。不像城市生活,从点到点目的明确,中间过程越快省略越显高效;可是被省略的越多,人生越发轻浅浮泛如同幻象,只有脚踏实地丈量过,我们才记得住自己到过的地方。因此,人类共同记忆里千帆过尽,却留住了徐霞客,留住了长征。

我走的那一段据说是漓江百里画廊精华段,从杨堤到兴坪。旅伴是在阳朔做"野导"的 Poppy 和一对瑞士恋人。行程刚开始我还能忽快忽慢,边欣赏边拍照,沟渠、篱笆、农舍、牲畜,都想收入镜头,没过多久就吃不消了,才发现一直无为而治的 Poppy 不愧是大虾级野导，匀速前进颇有利于保存体力，他在前面放牛一般稳健前行，客人有问题他才吱声，没问题他并不多话。"别小看徒步，"他说，"看到屋，走到哭。"而那俩老外，格尼丽娅和马休，也不愧是阿尔卑斯山上下来的鲜花农场里的工人，能背能驼能暴走，行头不花哨，鞋子超专业。行程开始一小时，我终于意识到，徒步就是要老老实实走好路。

乘船游漓江是看两岸，徒步走漓江才是真的看这条江。江上游船闹哄哄的，导游在喇叭里说的这山那山，我们在岸上都看不见，这时的我们，一起融入了船上人所看的风景。也有真的亲近江水的时候，比如过浪石渡。此渡附近江的北岸有一排排呈波浪形的大面积岩石，水位高的时候，水浪石心，一起律动着向东缓缓而流；水位低的时候，岩石露出水面，石浪水形，这里的"波浪"仍旧不缺席。触着漓江蜿蜒的脉搏，在波光山影间行走，很有存在感。

在野外迷路的人，据说只要找到一条河，沿着河一直往下游走，就能走出迷局，回归日常生活。也就是说，河存在的一重意义就是为走投无路的人们指点迷津，助其重拾信心。我们一行人四个半小时一口气走完全程二十多公里，没有消费，没有垃圾——所有垃圾自备垃圾袋背回去。然而有关部门对徒步一族却不太感冒：不花钱，光花力气，而且在这儿花了力气和时间以后，别处就更加不去消费，让人连收16元门票做清洁费都显得差强人意，还怎么搞创收。●

我的漓江步道梦

世上有一种徒步旅行爱好者，喜欢背着包靠两条腿四处游走，用腿走出来的感受，跟坐交通工具是不一样的。当然说是徒步旅行，需要乘车乘船乘飞机时，也还是要乘，因为这世界毕竟还没大同，除了大自然的沟壑，还有好多人为的关卡，你不过那些关卡，就进不了一片新的天地，所以许多时候，该乘车乘船乘飞机，还得乘，不过这并不妨碍短距离徒步旅行。对于普通旅行者来说，由于假期、体力、资金、安全等方面的原因，一天至三天的徒步旅行比较合适，时间太长或者体力消耗太厉害，那成旅行家了，旅行家是要经过专业训练的，我们只是旅行者，不是旅行家，我们是我们自己，不是徐霞客。

斯文一点的徒步旅行，可以选路面干净齐整的步道，比如青岛滨海步道，这是青岛近年来新修的观光步道，西起团岛东到石老人，长达39公里，穿越海湾、岬角、八大峡、八大关等景区，路上没任何风险，属于情调漫步，适合恋爱阶段的人行走。

有点风险的可以举出虎跳峡，峡分上虎跳、中虎跳、下虎跳三段，在山间蜿蜒迂回约25公里，全程走完需要两天，我只走过上虎跳。沿途激流、峡谷、雪山、峻岭尽收眼底，在炎热的六月用望远镜朝上观察,可以见到云遮雾绕处的皑皑白雪,而下面只需穿短袖T恤。我在峡间遇到过脸盆大的石头从山上滚下来,虽说只有一块,但打在身上还是要命的,所以说有点风险,还遇到一群马帮,在一人宽的沿江小径上与我狭路相逢,当地人不怕,我不谙马的脾气,有点怕,怕哪匹马不高兴了,扬蹄把我踢下金沙江,只好胸贴崖壁站着,还担心背包把马儿挂着。若走完上中下三段,估计可以过足走路走到腿抽筋的瘾。

香港回归前去过一次大屿山,由友人带领,从天星码头乘渡船到长洲,再转小船到望东湾,沿大屿山南线的山路徒步走到大澳,那是另一种感受。那条路据说叫凤凰径,是徒步旅行者的天堂,一路山峦起伏,海天一色,钓石斑鱼,看木脚林立的临海渔村,听戒毒所里的年轻人,由护工陪着,面朝大海高声宣读誓言,也不知道管不管用。傍晚寄宿德国人开的青年旅店,吃了一盘意大利空心粉,寡淡无味,次日起床继续走。这条步道全长20多公里,我只走了大概三分之一,后来没力气了,到大路上坐班车到梅窝。

由此我想到梦中的漓江步道。设想有一天在市区滨江路的任何一个点,下台阶到漓江边,然后迈开脚步一路向南,脚下就有一条跟自然岸线契合,又比较适合行走的步道,过象山,走穿山,一直通到阳朔码头,那该何等美妙!所谓跟自然岸线契合,是指沿河岸线弯曲前行,逢山摆一下渡绕开,遇溪架一座小木桥,尽量保持原生态。

所谓适合行走,不一定都铺成水泥小道,只要跟周围环境协调,山路、沙土路、鹅卵石路,都可以,还要高低错落,有坎有坡,只方便人徒步走,不许走单车、摩托之类。沿线设一些指示牌,给徒步者指一下大致方向,免得迷路就可以了,其他什么都不需要。五十多公里的黄金步道,相信会成为世上最美丽的步道之一。不知道这个梦想,在我们的有生之年会不会成为现实？▲

变形鱼

第一次到阳朔，是1972年的夏天，同学小军的父亲，是漓江航道管理处的处长，带着儿子去阳朔度暑假，于是我便随小军，搭上了便船。那年尼克松来中国了，而中国还很穷，没什么给他看的，就安排他看漓江。尼克松看过后说好，基辛格看过后也说好，于是尾随他们而来的日本人、加拿大人、比利时人、澳大利亚人等，都纷纷要求要看看漓江。

小军的父亲负责管理这条江的航道，这下责任可大了，为保证航道畅通，勘测河水的深浅，保证尊贵的客人玩得开心，他经常在江上来回穿梭，这可是首要的政治任务呢。这次他带上了小军和我。我们坐的是一艘渔家的木船，一路上走走停停，先后在大圩、杨堤等地过夜，那里有水文监测站。印象最深的是晚上躺在甲板上，听渔夫讲述和尚和尼姑亲嘴的故事，眼前是幽蓝天空上的一座座山峰。渔夫指着其中一座山峰说，看，像和尚吧？我说不像，和尚怎么会亲嘴？渔夫说你不懂的，你还小。

船过兴坪时是傍晚，火红的夕阳照在前方的群山上，每座山峰都似乎在燃烧，这里水面比较开阔，渔夫把舵交给我，一面抽着水烟，一面教我识别河面上红的和白的航标。我驾船驶向火红的群山，如同驶向千军万马厮杀的古战场。到达阳朔时也是傍晚，远远就看见了码头上巍峨的城墙，江面上桅杆林立，许多人在甲板上钓鱼，水里的鱼篓有好多鱼在跳。

要想上岸，得走过十几艘渔船连成的跳板。小军一下就跑过去了，我在陆地上长大，走这些跳板摇摇晃晃的，踏上岸时，小军一顿奚落：平时那么神气，哼，连跳板都走不稳。码头上的石拱门很有气势，当年孙中山就从这里上岸，进入阳朔城。我和小军爬到碧莲峰半山腰的亭子上，一路无人，只有一个老头在亭子里抽烟。我问老头对面的小洲有名字吗，他说有，夏天水多洲小，叫鲤鱼洲，冬天水少洲大，叫鳌鱼洲，形状会随季节变化的。

如今的游人是看不到这一切了。他们清早在桂林匆匆上船，花四五个小时赶到阳朔，看西街上的酒吧，看商业味十足的《印象刘三姐》，进鉴山寺烧几百元一炷的高香，被领到珠宝店买割下来的钟乳石，然后在暮色降临前匆匆赶回桂林，至于幽蓝的群峰，高耸的古城墙，四季变换的水中绿洲，那些在星空下从容泛舟的诗情画意，只存在我童年的记忆中。▲

生长月亮的地方

有一年朋友来阳朔过中秋,看到了据说是最圆、最蓝的月亮。然后她说,阳朔是"最适合生长月亮的地方",因为月亮在其他地方像是漂泊异乡的"打工一族",总显得慌里慌张,蓬头垢面,只有在阳朔,才那么静,那么纯。

很多人望月思家,殊不知月亮也有自己的家要回。如果不是因为朋友这句话,我不会留意到,桂林一带,竟有那么多"月的踪迹"。"桂林桂林,桂树成林"的月桂树,七星岩的月牙山,颇有些名气的象山水月,还有从观月小道上移步换形就可以依次看到盈月、半月、眉月的阳朔月亮山。

阳朔本地流行一种"八月十五点柚灯"的习俗,就是在中秋节那天,像冰心做"小橘灯"那样,剥个土产沙田柚,用整张柚皮缀成一盏柚灯,提着到月亮山周围的草坪上去拜祭"月神"。月亮黄,柚灯也黄,天上一个大月亮,地上好多"小月亮",一片祥和之美。

月主阴,桂北一带多少有些从"月文化"引申而来的"大姐文化"。所谓大姐,就是女主人,一般指已婚女性,婚姻给了她们自由交际的权威身份,这与汉文化"女从夫"不太一样。但刘三姐是个例外,她跟阿牛哥还在谈恋爱,本身还是个未婚姑娘,就被大家尊称为"姐",因为她会唱歌。在这里,唱山歌的能力赋予了她话语权,明确了她的社交地位,使她不同于寻常未婚女子。

"天下第一姐"刘三姐自不必说,光是看看阳朔的那些啤酒鱼店,招牌叫"某大姐"店的居多,哪怕有叫"某大姐的儿子"啤酒鱼店的,也不见"某大哥"字号——从前倒真的有叫过,玩不转又关张了。总之,小店好像只有"某大姐"罩着,生意才会旺。这儿的主妇常常既当家,又做主;既主内,也主外。

汉文化语境里称太阳为"太阳公公",月亮为"月亮婆婆",可是在阳朔,月亮母性的光辉依然保留,却成了更年轻的"月亮妈妈"。当地有"月亮妈妈踩瓦碴"的童谣,孩子们朗朗上口:

> 月亮妈妈,
> 踩着(念"昨")瓦碴。
> 一跤跌倒,
> 怪我打她。
> 我没打着她,
> 回(念"肥")去(念"克")告诉妈妈。
> 妈妈不在屋,
> 躲到门背哭。

阳朔历村农民徐秀珍已经六十岁了,在月亮山一带做导游,学会了八个国家的日常招呼语,因为无偿救助受伤外籍游客,被尊称为皱纹很多的"Mama Moon","月亮妈妈"的美誉就此传开。●

冬瓜与西瓜

提到刘三姐，自然会想到山歌，想到她与三个酸秀才对歌智斗的故事。"你歌哪有我歌多，我有十万八千箩，只因那年涨大水，山歌塞断九条河。""你爱莫家钱财多，穿金带银住楼阁，何不劝你亲妹子，嫁到莫家作小婆。"想想那莫老爷也挺不容易的，看上了刘三姐，又弄不到手，只好叫三个秀才来对歌，对歌没对赢，自己还掉进了河里。现代官员包二奶，在包厢里唱一夜卡拉 OK，估计也唱成了。

当然那是经过加工的电影，原汁原味的山歌，可没这么文雅。年轻男女在一起对唱，免不了会有含蓄的隐喻，唱到动情处，含蓄变成了暧昧，进而又变成色情，这是常有的事。加上广西的山，或拔地而起，或柔美起伏，与生殖器神似，山歌里如果出现火辣挑逗的词语，那只能说是情与景的完美结合。不仅广西山歌是这样，东北二人转，青海花儿，莫不如此。

这些原生态的东西，是不会出现在游船上的解说词里的，游客通常也无福享受。解说词都经过了文明的裁剪，很干净，也很索然无味，多半是说这个像什么，那个像什么，好像一个人来看桂林山水，就是为了看什么像什么。要想体味韩愈笔下的漓江，找一只小木船坐坐,或许还能捕捉到几分。小时候坐木船顺流而下,夏夜在兴坪的岸边,见过清朗的月华,山峦完全幻化出另一种情境,流水的声音,宛如天国的竖琴。

长大了慢慢明白,人喜欢雄奇的山川,开阔的戈壁,宁静的溪流,是有内心原因的,并不只是简单的什么像什么。真正绝美的情物,不会只是像什么,而是给人无穷想象,或壮怀激烈,或悠远绵长,人在游历中找到与自己内心吻合的情境,是旅游的最高境界。现代旅游当然不讲究这些,有吃,有喝,有牌打,快活过一个周末,就够了。这种方式是由现代生活的节奏决定的,能在匆忙中看明白什么像什么,已是天大的乐趣,哪里还来得及去欣赏什么"江作青罗带,山如碧玉簪",况且如今的江山也确实不怎么青,不怎么碧。

漓江上有一处景叫"九马画山",每当游船驶过,导游总会说起周恩来当年一眼看出九匹马的传奇故事,然后要游客自己去看。据说真能看出九匹马的人,寥寥无几,于是大伙更感慨伟人毕竟是伟人,连马都能一眼看出九匹,我们就不行了。我也不行,在船上一匹马也看不出,回家对着照片拼命看,也就看出一两匹,而且觉得似像非像。不过崖壁上那几棵孤绝的小树,看着还挺有生机。

小时候进七星岩也好玩,喜欢混在游客中钻进去,磨磨蹭蹭走在最后,趁讲解员解说这个像冬瓜,那个像西瓜,偷偷隐入黑暗中,去寻找另一片天地。七星岩里面很大,借着缝隙里的光,可以四处走动,感受空旷的回音,想象在那些无电的岁月,古人怎样擎着火炬,在岩壁上留下诗句。有一次被管理员用电筒照住,驱逐出洞。此后30多年,进洞的游客一年比一年多,我再也没有进去过。▲

游戏阳朔

在阳朔,千万别拿当地朋友说的"今晚出来喝茶聊天"当事。

据说这儿老外的密度赛过香港兰桂坊,于是你以为这儿的人也会沾染上老外一般而言守时重诺的习惯,错!你是来度假的,自然有着度假的心境,西街上泡吧,到几点都可以;人家是在这儿长年累月四平八稳过日子的,都跟你一样疯,来谁都陪,这日子怎么过?

的确,西街上有的是彻夜不眠的阳朔人陪你,在你吃着西餐,看着满街还算地道的英文菜单,恍惚觉得是在外国的时候,用你熟悉的母语提醒你交钱埋单——人家那是老板和服务生在做买卖、收钱,而客人您是在消费、花钱——如果不是看在钱的份上,谁理谁呵!

也许你见多识广,来到西街,不会见什么都两眼放光大感新鲜;也许你还很独立,一个人来这里做项目,笔记本电脑就是你的移动办公桌;也许,还有很多站得住脚的也许,可是,真的听我一句,在阳朔,晚八点后不约人,即使他刚刚跟你有过预约的迹象,即使你跟他有可以谈点事的共识——这座小城有着跟别处一样,甚至更为警觉的游戏规则:人们友好,但有距离。

真的约了也就约了吧，总算了解拒绝也是阳朔的姿态之一。不要以为阳朔只是一个流动的节日——在狂欢者的身边，永远有清醒的人们在冷眼旁观，为你盯着时间，盯着杯中液体下落的刻度。哪怕一整条西街都是走秀的舞台，哪怕你随心所欲泡遍所有酒吧，你如果疯也请记住，这"疯"字只供你一个人消遣。西街上什么疯子没有？有喝高了把自己店拱手送给旁边随便哪个小妞的；有号称"东方毕加索"可是一幅画只卖五块钱的——他们见多了，觉得多见个把并不稀奇。

约错了人，多一句也不要解释，他装没那回事你还帮他越描越黑呀。是的，"今晚出来喝茶聊天"，这话他说过，而且还跟不同的人说过很多遍，既然来的都是客，那么说了就相当于没说，朋友太多，失约有理。也许他真的赴其中哪一拨的约会去了，通常情况下，他哪儿都没去，在家睡大觉，你又怎么着？●

自己的筷子

早知道一次性方便筷不环保,可是惯性的力量无比强大,外出用餐,我一次也记不起来要带一双自己的筷子。

直到有一天,我在某友博客上看她转一个台湾人的博文。那台湾人讲了自己一位优秀同事的故事:健壮爱运动,坚持打网球,无任何不良生活习惯,可是某日却发现患上了淋巴腺瘤。原来罪魁祸首就是生活中的各种无形杀手,一次性免洗筷当然脱不了干系。"这是真的,要不然在使用免洗筷之前先用热开水泡个三五分钟,你就会看到漂白剂溶解在热开水中……"这位朋友郑重强调。

她的话让我惊醒过来,是呵,"3·15"电视上说过,这些筷子加了多重的化学制剂,而且就那么随便摊在地上,人踩踩,老鼠爬爬,然后用硫磺什么的漂白漂白,漂得真叫一个白,白得所有霉点都不见了……然后每双装一个小塑料袋,袋子上写有"消毒筷"、"卫生筷"字样,好了,仿佛念了魔咒,说消毒就消毒,说卫生便卫生,一切就都万事大吉了。

我终于行动起来,给自己找了一双筷子,随身背在包里。筷子是现成的金属筷,携程积分换的,还配有一个拉链小红包。我并不喜欢金属筷,去吃韩餐老让店里给我换竹木筷,金属筷一来用着沉手不舒服,二来遇上热汤还导热烫口,外加吃个粉啊面啊的,还滑溜。但家里有现成的,干吗不用。黑鸟很不屑,警告我说,金属筷敲牙,敲多了牙就伤了。什么人啊,每次都有怪论。不管,金属就金属。

从此,但凡一起进餐的朋友,就见证了俺的如下范儿:店里上的筷子一律不要,搁一边去,从自个儿包里慢条斯理抽出缩微版羽毛球拍袋似的小红包,再拉开拉链,取出银光闪闪筷子一双。"是银的吧?"且慢,这个问题是这么答的:"牙是金的,筷子就是银的。"想想也犯不着呵,拿银餐具出来炫?场所还大多都在街角米粉店。其实只选对的,不买贵的,这当中的原因还有一个:俺这双便携筷,从启用之日起,就准备好了某天会遗落在某店。

这一天比我想象的还要快地到来了。几个闺中死党周末来桂林,一起自驾去了阳朔,我除了当车夫,还管着一行人的行程节奏,为了让妞们尽情疯玩,就紧紧我这根弦也无妨。没想到这么一紧,人都忙着去赶节目的场了,就把筷子忘在了阳朔某店吃了个底朝天的啤酒鱼锅边。那场景想想都油烟而人间,绝对不是舒婷姐姐说的那种"青草压倒的地方,遗落一枝映山红"。

听说这个消息后,大伙的怅然若失比我还厉害,我说没关系,反正早晚要丢的,只是没想到让你们几位做了见证人。说归说,第二天终于还是不甘心,自个儿去那家小店找了两趟,上午那趟人家还没开门,下午,在服务生的示意下,从人家即将丢弃的一筐子破碗破筷里寻出了我那双筷子,当即用店里的洗洁精在那儿洗。回来告诉大伙,你们见证了我丢筷子,但没见证成我找回筷子。

这失而复得的喜讯让大伙着实高兴了一番,纷纷表示,再吃饭一定负责提醒我收筷子。临别前最后的晚餐,没开车的都喝高了。

我默默把用完的筷子擦拭干净,悄没声收进包里。晚上睡前,同屋YL举着牙刷从盥洗室高叫着冲出来:"你的筷子!"第二天送机场路上,北地刚捧上米粉,忽地一惊,从粉碗边猛地抬头:"你的筷子!"送机回来,刚进办公室没几分钟,S打来电话,第一句就是:"你的筷子!"我昏倒⋯⋯求你们了别这样好不?怪吓人的!

这就是由一双筷子引发的纠结故事。●

南方的南方

移居北方的人，大都很想念南方的绿。有个在北京履职的朋友就因为太渴望绿色，专门跑去颐和园，拍了那儿的柳回来，挂到他的博客上。可是不知为何，那柳看上去既不纤秀，也不柔美，还墨黑墨黑的，颇有几分山雨欲来的蛮横之相。

三四月间的桂林就像是南方的南方，能看到最新、最翠的绿。那绿绝不像被检阅的游行方队那般做秀兼做作，它是灵动而有力的，它不是在展示，是在一点一点地生长，在不依不饶地顶。所以，桂林向来都是春天才落叶，冬天整整一季的苦寒奈何不了的老叶子，开春新长的小叶芽那么一顶，就全都下来了，铺在路面上，旋扫旋落。让人看出这个城市的风物是有感情的，连树叶都不会和寒流串通，趋炎附势；陪完你整整一冬，等到春天来了它才走。

在桂林，春天踏青赏绿的一个好去处，便是有"小漓江"之称的遇龙河，它是漓江在阳朔境内最长的一条支流，与漓江相比，江面不宽，河道不深，水流也没那么急，但漓江沿岸的相似景致，山光水色、茂林修竹，这里也能看个八九不离十。春天一到，它的柔美清幽，更是公众版本的漓江所不能企及。可以从阳朔县城骑自行车，半小时左右抵达。

游遇龙河乘竹筏子，每只筏子连筏工一起不过三四人，客人跟《刘三姐》里的财主似的往竹椅上一躺，筏工轻点竹篙，筏子便轻歌曼舞一路荡开来，好不悠哉游哉。来这儿的客人一般都不赶时间，在河上飘三几个小时是常事，筏工也不似导游那般聒噪，旁边的山爱像啥像啥他不管，客人不问话，他绝对不搭茬。偶尔客人自己煞风景，在竹筏上接个电话就把手机颤到河里去，筏工二话不说，跳下去帮捡。那河深深浅浅，浅则一两米，深可达十米。

河里的筏子多半都走着，也有不走的几只筏子，终日停在老地方，有的是河上简易更衣室，供客人兴致来了上去换泳装；有的是河上杂货店，主要供应冰镇的啤酒、饮料。这一季河水还有点凉，下河游泳的客人还不多，但天气已经有些潲热了，啤酒生意始终是好的。卖酒的老乡若能听我一句，给他的筏子撑上一面"酒旆筏子"的酒旗，生意一定更火。

王国维《人间词话》里说，冯延巳《南乡子》"细雨湿流光"一句，最能"摄春草之魂"，可见春天的真绿是离不开水的。遇龙河周围尽是绿树幽篁，河里有触手可及的水蔓，山水掩映，不绿都不行。可是，即便是在南方，背井离乡的游子也一样会思乡，故乡的绿比眼前的绿，不知绿多少倍呢。●

阿尔卑斯山的玫瑰

在香港做白领的小陈和她先生,是都市里表情很干净也很安静的那种,攀岩的发烧级别却很高,每半年要来一次阳朔。有一回,热心的小陈邀我第二天去月亮山跟她学攀岩。我立马被吓坏,但还是笑着说:"不了,不了,连我都攀上去了,留谁来仰视你们呢?"

小陈他们离阳朔那么远,却可以屡屡体验到在阳朔攀岩的乐趣,我离阳朔这么近,至今也没想过去攀岩。这件事不能以远近论,完全看兴趣。黑石攀岩俱乐部的主人韩军也来得远,从江苏来,来了以后天天攀,皮肤变成西藏人那种太阳色。刚开始光是自己玩,渐渐开始教别人玩,就有了后来的俱乐部生意。我问韩军攀岩的起源,他给我讲了阿尔卑斯山玫瑰的故事,就像我老家阿黑哥追阿诗玛,一个美丽的爱情传说,在这儿却多少落进了俗套。

攀岩之所以成为攀岩,有它独立于物质生产活动之外的精神特质。所以最早能称之为攀岩者的人,宁可为的是拿来送恋人的玫瑰,也不会是为了能拿去换钱的药材。等到高处没有了玫瑰,什么也不为的时候,攀岩就成了对过程的绝对享受,成了纯粹的娱乐和健身活动。

常见的说法是,攀岩起源于欧洲18世纪的登山运动。最早的参与者,是不畏神魔的传教士和科学工作者。后来因为工业革命,才有了有钱有闲的实业家、银行家,把登山当成了休闲。其实这种休闲在中国也是有的,早在魏晋南北朝时期,就有了陶渊明的"性本爱丘山"和谢灵运的辞官归隐,大写山水诗。后者甚至还有自制的登山鞋,美其名曰"谢公屐",是李白晚辈津津乐道的一种登山器材。到了明朝,徐霞客更是身体力行,凡所游历名山,皆喜登顶,他在桂林一带留下许多游踪,在攀登阳朔福利状元峰时,"猿垂豹跃"、"直抵崖半",后因危岩无处着力,才"投崖而下",当地围观的老百姓有说自己因为打赌而爬过这山的,然而"备极其险","亦未登巅"。

可惜的是,南北朝时能不顾生计潜心游历的,只限于贵族阶层;像徐霞客这种"大丈夫当朝碧海而暮苍梧",从小就立下壮游大志,无心仕途,没有私心杂念,同时还有一点殷实家境的中国人,不止明朝,历来都少之又少,不可能形成大规模群众运动。所以,像攀岩这种"把什么都放下来玩一把"的事,就像现代自助游,只能让西方人拔去了头筹。

有趣的是,韩军知道阿尔卑斯山的玫瑰,却不知道他的同乡徐霞客在他现在的居住地阳朔留下的这段攀岩佳话。●

把心当羊放的地方

阳朔西街,有我好几个朋友。我这个外乡人,对这条街的记忆本来应该是零碎的浮光掠影,就像那些外来游客一样,走走看看,最多带走几件只有外地人才稀罕的纪念品,和几段导游嘴巴里嚼了又嚼的大路货段子。可是由于命运的眷顾,我竟然有缘住下来,住在离西街不远的桂林城,一住十几年,随着朋友们命运的延伸发展,见证了西街表层以下的鳞鳞线索。

男儿俏如花

阳朔是跟常态有些逆反的地域。这儿的小伙子很抢手,一般的涉外婚恋多半是外国郎君相中本国姑娘,到了阳朔倒个个儿,外国姑娘跟约好了似的,花团锦簇地往这儿的小伙子家里钻。民间有个版本说的是,这儿的老百姓觉得自家闺女嫁老外,脸上无光,倒是本地男儿把外国姑娘娶回家来,才算得上本事,有点传统观念上肥水不流外人田的意思。这在客观上促成了阳朔男子以跟外国女孩谈恋爱为时髦的环境机制。

正因为有了这样的环境,土生土长的本地男生越阳朔也就越阳光,越阳光也就越阳刚,把个阳朔的朴实风尚加热情本色发扬光大。也吸引得有些外地男生,只要是想过不转弯抹角的浪漫生活,又向往阳朔的阳刚有如阳光般表露的,屡屡纷至沓来。所以冷不防,你会在阳朔西街见到这样离奇的景致,四个大男孩,全都晒成健康色,穿了一式的白色短袖T恤,漫不经心在你前面走成一排,每个人背上各自浓墨饱书一个香艳至极的词:闭月、羞花、沉鱼、落雁。这就是西街版的"F4"了。

只有在西街,男孩才可以出落得如此自恋而又自然得不被人诟病!

有一个发生在西街"Lisa饭店"的故事流传甚广。一个阳朔农家子弟,两个异国金发女郎,三国加三角恋爱。我姑且把其中男女主角的名字,叫做黄生、海伦和贝蒂。

这个故事是Lisa的老公李先生亲口告诉我的。Lisa的店在西街酒吧里很有代表性,是最早开起来的一间。如今赫赫有名,声振海内外,连法国总理希拉克都要指名光顾。Lisa饭店女老板,长发垂腰的Lisa女士,当年只不过是阳朔饭店里一个端盘子的服务员,他们夫妇勤奋加智慧的发家故事,需要另外着墨叙写。

二十多岁的海伦来自美国,样貌清秀,是石油大亨的掌上明珠,因为向往阳朔的明媚山水,假期过来旅游,在Lisa的店里认识了在那儿做服务生的黄生。黄生是Lisa的表弟,连小学都没念完,但人十分朴实厚道。海伦姑娘大概是历尽了大都市的情海劫波,不稀罕纽约曼哈顿的金融子弟、波士顿的金领小伙,偏偏被眼前这个木讷但实在的中国农民深深吸引。黄生像阳朔的许多老百姓一样,会说几句浅显的服务英语,为了两个人交流起来更加自如，海伦出资帮助黄生去桂林的旅游专科学校进修英文。

没想到就这样节外生了枝。旅专有一位来自英国的外教贝蒂，是海伦的同龄朋友，长得也很俏丽。海伦因为心疼男友不在身边，没人照顾，就把黄生托付给了自己的闺中好友贝蒂。就这样，贝蒂和黄生，师生关系上又加了一层朋友缘分，自然而然来往多了起来。一次郊游，贝蒂不慎摔伤了一条腿，黄生二话不说，背起老师就走，一直背到城里的医院，陪她清理伤口，包扎妥当。女老外身在异乡意外受伤，正是内心最需要安慰的时候，哪见过中国男人这等呵护备至的架势？

自此情根深种。痴情的贝蒂姑娘再也离不开我们的阳朔帅哥黄生，黄生呢，英雄救美以后，也油然萌发了怜香惜玉的男子汉情怀。如果说当初对海伦的好感更多是基于一种被动的感性认识，现在则完全有了另一种全新的主观投入。这两个人就这么交往起来，等到海伦发现大事不妙，自己的恋人已经和自己的好友一起手拉手跑掉，一切为时已晚。

本来，留在阳朔的海伦觉得事情已经铁板上钉钉，完全把注意力放在学习如何做中国媳妇上，三天两头到黄生家登门拜访，早已赢得了黄生老实巴交的父母的好感，这下变故横生，简直弄得人猝不及防。美国女孩倒也真情流露，那个难受啊，天天泡在 Lisa 的酒吧里，自斟自饮，以泪洗面。看得黄生一家，包括 Lisa 这个表姐在内，非常之于心不忍，纷纷把矛头指向黄生这个"负心汉"。

可是倾心相爱的一对哪里容得外人棒打鸳鸯？很快便传出二人的婚讯，贝蒂带着心爱的新郎，暂别这里的风言风语，万里回归自己的苏格兰故乡。矛盾的核心人物走了一对，留下来的人们倒是尘埃落定，逐渐冷静下来。首先是海伦抹了一把泪，从沉迷中站起来,大概这时的她也深深悟透了中国人教给的一句话:强扭的瓜不甜呀!再是怎么一厢情愿,金玉满堂,也难敌世间"两情相悦"这样的超强组合、黄金搭档。

海伦把心情和衣物一起收进背囊,临别给那对新人去了电话,向他们致以最最真心的祝福,完了回转身来,差不多是以中国人道万福的姿势给黄家父母行了大礼——从此彼此认作干爸干妈和干女儿。长辞而去。

李先生最后说,这几年,海伦差不多每逢中国农历年春节都要来到阳朔看望黄生的父母,黄生和贝蒂也是英国、阳朔两边住住,一直很恩爱。黄家不光招了一个好洋媳妇,还收了一个特别孝顺的洋女儿。经历过如此动荡,海伦和黄生夫妇,两方面相安无事,又找到了新的平衡点。

西街守望者

有一次我不知怎么就摸进了喀斯特的二楼小厅,和一群男女坐着喝起酒来。他们当中我原本只认得小雅,可是这会儿却跟这伙人又是说来又是笑,好像大家生来就互相认得。人生就是这样,上一秒钟的陌生人下一秒钟的朋友。很多后来成了亲人的人,当初不都是陌生人吗?

小雅是我北京同学的小邻居,当初我去同学家位于石景山区的部队大院里玩,小雅还包过饺子给我们吃,手特别巧,而且动作麻利,简直不像是我们这一代的人,倒好像家里有许多兄弟姐妹,从小就帮父母分担家务的那种。从那以后我就再也没见过小雅,可是有一天,当我已经定居桂林,却接到她从阳朔打来的电话,好像是扔了点什么伤心事在北京,就这么一个人到南方来了。

来了就选阳朔。呵呵,不知从什么时候开始,国人南来的首选变成了阳朔而不是深圳、海南。这些地点虽然同在南方,但深圳、海南是让人在忙碌中麻木、遗忘,而阳朔则是在休闲、放松中疗伤,功能很不同。阳朔就这样成了"疗伤大本营"。

老铁和凯健两人都来自东北,很远的地方啊,地图上跟阳朔差不多就是一条对角线。来了,就住下,后来又跟了妈来,跟了弟妹来什么的,一个拉一个像拉螃蟹,真让人担心这么多人来了以后吃什么。吃什么?就吃西街上自己开的酒吧。老铁的英文名字叫西蒙,西街上开酒吧的都有英文名字。不过我还是习惯叫他老铁,老铁,挺皮实的一个名字,像是东北来的。凯健不说话,只是弹吉他。

记得那天被他们哄着第一次吃"秀逗",那是一种很恶搞的硬糖,先甜后酸,薄薄的一层甜,酸得却比任何一首《刘三姐》里的秀才诗还要酸,酸得我好像把一辈子的醋都喝完了一样。真正的"糖衣酸弹"呵。等到做完了所有的鬼脸,脸上的细胞完全平复过来,我恨恨地想:哼!这下成了过来人,不用再上当,倒是可以有样学样让别人去出乖露糗啦!于是"秀逗"就变得可爱起来。

小雅像来阳朔的每一个外乡女孩一样,伤心之余,其实是有所企盼的,就是希望在远离尘嚣,还有点初民时代人间情意的阳朔,邂逅自己心中的白马王子,这个白马王子有可能操着不同于自己母语的语言,长着别样的肤色,可是,那又有什么关系呢?又不是为嫁老外而嫁老外的年代,也许,同胞男人带给自己的那些失望和伤痛,刚好可以在异族男子那里找到补偿和慰藉。

我桂林的朋友王布衣,对像小雅这样带着最后一线希望来桂林长住的外乡人,有个精辟的词来概括,叫作"西街守望者",和塞林格的"麦田守望者"是同一个意象。其实西街和麦田都是绿色概念,就在西街边上,田野、绿树、山峦、清流,入眼即是,如果说绿野是人心平息躁动的最后家园,那么西街的长住民、阳朔的百姓,都不需要归隐。

小雅来这里边住边跟老外学英语,这国那国地交了半打男朋友,也不知最终有无修成正果。记不清过了多久,我再打电话去她住的酒店,已经没人。阳朔就是这样,一个让我觉得离这个世界好像很远,又好像很近的地方。

我的爱,在远方

丽君在我的生活里总是一段一段地出现,像一条时断时续的小溪,一串颤动的音符,一条虚线。我到今天甚至有些怀疑,她是否真实地存在过?她到底是被我活化出来的一个精灵,还是已经没入滚滚红尘芸芸众生,躲到不知名的地方,慢慢憔悴苍老,成为无数平淡无奇中的一员?

第一次见到丽君,是在从北京到桂林的火车上。她是我认识的第一个桂林妹,我初到桂林吃的第一碗桂林米粉,就是她请的。丽君娇小苗条,眼睛亮得像宝石,小麦色的皮肤,微微高起的颧骨。烫过的短发,黑得像南方稠浓潮润的夜。我当时本能地从她身上来判断我将要抵达的桂林,会有着什么样的流行风尚。这个出门远游的女孩,穿得并不休闲,一身象牙白的蕾丝连衣裙,让我想起电影中南方华侨家庭的小家碧玉。

我凭直觉感到,丽君之所以穿得这么淑女,跟她身边的人很有关系,至少表明,她很重视她的同行伙伴。那么她的伙伴是谁呢?——一个壮得像犍牛的小伙子,背着一把大吉他。有朴实的农家气,又特别的大方热情。虽不善言辞,却和丽君一样笑意盈盈。天啊,我当时想,有这种笑容的小伙,多么具有人际"杀伤力"!他理着成龙头,而且像成龙一样会武功,"他的英语很棒呢!"丽君特别骄傲地说。

小伙子叫黎桂林,阳朔人。黎桂林后来成了桂林报纸上的风云人物,因为他娶了个澳大利亚的金发靓女,一起移居到悉尼去了。报上说,他是远赴重洋入赘洋媳妇家的首批阳朔农家子弟代表。看到报纸的时候,我才相信了丽君后来有一次跟我说的话,那是在丽君哥哥的婚礼上,我问丽君,哥哥成了家,下面是不是就轮到吃她的喜糖了?问她跟黎桂林到底进展如何。

"不要这样说嘛,有好多女孩子喜欢他的,他还有鬼佬女朋友!"丽君忽然矜持起来。

黎桂林就这样走了,成为留下来的人们心里的羡慕、口中的传奇。丽君倒是没走,但我是很久以后才知道的,这么漂亮的女孩,一直一个人,从桂林搬到阳朔,悉心经营着一间叫作"木土土木木"的酒吧,据说那酒吧还有黎桂林的股份呢。笑起来的丽君依旧贝齿粲然,只是时光在她的眼眸间抹了一笔什么似的,从此迷迷蒙蒙。

故事的尾声是,黎桂林和悉尼妞最终由于文化差异,两三年后离了婚,离了黎桂林也不回国,一个人落寞地搬到堪培拉,以教授中国功夫和做厨师为生。阳朔人说起这些来,连六七十岁的缺牙老太都能从地图上指出黎桂林从悉尼到堪培拉的命运变迁,那些另一个国度里原本陌生的城市,因为有了他们阳朔的血脉,而被赋予了别样亲切的牵挂。

这几年我见不到丽君了,有人说她去了上海她妹妹那儿,有人说,她可能去了堪培拉。●

思想常常跟清冷有关

每次去资源，都觉得冷。冷有两层意思，一是寒冷，二是冷清。这座桂北越城岭上的小城，距离桂林两个多小时车程，人口不多，海拔很高，是广西境内仅有的两三个可以年年见到雪的地方，在山路没有拓宽以前，落一场大雪，就可以堵塞所有通道，把小城与世界隔绝。这样的小城产不了大豆和高粱，应该产生思想家。说思想跟清冷有关，是因为想到尼采、叔本华，想到马克思、列宁，就会想起他们身穿呢大衣，在寒风中行走的样子。这里有那样的寒风。

小城中央有一条涌动的河流，叫资江，沿河流往北而去，两岸山岩陡峭，竹林繁茂，春夏时节更是山花烂漫。光看照片，说是桃花源，别人也相信。船从河上漂过时，除了成群的白鸟，我还看见一个樵夫，戴着斗笠，独自站在河滩的风中，身前身后，都是山。我曾经也很想做樵夫，可是看见他的那一刻，我觉得我是滑稽的。

现代社会的人，无论有多么强大的逃避的欲望，都不可能去做樵夫，或渔夫，因为有太多太多割舍不下的东西。首先你舍不下户口，户口这玩意，看上去没用，可没有它，你就失去了城市人的合法身份，失去了许多实惠，失去以后要想重新获得，你就会看懂千百万农民工盼望的眼睛。其次你舍不下社会关系，这些关系像一张网,是在漫长岁月里编织起来的;你需要别人,别人也需要你,相互需要是一种张力,可以把网绷得异常结实,任你在上面弹跳自如。再次你舍不下对自来水、电、煤气等等的依赖,我们已经习惯于在这些东西的供养下生活,觉得拥有它们,就像拥有阳光和空气一样自然,可是深山里有阳光和空气,却没有自来水、电和煤气。还有,平庸的城市生活,把我们的身体弄坏了,遇热头晕,遇冷感冒,哪有体力去深山老林砍柴火?怕是树没砍回来,自己先做树的肥料了。

当然最难熬的,是寂寞。如今最时尚的说法之一,是享受寂寞,可真正落到遥遥无期的寂寞中,是没有几个人能感觉到享受的。寂寞一天两天,当然没事,一年两年呢?甚至十年八年?不在寂寞中死去,就在寂寞中成为哲学家。我们已经习惯了电视、电脑、电话的包围,电视坏了,手机没电了,都会心烦意乱,怎么可能耐得住无电的长夜?虽说许多伟大的思想,都是在远古的电闪雷鸣中产生的,可一旦轮到我们去承受,恐怕只能产生绝望。

资源以前是座清冷的小城,现在也还不算热闹。那条澄澈涌动的资江,跟周国平有点关系。周不是资源人,只是从京城下放到那里,生活了八年。我在资江上仅漂了两个小时,见到一个樵夫,就冒出了几百字的念头,可以想见八年的清冷和寂寞,怎样把一个尼采哲学的热烈推崇者,变成了一个思考型作家。▲

秋天的九连

沿着潮田河往东，开车约 30 分钟，可以到达一座叫九连的村子。村子叫九连，是曾经驻扎过部队，过去三十多年延续下来的叫法。九连生长着许多树干粗大、枝叶繁茂的银杏树，每到十月深秋，满地落叶，整个世界金黄一片，被称为摄影者的天堂。走到村口的拴马石前，就能听见慵懒的鸡鸣，再往里走，却看见从一个角落里伸出一支长镜头，镜头后面藏着一个摄影发烧友——"我想等那群鸡走到银杏树下再拍。"他笑呵呵地说。

村子背后的山腰上，也有几个从广东开车来的发烧友，他们支着三脚架，等待炊烟漫过房顶的瓦片，说那样拍出来的照片，更有人间烟火味。九连的村民们，对这些发烧友已经见怪不怪，只顾坐在自家门前，晒着太阳拣辣椒，互不打扰，心里更多的，还是一份骄傲。要没有祖祖辈辈的默默保护，这片几百年的银杏树，怎能活到现在呢？

这些年，来桂林的游客很多，来这里从事绘画、雕塑和摄影的艺术家也很多，特别是喜欢摄影的朋友，扛着"长炮短枪"，莱卡、宾德、索尼、佳能，各式器械，五花八门，穿行于山路上，游走于河水间，等待雨落，守候日出，拍摄了大量经典的山水图片。龙胜的梯田、灵渠的清水、遇龙河的雨、猫儿山的雪,都已为世人熟知,二十元人民币上的那道兴坪风光,更是恍若仙境,仿佛能听见水面上回荡的山歌,钞票给兴坪挣足了面子,兴坪也因此挣足了钞票。

不过我经常对摄影发烧友开玩笑说,在桂林这片土地上,拍出漂亮的山水风景,算不上本事,这不是因为你的摄影技巧有多好,实在是大自然的鬼斧神工,造就了太漂亮的景色,一个人只要还没傻到老把自己往风景里塞,拍出的照片就一定是漂亮的。

我这样说,没有扫朋友兴的意思,只是想说明,人与自然的关系,是相互依存的。自然就像女人,你给她呵护,她就回报你美丽,这是一条如漓江一般澄明的道理。摄影者最珍惜的,无疑是相机的镜头,镜头受潮,或留下指印,就拍不出清晰的景物,而我觉得更需要珍惜的,是桂林的山山水水,如果哪天漓江不再清澈,那么无论怎样高级的相机,都拍不到水底逡巡的小鱼。▲

灵

本来造物主给人造一个嘴巴，是为了让人方便进食和发出声音，用声音与世界沟通。可是对于阿走先生而言，后一种功能基本上不使用了，不知从何时开始，退化了或者自己废掉了，就像这座城市里的许多人一样。不过阿走只是沉默，并不是失语，这二者是有区别的。这城内有许多人也不发出声音，但他们不发出是不能发出，喉管被割掉了，但人仍然活着，依然可以进食，可以发出一些呼噜呼噜的响声。而阿走只是沉默，可以发出但不愿发出。他的嘴除了吃饭，也还有另一种用途，就是供女人欣赏，据说还比较性感，这是很久以前一位姑娘吻过后说的。

阿走姓赵，因为喜欢四处游走，别人都叫他阿走。阿走不发出声音，他怎样与世界沟通呢？用眼神和手势。他无论走到哪里，都习惯于注视别人，用一种温和的目光，要是别人用同样的目光回报他，他就会露出温和的笑容，这样一段交流就算完成了。当然一句话不说也是不可能的，他想吃一碗面，对方却看不懂他的眼神，于是他只好说"面"，但也仅止于"面"，并不多说其他。

阿走习惯于行走，去过许多陌生的地方，见过许多陌生的人，也听过许多陌生的语言。有一年秋天，他穿过一座座古怪的山峰，又趟过一条清澈的河,来到又一座陌生的城市。这座城市叫"灵",生长着许多金黄色叶片的树,这里战乱刚刚结束,显得忙乱而喧嚣,沿街坐着众多伤残者。他独自走在寒冷的大街上,身后尾随着无数冰凉的目光。他熟悉那种目光,他知道他们用那种目光看他,并非出于恶意,只是心中有太多的愁苦,就像黄昏寂寞的狗,注视屋顶上的月亮。

阿走放下背囊,从中取出棉球和银针,替伤员止血、麻醉、接骨、包扎,也不说什么。虽然他没说什么,但他的行为赢得了全城人的赞许,无论他走到哪里,都可以看见明澈的眼神和花朵般的笑容。后来他发现,整座城市忽然变得异常安静。原来城市里的人,把他的沉默视作一种高贵品质,纷纷进行模仿,一时间人人变得深沉起来,脸上全都一副凝重的表情,城中最时尚的仪态是无言。

这让阿走感到很不习惯。他总是习惯于倾听,在倾听中思索,可现在声音没有了,他倾听什么呢?为了让这座城市恢复声音,他只好离开,期望自己离开后,城市会恢复往日的声音和生活。他自己虽然不发出声音,可他知道声音的珍贵。这世上要是没有声音,该是何等寂寞。

他走了,可又挂念着,挂念着那座城市,挂念着他们的嘴巴,一直挂念着。若干年后,他在前往他处时,特意绕道前去探望他们。可他一路上询问的人,都不知道它在哪里。他问"灵"?他们摇头。那座城市因为沉默,已经被人遗忘了。绝望中他想起了城中那些树,那些树长着金黄色的叶片,是秋季最美丽的树,很容易与其他树区分开。他在地上划出"银杏"二字,有人见状点点头,引他到了一家药店,在玻璃柜内一只金黄色的盘子里,他见到了一枚干瘪的白色果实。① ▲

---

① 桂林产银杏,又名白果。

无心之旅

第一次去桂林南郊愚自乐园的时候,它连围墙都没有,几坨斗大的石头乱扔在据说是园区其实就是田野的山间空地上,非常之吓人。

说它吓人,一来那石头真大——桂林的山本来就小,一座又一座浑沌未开,宛如山的童年时代;而这石头直接就是可以拿去砌埃及金字塔的那种石方,说它们是石中巨人,一点都不为过。二来,跟周围山的天生造化相比,我面前的石头全部是人类的痕迹——它们成那形状,绝不可能因为风吹日晒,也不会是动物咬啮,而是千真万确的人的审美化劳作使然。

是的,我确信我看见了耗时、耗资又费脑子的巨形雕塑,在一座"废园"里,奢侈地、漫不经心地散落着。旁边,牛在吃草,村民在借道,蹩脚的摄影师,在教懵懂的牧童摆 pose:"扭头看那屁股,好怕、好怕的样子!"他让那孩子看的是一尊倚在一个"L"形方柱内侧的女体下半身。如果没有这滑稽的一幕,我会恍惚觉得,大概,这就是桂林的圆明园了吧?

然而一样的荒凉废弃之感,方向却是不一样的。圆明园是衰颓而破坏殆尽的尾声,我当时看到的,却是一座国际雕塑创作营初创而百废待兴的序曲。所有作品的名字都是后来才知道的,德国人弄的那一堆"雕塑版毕加索"的《魔圈》,波兰人弄的那既像水波又像火焰,临水照花一般的《水火之间》,荷兰人那光是名字就很动人的《雨在我耳间哭泣》,当时都还没有,不过已经有了出自法国女性之手的《风之林》,有了那个剖开以后藏着的不是一颗五芒星,而是一根阳具的苹果,还有那个一半穿西服、一半穿中山装的半身胸像。十足的后现代作品,让人不知怎么,忽然觉得很饕餮。

后来每次去都有新的惊喜,但都不如第一次那么震惊,因为第一次完全是旅途上的无心邂逅——我们到旁边的村落去看朋友,朋友送出来的路上,就这么不期而遇。那时劈头盖脸就觉得这是怎么了,太轻看桂林文明了吧?费那么多心机,是不是就等一个千古洪荒,沧海桑田以后呈现一个漓江边的复活节岛啊?!

最近那儿围起来收门票了,价钱是印象中深圳世界之窗的一半,性价比还可以。最要命的是又让我不期而遇了一次:里面竟然新套进一个早就听说落户桂林,我却久觅而不得的"邓丽君音乐花园"!可以看全真版邓美人穿过的丝裙、旗袍、绣花鞋,还有一套繁体字版的《鲁迅全集》,据说是小邓闲暇最爱——这倒委实新鲜! ●

小城的邓丽君

一个人飘然仙逝以后还能以特别的方式来到她生前从未到过的地方，无非两种情况，要么是她曾经太想念这个地方，要么就是这个地方有人一直太想她。

邓丽君从未到过桂林，确切地说她连大陆的土地都不曾涉足过。我们无从知道在她心中，对中国南方这座山清水秀的小城会是一种什么样的感觉，但她唱的《小城故事》，相信都听过。桂林城里干脆有一条路就叫"丽君路"，不知由来如何，也许 N 年以后，所有听到这个名字的年轻人，都会以为是曾经的邓丽君曾经来过。

这座城市真的有人在想她，朋友 K 君就是一个，他熟悉她唱的每一首歌，收藏她的每一张专辑。我来桂林后沾染了这种习气，变得很喜欢那种类似海蜇皮的声音，脆、亮、有韧性，并且清爽。我们喜欢她的明眸皓齿，如云的乌发很东方，还有一双迷人的锁骨。多亏她红的时候不流行染发，多亏她的打扮在当时还算比较前卫，现在看来，也就是适当露肤，刚刚好。

明星漂亮一点不稀罕，可要说能给人带来真善美的内心温暖，就比较少见。小邓唱歌真是拼命，她为唱歌而生。听 CD 能听到她在由衷而无声地笑，看视频能看到她眼中演绎的脉脉深情。宋词里的"寸寸柔肠,盈盈粉泪"说的就是她,她的歌就像古人写的那些小令,至情至性,好听不好学。她那么婉约古典,吐字周正,我老爸当年为什么就那么服从于集体的无意识,非说她是舶来的靡靡之音呢?想必还是怕她移了女儿的性情,影响学业和未来前途。

呵呵,说到未来,未来又在哪里?小邓和青霞这一对曾在金陵女中同校共读的姊妹花,当年在法国海边一起裸泳的时候已经红极一时,有没有想到多年以后的今天,她俩会天人永隔?小邓因为早逝,反而赢得了生如夏花之绚烂,死如秋叶之静美的神性归宿,比嫁入豪门、为人妻母的青霞变得更加偶像化。

桂林现在新建了个邓丽君音乐花园,是她的台湾同乡来建的,一座很有些创意的衣冠冢,主人在台湾造墓出身,偏不说这里是墓园,只说是音乐花园。里面有多套正版的小邓行头可看,用衣模挂着封在大玻璃罩里,专注的灯光映出衣上闪亮的珠片。每套靓衫旁,都对应有她穿这身行头时的照片。在里面一路走,一路听穿过这衣衫的妙人儿给你唱袅袅的歌。

出口居然是正门,路面铺成一个大"T"字,那是小邓英文名Teresa(特丽莎)的首写字母——一生行善的特丽莎嬷嬷,是小邓最钦佩的人,这就是她英文名的由来。T字正中站了一个与真人同高的小邓石像,正对地面有一个修成黑白琴键的模拟版小邓墓穴——据说它的原版在台湾,那琴键踩上去,会有音符的声音流出来。●

城里人？ 乡里人？

我并不是土生土长的本地人，可是有一天我忽然发现，在我的朋友圈子当中，我是在这座城市生活时间最长的人，而别人多半是这些年才移居本城的外乡人或外省人。这说明了什么问题呢？说明本城像其他许多迅速发展的华南城市一样，正吸引着越来越多周边县镇甚至周边省份的佼佼者，这一点非常明显，稍有洞察力就可以看出来。

这些新近到来的外来移民大多受过良好教育，生机勃勃，富于进取心，是城市中产阶层或曰成功人士的中坚力量。相形之下，原有的城市居民因为生活相对优越，活动空间要小一些，活力要弱一些，视野要窄一些，竞争能力和危机意识也要差一些。这是经济发展时期，所有城市原有居民面临的共同问题。

虽然所谓本地人，追根溯源也都是外地人，任何一座城池的发展，都是外来移民聚集的结果，但是久居城市的人，与新来者还是会有文化差异的。城市有一些城市生活的规则，就像在高速公路上开车与在乡村公路开车有区别一样，这是城市文明造就的，可能很先进，也可能很琐碎，很迂腐，而新来者毕竟有一个适应的过程。

所谓新来者当然是指前面提到的成功人士。

城市人的眼光有时不免是势利的,对于那些没有机会接受良好教育,但迫于生计到城市里做各种体力活的青年男女,一般都称为民工,就是进城做工的农民,因为没有技能,连工人也算不上。但是哪怕受过良好教育,因为种种原因未能去掉乡村痕迹,在很多城市人眼里,也还是乡里人,也还是觉得他们土。这当中包含了城市人的很多怨恨。

一方面,新来者初进城市,怀着莫名的兴奋和充足的力量,想通过自身努力过上城市人的生活,与城市人平起平坐,这是可以理解的。

另一方面呢,在这努力的过程当中,不了解或者不习惯城市规则,有时难免把握不好分寸,时而激进,时而迟缓,时而胆怯,时而骄傲,内心起伏剧烈,不能以常态看世态,心灵充满变数。同样一种行为,城市人认为是投机,新来者认为是灵活;城市人觉得最好不做,新来者觉得未尝不可,等等。这些差异虽说各有各的道理,但如若处理不当,难免会影响人际关系。城市的准则可以不遵守,但做人的准则是不可以不遵守的。

有着不同人生经历和教育背景的人,对城市的感觉当然不一样,就比方说起桂林吧,韩愈想到青罗带和碧玉簪,白先勇想到花桥头的"荣记米粉",万燕想到的是东一榔头西一棒槌的幢幢山影,米子想到的是名叫"木土土木木"的西街酒吧,可见在不同的人眼里,桂林的内容也是不尽相同的。

理解可以不同,但彼此间需要宽容。

我长年生活在桂林,经常想到的是它的地理方位,这种方位注定了它的归宿。

它坐落在湘桂交界的山坡上,北方的风和南方的雨在这里交汇,形成都庞岭上空飘飞的雪,落在浮凸有致的山川大地上。一条河在这里一分为二,分路而行,往北经湘江汇入长江,向南由珠江注入南海,这一切都表明,桂林不可能是一座封闭的城市,在未来的岁月里,它注定要在各种文化汇集交融的痛苦中,造就自己海纳百川的胸怀。城市的发展永远需要新鲜力量的加盟,我们需要的是一种开放的城市心态。▲

鹭鸶与人的对视

与江浙一带相比,桂林出的文人并不多,但老百姓的雅兴却不少,早上有早茶,晚上有晚茶,喝茶像广东人,喝咖啡像上海人,只是喝茶喝咖啡时会说脏话,连女孩也会说,这一点倒是桂林人的本色。近来时兴去漓江边吃鱼,听涛声,看月亮,阳朔就不用说了,市区的江边也开了好多家鱼庄,从叠彩山到磨盘山都有,远的得有车才能去,要是自己没钱买车,又占不到公车的便宜,那就别想。

其实说到鱼,漓江的鱼没有太大的名气,中国的许多风景名胜,都有自己的品牌鱼种,比如庐山的石鱼,洱海的弓鱼,"太湖三白"①里的银鱼等等,只可惜这些名鱼都是拿来吃的,就像阳澄湖的大闸蟹一样,越吃越少,到如今要么是圈养的,要么干脆就是冒牌货,连见到真的都很难。漓江的鱼,数来数去无非是黄鳝骨、剑骨鱼,不如漓江的鹭鸶名气大,看过电影《刘三姐》,都知道漓江的鹭鸶,这种水禽被船家驯化后,会钻到水底咬住鱼,然后浮上来吐给主人。鹭鸶是船家的长工,捉十条八条,船家会赏它一条吧,如今它们捉到的鱼越来越少了,船家有时还得到市场上买鱼喂它们。

---

① 太湖三白,通常指太湖里的三种水产品,银鱼、白鱼和白虾。

兴许有人会说，这都怪鹭鸶太贪，把鱼捉光了，可鹭鸶并不这么想，它们私下里会议论，鱼是被人吃光的。看看鹭鸶们锐利的目光，你该相信它们有这样的判断力。

以前的漓江，鱼确实是很多的，尤其是春夏季节，随便扔个竹编的鱼笼（本地人叫"转"）到河里，捞上来都塞满了鱼虾，有时连螃蟹、甲鱼、鳝鱼和小水蛇都有，品种真是好多。不过有一种鱼，用这种方法是捉不到的，叫"川条子"。川条子扁平细长，个不大，刺不多，肉很厚实，主要靠一根脊骨扭动身体，分外灵活，生命力异常强悍。一般的鱼都习惯于在缓水区觅食，但川条子喜欢在急流中左冲右突，捕捉活水区的水生物，似乎不吃腐殖质。所谓"川条子"，是本地人的叫法，我也只是听小伙伴这样叫，没见过文字的表述，有可能是"川条子"，表示喜欢在河川中游弋，也有可能是"穿条子"，在湍流中穿梭的意思。

这么活分的鱼儿，怎么捉呢？人毕竟要比鱼聪明，用钓竿拖着鱼饵，不停地在激流里往上猛拉（本地人叫"刷竿"），制造出水生物逆流逃窜的假象，诱惑生性勇武的川条子。这一招非常管用，川条子们马上以更迅猛的速度扑上来，一口咬住诱饵，同时也被人拉出了水面。以往出远门，问朋友需要带些什么，朋友也不客气，说带点晒干的川条子吧，要晒得金黄的那种哦。当然那都是往事了，如今你站在水里"刷竿"，刷到手断，或者站成石头，也刷不到活蹦乱跳的成年川条子的——鱼还没长大，都被捞走了。

鹭鸶捉不到鱼，为什么人还有鱼吃？那是因为人不但比鱼聪明，也比鹭鸶聪明。前面说到桂林人时兴吃鱼，看月亮，看似很风雅，其实吃到的鱼，多半是水塘里圈养的，很懒，也很弱。小时候，大人常说，吃鱼的孩子聪明，于是我们拼命吃漓江鱼，生怕没别人吃得多,没别人聪明。我不知道我吃掉了多少鱼。我不知道我还要吃掉多少鱼。我只知道我们已经吃掉了半条漓江,现在只能吃水塘了。不过吃水塘里的懒鱼,未必会变得聪明,不变傻就不错了,想想水塘里有多少饲料？▲

惟人与瓜难知

瓜是圆融而通达的一种东西,所谓瓜熟而蒂落,无芥无蒂,不枝不蔓,不像菜那么心意横斜。但瓜又是戒备到极致的,这一点它跟蛋比较相似,什么都严丝合缝包在里面,哪怕有一条细缝也就坏掉了,再也不能保全。富兰克林说,"惟人与瓜难知",殊不知瓜正好因为太过全面的防守,恰好暴露了它警惕这个世界的心曲,反而弄得世人对它充满了无尽的好奇,想方设法也要把它敲开。从这点上看,瓜又呈现出一派天真之相。

有小两口斗嘴的保留桥段是,这边骂一句"你瓜你",那边必定还一句"你蛋你",这里的"瓜"和"蛋"自不必说,是"傻瓜"和"笨蛋"之意。是瓜而每每不傻即呆,常常被顺手拉来跟笨蛋相提并论,足见瓜生一世,也有多么的不容易。

中学地理这么概括广西:"长年高温多雨,四季瓜果飘香",后半句很是令一帮同学嘘吁。其中最傻瓜级的一个以为弃暗投明从云南来到广西,就可以大啖瓜果,殊不知这边市上的石榴、李子也是老远从云南运来。数来数去,倒有一种瓜从前在云南没见过,那就是香瓜。

"六月六,香瓜熟",眼下正是香瓜上市的时节。桂林最有名的香瓜产自荔浦,对了,就是出芋头那地儿。不知那里何以要将它的美味非瓜即头地加以表达。香瓜长得一点都不起眼,仿佛吃斋念佛,一身素服,生的白里透点绿,熟的白里透点黄,不像西瓜有斑斓的纹路、哈密瓜有明艳的色彩,也没有木瓜善于变化的热辣身形。比手雷稍大,一只手刚好托一个,情急时掷出去,也能在小偷身上收到皮开肉绽的狼藉效果。皮和瓤都不吃,只吃中间的瓜肉。

从来没喜欢过香瓜,因为说香好像也没怎么香过呀,而且论甜度和多汁解渴什么的,其他瓜里都大有可资替代之物。感觉跟自己较劲的时候才吃香瓜,吃时的潜台词比较适用"就不让你甜,就不让你爽"一句。所以香瓜是所有瓜里的老版"忆苦瓜"和新版"减肥瓜"。朋友的小女儿爱苗条,真拿它当饭吃来着。

真正知道香瓜好吃,还得归功于家里的钟点工阿红。那次她见我剖开一只香瓜,准备把中间的瓤连籽带汁一起挖掉,连呼可惜,说这可是最好吃的,他家平时都舍不得扔。我便学她的样,把那瓤放嘴里抿了一口,果然那汁比瓜肉甜多了,只是跟细小的瓜籽混在一起,会嫌滤得麻烦,不会为那么点汁水去费事。然而不抿不知道,那甜和那香竟突如其来,将人笼罩其中。甜就不再说了,香得很特别,像最好的香草冰淇淋,有种冷冷的克制在里面。●

想起墨蚊子

最近看黔人田曙岚三十年代著《广西旅行记》，专门翻看当中有关桂林一章，里面提到桂林有一种小蚊子，叫墨蚊子，并引用了一节古人的描述："无蚊之声，无蚊之庞，如墨之宵，如针之芒，扑之难著，扇之不扬，及其粘于肤，如麦刺，如桃毛，既痒而痛，指不可挠，挠之愈肿，法无可消。或怒而扪之，但见墨渖，虽明者不能察其翼吻。"这段描写勾起了我的童年记忆。

所谓墨蚊子，是指其飞行的状态，飘飘忽忽的，如松枝燃烧时升起的松烟。桂林把松枝叫油柴，记得小时候生火，遇上潮湿的天气，常常闹得整间屋子乌烟瘴气，那火也生不起来，有一枝油柴就简单啦，划一根火柴点着，烧得劈劈啪啪，痛痛快快。不过油柴燃烧时会飘起松烟，那松烟黑糊糊的，像锅底灰，本地人叫锅抹烟，黏糊糊的，像蛛丝，飘哪粘哪，一顿饭做下来，身上全是松烟。古人拿松烟做墨，用来写字画画，粘在宣纸上，洗不脱不说，还有松香味呢。那是指做成墨的松烟，飘飞的松烟给人的感受，是另一回事了，那时住房也简陋，厨房和卧房是相通的，窗帘、蚊帐和晾晒的衣服上，都会粘上，用手一扪，还真见墨渖，所以把这种黑色的小蚊子，叫墨蚊子，是很传神的。

书上说墨蚊子小而毒,那是指被它叮咬过的感觉。墨蚊子活跃的季节,一般是盛夏,那时骄阳似火,户外一片橘黄色,你看着黄色的马路、黄色的房屋、黄色的围墙,会以为自己眼里的黄斑发生了病变。阳光跟微波炉里的辐射一样厉害,捞上来的鱼虾都可以烤熟——这话并不夸张,一位能干的邻居,曾把在漓江捉到的一篓大虾,放在阳光下连晒数天,成了鲜美的虾干。尽管气候如此炎热,但土地从不龟裂,树木也格外葱茏,所有的叶片都在阳光下闪闪发亮,这就是南方的生命力。墨蚊子最喜欢这样的时节了,它们在阴凉潮湿的地方快乐飞翔。为什么快乐呢?因为天气炎热,人也跑阴凉潮湿的地方避暑来了。

在墨蚊子看来,人一来,也就送来了白花花肥美的食物,它们在这些食物当中从容穿行,看着时机合适,就粘上去啄一口,咕噜咕噜一阵喝,像我们喝可乐一样尽兴。人当然会反抗,可正如古人所说,扑之难著,扇之不扬,总也撵不走。它们如游击队员一般灵活敏捷,环绕你周身寻找机会,只要你在阴凉潮湿处呆着,就免不了被它们啄上一口,啄得出其不意,悄无声息。许多年前一位朋友刚分来出版社,被临时安排住在一楼水房旁的一间小屋子里,那屋子常年无人居住,用来存书,里面全是小蚊子,朋友不免抱怨。我开玩笑说,那里本来就是蚊子的家,你闯进人家家里了,还抱怨什么呀。

相比于那些温顺听话的动物,如鸡、鸭、猫、狗,墨蚊子的体积是最小的,但也是最让人头疼的。被墨蚊子叮一下,真是奇痒无比,那痒有时还反复发作,数日不消,大概身体对这种毒素烦透了,不断提醒主人要小心,要小心。我有过被墨蚊子叮咬的经历,自然也恼火,不过恼火之余,也有钦佩,想想那么小的个子,把笨大的我折腾成这样,要不是动物世界里的精灵,也做不到吧。▲

桂树如伞

桂林因"桂树成林"而得名，那是古时候的事，可以想见一两千年前的这片土地上，一定生长着大片壮观的桂树。游客如今到桂林，要想感受桂花的芬芳，是很困难的，第一，桂树没有古代那么多了，虽然品种增加了不少，丹桂、金桂、玉桂、四季桂等，但都被圈养着，不是寻常人家能见到的。第二，桂花盛开的季节很短，一年也就一两次，而且都在秋天，其他的季节都一派素装，不露容颜。所以现代中国人由"桂林"这两个汉字联想到的，往往已经不是桂树和桂花，更多的是漓江和阳朔，没有几个游客，是冲着桂花才来桂林的。

桂花虽然已被忘却，但每到十月金秋，依然会如期绽放，浓郁的香气，在城市的各个角落飘荡，龙隐路、七星公园、滨江路、西山、榕湖等地方，都是赏桂的好去处，尤其是夜深人静时，若是心无杂念，走在一棵棵桂树下，那种生命的陶醉，任何功名都换不来。能够在十月中旬去桂林的游客，是有福的。

我记忆中的桂树，生长在昔日杉湖小桥的北端。八十年代初的中国，正处于变幻时期，许多人都在变幻中彷徨，少年的我也一样，终日在社会上流浪，有时流浪到傍晚，也没有落脚的地方，于是坐在湖边的栏杆上发呆。我就是在一次发呆时,邂逅了那棵桂花树。

桂树生长在南方,像南方人一样,通常都不太高,不太壮,外貌也很平常,但杉湖边的那棵桂树,已有几十年树龄,枝干很粗,树上的花朵非常繁茂,盛开时金黄满树,连地上和湖面上,都铺着厚厚的一层落黄,如同一顶华贵的金色花伞。我偶然来到这柄伞下,在芬芳中思索自己的未来,并没有意识到它的存在和滋养,还以为重新鼓起的人生勇气,完全是自己内心坚强的结果呢。

它就这样立在桥头西侧的石阶上面,在深秋的暮色中,庇护着一位迷惘的少年,而这位少年竟然浑然不觉,只是在多少年后的一个秋天,才忽然对它萌生怀念。昔日的杉湖小桥已经在城市改建中消失了,像许多桂树一样,那棵粗壮的桂树也已经消失,好在这些年,杉湖四周又有了更年轻的桂树,还有更聪明的少年。▲

四月雨

四月是春天,春天是催生爱情的时节,所以有部描写爱情的电视剧,取名叫《人间四月天》。不过同样是春天,在南方和北方,景象是完全不一样的。

那年四月我去北京,住在城北来广营附近的酒店里,早上出门时,看见空中飘着棉絮一样的东西,有的挂在墙上或树上,有的粘着行人的衣服,但路人全然不顾,只管匆匆前行。坐车到琉璃厂一带,那种絮状的东西更是漫天轻舞飞扬,要不是因为天气暖和,还以为是雪呢。其实这是柳絮,可能也有杨花吧,南方也有,只是没有这么密集。

对这些漫天飘飞的东西,北方人显然早就司空见惯,没有谁投去好奇的目光。他们不会想到这是飘飞的灵魂,是无数灵魂春天出行,悄无声息地在空中舞蹈,相互寻找,找到的便结伴而去,落到僻静的角落安身,没找到的成为孤魂,继续在风中游荡。

南方是另一番景象。四月正是清明前后,春雨绵绵,杭州龙井的茶叶,开始在细雨中冒出一年中最新鲜的嫩叶,这时候采集的龙井茶是贡品,以前只有皇帝才能喝到。用这样的茶叶,配上虎跑的泉水,那是只有神仙才能喝到的茶中极品。

我生活的这座城市,每到四月也是细雨落在大地上,没有一点声响,正所谓"随风潜入夜,润物细无声"。四月迷蒙的雨是什么?是迷茫的欲望,是能让人丧魂落魄的欲望,要用酒才能浇下去,所以出现了许多取名叫"杏花村"的酒家。爱情因性欲而生,河水由春雨而来,四月的漓江云遮雾绕,于是有了烟雨的美名。烟雨虽然不能等同于烟花,但都喻指春色的繁华。

太太曾经开我的玩笑,说我写的小说看似复杂,其实结构简单,用一句话总结,就是"一男一女一条江"。大意是说我的小说,常常是一个男主角,一个女主角,再加上一条江。这样的比喻虽然没有贬义,但自己的写作用一句话就被总结了,总归有些悻悻然。不过后来反过来想想,一男一女之间,为什么会有一条江呢?那是因为有爱情,城市里的男女,一旦有了感情,就会本能地走到江边,走到澄澈的水边,施洗自己的灵魂,因此我小说中的那条江,是一条浪漫江——其实就是漓江。

有人说如今已经不是浪漫的时代,没有谁再相信那个一百多年前在欧洲大陆游荡的幽灵,不相信革命,不相信爱情,什么都不相信,只相信钱。持这种观点的人士,看见的只是身边的琐事,他们不会明白,世上只要有生命,就会有浪漫。旧有理想的破灭,并不意味着所有理想的破灭,只说明旧有的理想已经成为某些人谋私的招牌。

世上动人心魄的行为,往往是个人行为。看看可可西里守望藏羚羊的志愿者,看看香格里拉辅导藏童的编外义工,你就会意识到,新一代的理想主义者,注重的是具体的事务,这种事务往往更孤独,更需要创造力,更考验个人的内心承受力。在这里起作用的不是集体无意识,也不是对什么号召的简单响应,更多的是一种个人行为，哪怕有时候这种行为带有悲剧色彩。

那些舍弃繁华与喧嚣，前往僻静地区做事的人，遵从的是自己内心的呼唤，他们做自己乐意做的事，在寂寞中享受宁静与踏实，犹如孤独的舞蹈者，只专注于自己的节拍，不在乎他人的眼神。这是另一种形式的浪漫。高贵与美丽也在寻找合适的季节，冒出新芽，显示自身的勃勃生机，就像柳絮和春雨，每当冰雪消融，春暖花开，就会在四月的空中展现动人的舞步。▲

花桥闲章

花桥从来就不是桂林的中心，花桥只是桂林城边上的一方闲章，不经意地铃在那里，没它不少，有了它，桂林这幅画就平添了别样的风流格调。

花桥有很长的历史，始建于宋代。老桂林都知道，要去花桥，必须出水东门过浮桥往东。那浮桥如今不浮了，成了实打实的解放桥，解放桥下就是漓江。而花桥一直还在，花桥下是小东江。白先勇说花桥底下是漓江，也对，因为小东江是漓江东边的一条支流，北出漓江，南边入的还是漓江，根本就是漓江水系里的一小箍，跟《玉卿嫂》里的容哥儿似的，只是溜出来荡那么一小会儿，终究还是会乖乖转回去。

"花桥"两个字一直给我繁盛之感，仿佛桃之夭夭，灼灼其华，字音又谐"花轿"，更添烟火气，真有点若非青春年少，不走花桥的意思。真走了花桥，其实很平实，不大的一座桥，石栏石拱，弧度含蓄着美，不似明媒正娶那番热闹，倒反像个私定终身的仪式。所以《花桥荣记》里那段，笔墨落得相当熨帖：

    果然是我们花桥，桥底下是漓江，桥头那两根石头龙柱还在那里,柱子旁边站着两个后生,一男一女,男孩子是卢先生,女孩子一定是那位罗家姑娘了。卢先生还穿着一身学生装,清清秀秀,干干净净的,戴着一顶学生鸭嘴帽。我再一看那位罗家姑娘,就不由得暗暗喝起彩来。果然是我们桂林小姐!那一身的水秀,一双灵秀灵秀的凤眼,看着实在叫人疼怜。两个人肩靠着肩,紧紧地依着,笑眯眯的,两个人都不过是十八九岁的模样。

既是仪式,就不可能当成生活。卢先生不可能一直等罗小姐,桂林人不可能有花桥守着就不过了。花桥旁边有它真正的生活。西北角有间展览馆,黑鸟的父亲,从他开始有记忆起,就在那儿上班。

"那儿什么都展过,"黑鸟说,"雷锋用过的钢笔、坐过的椅子,那钢笔明明是我见我爸随便从哪个抽屉拿出来的;那椅子展过以后,就被扔在一旁,完全不当回事。可是雷锋的故事,老师一直是讲得很认真的呵。"黑鸟这个人,人家忆苦思甜展览从前言写到后记,从一展厅天黑,写到四展厅天亮,他天天在里边混,偏偏倒着从深山出太阳,看到四下不见光,看成了一个不紧不慢的乐观主义者。

"连历史的屁股都看过了,我还怕什么。"黑鸟如是说。●

别人的进口，我的出口

上世纪60年代中期，父亲在展览馆工作，那展览馆在花桥旁，靠着小东江，里面有好几个展厅，还有楼上。中央是露天的，铺了鹅卵石，种了几棵桂花树。父亲上班时，就任由我在里面乱窜，看什么油画展、国画展、书法展，人家买了票，得老老实实按展厅顺序观看，由一号厅看到二号厅，再到三号厅，四号厅，我不买票不说，还可以随意走动，占了不少便宜。

展览馆外面是大片的菜地，春天一片油菜花，映着对岸的七星岩，二楼的画家就在阳台上写生，真是近水楼台。靠江边的地方，有一条小路穿过菜地，可以走到上游的村子。我常常坐在石阶上，看村里的农民，挑着箩筐往来于小路。箩筐里什么都有，甘蔗、红薯、玉米、木炭、菜花、活鸡。挑箩筐的多半是黝黑的农妇，进城时孩子绑在背上，箩筐里装着萝卜白菜。回来时萝卜白菜卖掉了一些，就把剩余的菜担在一只箩筐里，孩子担在另一只箩筐里。大概丰子恺先生看见过这一幕，他曾说广西妇女是最吃得苦的。

晒得久了，肤色当然会黑。记得听说过一件事，说那时举办文艺汇演，各县都送节目来参加，有个县送的节目叫《挑个菠萝上北京》，由两个女演员表演合挑一个菠萝的舞蹈。看节目的名字挺好的,可以推荐给京城,可看节目时才发现不行,因为表演挑菠萝的两个女演员,个头小不说,人也太黑了,真要推荐上去,节目名要改成《三个菠萝上北京》才好。

没过多久,展厅里的内容发生了变化,那些描绘风景的图画不见了,开始出现许多图片和雕塑,反映的是万恶的旧社会,有交租的农民、可怜的童工、还有黑乎乎的矿工。有时会展览得很细,还有展品,比如当年讨饭的碗,地主打人的皮鞭等,详细描述劳动人民怎样受到剥削,生活多么困苦,又如何进行英勇斗争等等,后来终于盼到了天亮,解放军来了。参观者从早到晚,络绎不绝,大人和小孩子都有,都排着队,怀着崇敬的心情默默走过,感受历史上那些悲惨的篇章。

我目睹了展品的摆放过程,哪件展品先放哪里,后来又放哪里,隔板怎么钉,图片怎么挂,都看在眼里,知道那碗其实是一位阿姨从家里拿来的,那皮鞭是一位叔叔动手做的,所以心情就不像其他观众那么崇敬。更有意思的是,等观众走完,准备闭馆时,我常常会由四号厅看到三号厅,再到二号厅,一号厅,别人的进口,成了我的出口。

回想起来,这样看的结果,是很震撼的。你从正面可以看见历史的脸,从后面就看见了历史的屁股。以前总以为黑暗过去后,会有光明,光明是历史的终点,是一个句号。而我从光明看起,一直看到黑暗,于是不免想到,既然黑暗过去后,会有光明,那么光明过去后,也还会有黑暗的,不过是一种时光的轮回而已。明白了这一点,就知道世上没有绝对的黑暗,也没有绝对的光明。▲

那些蕹菜般水灵的空心女子

20多年前跟美国人交往，常听他们说美国女人aggressive，所以他们喜欢中国女人。那时对aggressive的理解，停留在字典的解释上，无非是"过于主动"，"有攻击性"等，实在也想不出过于主动的女人，是什么样子，顶多也就是主动上来接吻吧。我也确实碰到过主动上来接吻的美国女人，也不觉得有什么不好呀。现在回想起来，这个词其实还包含了某种男人的抱怨，抱怨女人过于自立，对男人的依赖少了。如果是这样，男人跟女人交往，哪里还有自豪感呢，所以有的老外，喜欢那些小鸟依人或者装作小鸟依人的中国女子。

我认识几个香港女子，非白种老外不嫁，虽说也有本地男友，但心总是在海外的，不是温哥华，就是维也纳，本地男友只是过渡时期的陪伴。可西方人的婚姻观又不一样，做朋友可以，谈婚论嫁牵扯到太多责任，不是能轻易定下来的，需要等待，于是美丽的香港姑娘，只好在等待中变成徐娘。香港男人则有自己的活法，高攀不上本地小姐，就往内地找老婆，一个不够找两个，甚至三个，这就是二奶三奶的由来。记得97年以前去过一次香港，那时包二奶已经成风，路过铜锣湾时，同行的香港女孩指着一家甜品店招牌上

"双皮奶"几个字,乘机把内地二奶损了一通。

因为水多,有漓江的滋养,又受北边多情湘女的影响,桂林女子出落得很白净,转转小巷子,很容易见到水灵灵的小妹子。有这样一首民谣:"桂林妹仔一枝花,柳州妹仔叫喳喳,玉林妹仔黑麻麻,南宁妹仔牛屎巴。"把广西各地女子损了个遍,独独夸赞桂林女子,估计这民谣也是桂林人自己胡诌出来的。不过桂林姑娘五官周正,身段窈窕,倒也是事实。她们生长在城市中央的曲折巷子里,每当雨过放晴,暖风微熏,就会出现在江边湖畔,如同一根根新萌的蕹菜——真是没有办法,年轻女孩常让我想到蕹菜,蕹菜很水灵,却是空心的。

记得还是20多年前,朋友交了个漂亮女友,模样长得像费雯丽,号称桂林一枝花。朋友是很书卷气的,会写诗,会画画,对她殷勤备至,连接个吻都要事先写张申请的字条,一时在朋友间传为笑谈,可他就是没钱。那枝花后来跟一个香港人走了,朋友大受打击,不过绘画却突飞猛进,开始出现沧桑意境。都说女人可以带来艺术灵感,原来灵感是这样产生的。那香港人是个小商贩,不过在沙头角开间小店而已。

有那么一阵子,会说粤语,在桂林是很吃香的,哪怕"冈吾好"(讲不好),讲几句粤语味十足的国语,也很酷。由此想到普希金与莫斯科大美人冈察洛娃的故事。谁不知道普希金的情诗一流棒呀,可是火热的俄罗斯诗句,居然不敌丹特士的法语,冈察洛娃就这样,被几句调情的法语掳走了芳心。所以我常说,击中普希金心脏的,不仅仅是丹特士的子弹,还有法语。▲

台北雨

有首歌叫《冬季到台北来看雨》,孟庭苇的成名曲,唱得缠缠绵绵的,其实想看的不是雨,是她心中的"你"。说到台北的冬季,若没有特别挂念的人,还真没什么诗意,尤其到了夜晚,阴冷阴冷的。唯一让异乡人温暖的地方,是敦化南路24小时营业的诚品书店,里面连台阶上都坐满读书的人。看到这景象,我不由得联想起昔日北京韬奋书城一度有过的辉煌,那里的每级楼梯,也曾坐得满满,如今韬奋萧条了,诚品依然灯光明亮。一座城市有一家好的书店,就如同点亮一盏灯,让寂寞的人有个寻慰藉的去处,所以旧金山有家书店叫"城市之光"。

诚品算是台湾地区的品牌书店,连锁店遍布岛上各大城市,不过只有敦南这家是日夜营业。我在台湾看过好几家图书卖场,最大的感受是书店的衰落。诚品虽说表面热闹,究竟是否盈利或盈多少利不得而知,因为它除了卖书,还卖其他商品,或者说书店只是诚品有限公司的一部分。我去过嘉义一个蛮大的图书卖场,楼下卖文具,书店在楼上,主要卖区陈列的是中小学生读物,文艺图书偏放一小角落,没几个读者,李敖和蔡康永都孤寂地待在架子上。

有人说看书店衰落，叹人心不古，我不敢苟同。实体书店萎缩是全球共同现象，但书店衰落并不意味着书业衰落，更不意味着文化衰落，文化是不会衰落的，只是传播的方式有所改变而已。在实体书店销量锐减的同时，以亚马逊为首的网络书店销量大增，写作者人数也在增加，这现象值得玩味。台北最大的文化看点自然是台北"故宫博物院"，"翠玉白菜"、"红烧肉"太有名了，被游客围得水泄不通，别说看白菜叶子，连玻璃柜都甭想靠近，只好去转那些不怎么有名的藏品，其实不怎么有名的藏品也蛮有名的，只是没大肆宣传，一般人不知道罢了，比如我就意外地看到了玉屏风。

玉屏风放在三楼展厅中央，应该是清代藏品，由八扇红木嵌玉组成，每扇有六片巨大的翠玉，根据不同色泽雕出各种花鸟鱼虫，说精美绝伦一点不为过。我原先就听说过玉屏风的故事，说当年汪精卫投日后，为讨好日本人把这扇屏风献给了天皇，日本战败后由国府索回，一同收回的还有其余宝物，装了四大箱直接运到高雄港。听说归听说，不想在这儿碰上了，算是参观台北故宫的意外之喜。大概知道这段历史的游客不多，四周空荡荡的，独我一人观摩，享受到难得的自在。

当初由大陆运到台北的藏品有40多万件，现增加到60多万，除大受欢迎的保留展品如"翠玉白菜"、"红烧肉"外，其余展品每三个月更换一次，据说一个人要想将所有藏品全看过，得花30年。台北故宫国宝每日对平民开放，展出方式也很别致，比如在介绍历代字画精品时，专门举办"书画装池之美"展览，装池是装裱的雅称，展览侧重介绍传统字画的装裱艺术，告诉观众立轴、手卷、册页、扇面等不同形式的作品，如何通过不同的装裱妥善保存，切入点独特，观赏者自然印象深刻。

桂林人白先勇写了本小说集《台北人》，我在台北见到一位桂林人。一天下午细雨迷蒙，我随团被领进一家定点商店，是向陆客推销牛轧糖和凤梨酥的那种店，忽然听见有人操桂林话与团友交谈："这种蛮好吃的，买点肥客（回去）送人，也蛮好的。"口齿伶俐，发音地道，凑过去一看，是一位穿着工作服的年轻女子，在跟大家介绍商品。在遥远的海岛上听到乡音，大伙儿自然很开心，也很好奇，你一句我一句，问她各种问题。

她倒也坦然，都做了简短回答——原来在桂林的台资企业上班，后来嫁了一个台湾人，随丈夫过来。这几年台湾地区经济不算景气，她平日也上上班，挣点钱给家里做补贴。说实话，这女子本来就小家碧玉的样子，再加上都市妆扮的点染，在众多导购小姐中，算是比较好看的，远比当地人好看。我想起以前写过的文章，想起那些蕹菜般水灵的桂林女子，在本地人的叙述中，她们多半漂洋过海后就失去踪迹了，留下背影给人做无穷的遐想，只有有心人知道，漂洋过海后的日子，依然离不开努力与辛劳。

那天我们团采购到天黑，人人都装箱打包，交给店家送机场。店家有这样的服务，由他们直接送到出境口岸，等你离岛时去取就是了，不需要自己扛着到处走。坐在大巴内等待团友时，我看见那女子下班了，换掉了工作装，撑把伞走了出来，同时一道走出来的，还有其他几个导购小姐，要不是那蕹菜般柔弱的身段，我还真认不出她。这妹子在台北的雨天落寞地走着，不知道在遥远的桂林，是不是还有一位长相思念的情哥哥？▲

三宅一生与三房一厅

莉莎在北京,有一天要出门去韬奋书城,邻居老太太一脸惋惜地瞅着她说:"多好的闺女,玩什么不行?非得去掏粪!"

这当然是前些年发生在朋友身上的事了。老太太之所以这么唐突先贤,一来和她自己的知识储备有关——她八成是想起了当年自己做"铁姑娘"的时代,才会这么轻车熟路地直奔主题,把大姑娘和臭大粪毫不犹豫就扯到了一起。二来,那时候韬奋书城刚建好没几天,谁知道谁呀?谁让你叫什么名儿不好非得念这个音存心招人误会?

这是一个有关听觉歧义的故事,我自己还有一个视觉歧义的例子。

大学毕业时有人给我留言,让我过桥的时候要加倍小心,"因为你脸嫩,不是遇上讨钱的,就是会被算命的缠上"——我觉得我已经不幸提前被算命的缠上。想来那时我的脸一定是巨嫩,活该不久就在文昌桥头遇上了个奇葩。那小子脸黑,眼镜框也黑得像道具,如果不是夏天,我敢保他还会给自己加一条五四围巾。

好家伙,上来就说:"我是北京大的,我的包丢了。"

好像有位诗人,跟中国说他丢了钥匙什么的。我果然开始发痴犯傻。

"哪个'北京大'呀?"我本来以为是自言自语,可人家是专门拦我的,当然不那么认为。

"就是有个湖叫'末名湖'的那个。"原话如此,一点都没有杜撰。他还准备了一点功课,可以马上补充一个关键词。

哈哈……我的眼前电光石火,看见自己先笑死在地上,撒落满地大牙,然后爬起来,抡圆了胳膊,第 N 次地扑将上去——一个扫堂腿,李逵捉李鬼。不为别的,这个"北京大"么,今天在南方小城真是撞上了大运,本姑娘就是打那儿新鲜出炉的。想想吧,几天后报上将会出现的醒目标题:真假北大相遇,女生不幸被拐——这是绝无可能的闹剧。

事实上,这个"本姑娘"除了做白日梦,当然什么也没做成。就在我愣着的时候,"北京大"和他的同伙不知怎么就自动消失了。

"连小骗子都知道拿我的母校来蒙无知少女,足见母校的影响力呀!"我这样聊以自慰,完全忘记自己当时很可能已经被扔到河里。

真正是成也萧何败也萧何,"北京大"读过点书,也恰恰是他读的这点书坏了他的事。他只知道"北京大学",还没来得及等到出现"北大"这个简称,书就被他放下了,于是他很潇洒地一甩他的分头,满有把握地自创了一个"北京大"。至于"未名湖"误作"末名湖",很单纯的视觉错误,不用多说。

这自然是北大百年校庆以前的事了。这些过去日历上的滑稽事件,我还满以为是视听分离时代,由于信息的不彻底传播才导致的。直到前两天,我遇上在银行做事的熟人阿眉,她一边就着阳光炫着她刚涂的骷髅花指甲,一边恹恹地问我:"听说我们行里的小敏,找了一个你们公司的三房一厅?"

"什么三房一厅?又不是日本人。"

"日本人怎么了?三宅一生的一生之水我喜欢,香港比这儿便宜一半还多。"

"人家是我同学,有名字。你怎么不说他是我们公司的北大?"

这下我算知道了,人们对于信息的认知程度,除了事关传播内容,还要看传播速度。北大的速度,不会比三宅一生快,肯定在三房一厅后。●

有些弯曲，有些花

1980年春天，我在漓江边遇到一位旧金山背包客，他送给我一张明信片，上面是一条弯曲的街道，两旁种满了玫瑰和绣球。他说这是"世上最弯曲的街"（The crookest street in the world）。那条街确实很弯曲，尤其是从下往上看，看不到头，只看见花，我当时觉得那曲折的花径，通向的是天堂。

一般人去旧金山，大概要去看金门桥、渔人码头、唐人街，坐缆车，逛城市之光书店，但是对于我，那条街是一个谜，是少年时的一个梦。我专程找到了那个地方。街道够陡的，没有40度，也有30度，走到半路我拍了一张黑人小保姆看书的照片。在穿过一条横街时，我看见远远有一辆车开过来，依照国内的经验，我站在路边等它过去，可它远远就停住了，也不动。我不动，它也不动。后来司机探出头，做手势要我先走，我这才想起，在美国是车让人。见惯了国内汽车在市区横冲直撞的场景，我过马路时还是有些担心，不禁频频朝它看，怕它忽然撞了过来。它没撞，一直耐心地等我过去才走掉。不过这样的经验还是忘掉为好，不然以后老以为车让人，那就麻烦了。

原来那条街是有名字的，叫伦巴街（Lombard street），因为两旁花团锦簇，又叫花街。旧金山地势陡峭，跟重庆有点相似。19世纪20年代修马路时，为了减缓汽车由上而下的速度，在 Hyde 街与 Leavenworth 街之间的一个街区，建造了八个急转弯，马路呈好几个 Z 形，汽车走中间，行人走两旁的人行阶梯。其实那是一条很平常的街，有些弯曲，有些花，可我从第一次在明信片上看见它，到最终走到它的跟前，这段路走了整整25年。

如今我出门旅行，尤其是去境外旅行，也会带上一摞漓江风光明信片，如果遇上眼神明亮的小男孩，就给他一张，说这是"世上最清澈的河"（The clearest river in the world），没准再过20年，会有人拿着那张明信片来看看漓江。只希望那时候的漓江，河水依然清澈。▲

人看山水我看人

　　念中学时正逢"文革"后期，国家成了烂摊子，自己的家也破碎了。我不喜欢待家里，遇上不上课的时候总乐意到外面走动。那时不上课的时间挺多的，学校也不做解释，说不上课就不上课，往往还在通往学校的路上走着，就听同学们口口相传，今天不上课啰，不上课啰，走，游水去！游水就是去漓江游泳。至于明天上不上课，谁都不知道。起先我喜欢走附近的街区，在巷子里探头探脑，看看这家吃什么，那家吃什么，这种做派容易引来红袖老太太的警觉眼神，后来不走街区了，开始爬市区的山头，像什么象鼻山、伏波山、七星岩都上去过，但是独秀峰上不去，这座山被一所大学围住，不让进，好不容易混进去也上不到山顶，有一道门拦住，门上还有生锈的锁。

　　都说桂林是文化城，在我看来那文化不是抗战时有多少文化人逃难路过这里，而是山上的那些古代碑刻。碑刻就是古人留下的文字，因为害怕被皇帝烧掉，聪明的古人想到把文字刻在坚硬的石头上，这样后人高兴时可以来看看，不高兴时也可以来看看。桂林最好的碑刻在龙隐岩、叠彩山风洞、象鼻山水月洞、西山、隐山等地方，我少年时就喜欢看那些字，说实话内容是看不懂的，只是喜欢揣摩那些字的书法结构，另外就是享受发现的快乐，有时不经意间会发现，某个偏僻的角落有几道残存的笔画。曾经在木龙洞看见一条清代告示，昭告天下这是义渡，过渡不要钱，现在那告示已经模糊不清了。

爬山蛮有意思的，除了看风景，还可以看人情。原先我看见流浪汉，总纳闷他们住哪，记得一次走叠彩山的仙鹤洞，看见一个衣衫褴褛的男人，把衣物藏进悬崖石缝中，又用石头把缝隙盖住，于是明白什么叫浪迹天涯，天涯有时就在悬崖。仙鹤洞是比较偏僻的，知道的人少，去的人更少，一次还在洞口看见一男一女，通常一男一女出现在风景区，都是比较甜蜜的，不甜蜜也不会来看风景，可那次我见到的情景不一样，男的追那女的，还骂她假正经，两人顺石阶一路往下跑，速度好快哦，当时真担心他们会冲下漓江。他们跑到望江亭停住了，手拉手下了山。

基辛格曾数次来过桂林，他对桂林最深的印象，当然是漓江，是雨后云遮雾绕的那些山峰。他说以前看中国的山水画，总觉得那种泼墨的意境，在现实中是不存在的，完全是中国画家对大自然的诗意夸张，看过漓江沿岸的山峰才明白，那些画不仅是梦幻，也是现实。桂林雨季的景色是很独特的，有"雨桂林"之说，在雨水的浸淫下，山是绿的，水是晶莹的，云雾将山一段一段隔开，无须描画，就有水墨画的朦胧效果。

上世纪70年代末，美院不必再画工农兵了，常有许多大画家来漓江边写生，比方李可染、吴冠中、宗其香、白雪石等，我都在江边见过。那时我尚为少年，也喜欢画画，但苦于无人指导，能有机会看大师作画，自然会看到痴迷。一次见吴冠中带了五六个学生，在榕湖写生，他指导学生选择了一个新颖的视角，穿过榕湖和杉湖的树丛,可以一直望到漓江,或许吴老受西画熏陶,比较注意画面的纵深感。待学生开始写生,他自己也坐下来,描摹湖畔的风景。我在他身后站了整整一个下午,看到了他完成一幅作品的全过程。其间下了几滴小雨,他全然不予理会,细雨打在画面上,融入色彩中,别有一种浑然天成的情调。其情其景,至今难忘。吴老个子不高,瘦瘦的,头发有点白。他那时候还不算老,但脸上有沧桑感,那种沧桑会通过笔融进色彩里,所以看他的风景画,常常会想到乌鸦的叫声。

当然看画画看到痴迷,还有另一种情形。一次在象鼻山前的河滩上(现在围起来了,取名叫爱情岛),看见一个20多岁的金发碧眼姑娘在写生。那是六月初夏,她戴了一顶小帽,穿了一件米黄碎花的短裙,坐在草地上摆弄画笔,模样真像是书里的冬尼娅。她其实画得并不好,可我居然一直看到天黑,也不知道是看她画画还是看她。我站在她身后看了很久,很久,看到只剩下我一个人陪伴她,两人没说一句话,她也一次都没有回头看看我。▲

吃粉究竟吃哪家？

曾见桂林论坛上，有一篇关于哪家的米粉最好吃的帖子，列举了东南西北十几家米粉店，从石记粉店到胜利小吃店都有，不过无论哪家粉店，都有人说好吃，有人说不好吃，我也吃过其中几家，感觉确实也味道平平。后来我想其实道理很简单，一碗粉的制作过程是手工的，粉、汤、料、火候等等，每天都多少有点区别，而且每人的口味不一样，有时连自己的胃口，也会随心情变换呢，所以一碗粉好不好吃，是要讲点运气的，哪怕同一家粉店，今天你觉得好吃，明天未必会吃出同一种口味。

好吃的米粉在哪里？都在我们的记忆里，某一天你特别饿，心情特别好，恰好端到了这样一碗粉，汤鲜粉滑，肉香葱白，于是这碗粉就成了粉中极品。

我吃米粉不多，一礼拜也就两三次，主要是有时中午偷懒，吃碗粉打发一下算了。附近有几家粉店，不同的粉店有不同的拥趸，我认准的那家，老板娘是个湖南人。既然说到湖南人，就多说几句。如今在桂林生活的人，湖南人占相当比例，如果听见有谁说话时，嘴里好像还嚼着一块肉，上去问问，十之八九是湘南人，不是东安、永州，就是祁东、祁阳的。湖南人精明刻苦，还抱团，广西人自然不是对手,当年太平军那么猛,还不是被湘军灭了,所以湖南人喜欢来广西生活。

也许有人会问,既然东安人、永州人这么精明,为什么不去长沙发展呢?长沙比桂林大多了,挣钱也更好挣呀。这话问我可以,问湘南人,就问到了痛处,因为如果往北发展,就会遇上更为精明的湘潭人、宁乡人,那帮人自认为是湘楚文化的正宗,所谓"惟楚有材,于斯为甚",指的可是那一带的人,湘南人与其去跟那些人争地盘,不如向南找广西人拼杀来得轻松,况且跟长沙相比,桂林近多了,一旦发展顺利,就可以呼啦啦带出一大串老乡。

广西人刻苦,不精明;广东人精明,不刻苦,所以面对精明而刻苦的湖南人,两广人望风披靡,什么修鞋、修伞,开锁、开车,全都拱手相让,渐渐地,连粉店也转到了湖南人手里。这家粉店的老板娘,四十出头,独自带着一个女儿。母亲异常勤劳,每天天没亮,就起来熬汤切肉,六点开门营业。女儿小小年纪,就懂得为妈妈分担,坐在粉店门口招呼食客,见的次数多了,她也熟知我的习惯,远远看见我,就朝店内喊:"二两卤粉来了,不要锅烧,要蒜米!"好像我的外号叫二两卤粉。不知不觉间,我在这家粉店吃了五年。

上个月我去吃粉,忽然发现坐在门口的不是那个小姑娘,换成了一个小伙子。我问小妹子呢?他指指里面。我看见在里面冒粉的,不是母亲,换成了女儿。这时我才注意到,小姑娘变成大姑娘了,头发盘在后脑上,动作比母亲还麻利。原来她妈妈挣够了钱,回湖南去跟一个老相好结婚了,现在这粉店交由女儿掌管。湘女不但多情,还水灵,换了年轻的老板娘,粉店更是食客盈门。▲

要怪只能怪日本人

除了米粉,山水画大概是桂林的又一特产。我在许多风景区,见人销售桂林山水画,问起来,老板都是桂林人,杭州、西安、丽江都有,连北京都见过。北方本来没有南方的景色,为什么也要销售山水画呢?因为挣钱,因为销售的对象是国外游客。一般西洋人对国画的理解是很模糊的,看见白纸上有一些黑黑的线条,便认定是艺术,价钱又不高,于是就买了。

其实当他决定买时,他心里不是把这东西当作中国的国粹,而只是当作一件旅游纪念品,加上有的画家喜欢当场表演,寥寥几笔就完成一幅作品,让西洋人觉得中国的国画,跟中国的杂技也差不多,玩玩可以,离艺术还远。要知道一幅经典的西洋油画,要画几个月,甚至几年,所以才值那么多钱。

这里的山水自然仪态万方,这里的山水画却一言难尽,有好的,也有不好的。所谓好的,是指一流画家留下的作品,像李可染、吴冠中、白雪石、宗其香等人,喜欢画漓江两岸的风光,民间收藏了不少他们的画作,甚至徐悲鸿、刘海粟的作品,近年都有发现。桂林本地也有很好的画家,比如李骆公,此公早年留日学西画,曾在东京参加过当时的先锋画展,在日本有些名气,后回天津任画院院长,70年代南贬兴安,见这里风物宜人,便留下不走了,名噪一时的漓江画童,好几个就是他培养出来的。李的字融书法与绘画于一炉,写个酒字,右边像个酒坛子,左边三点像溅出来的三滴酒。

前面说的是好的,那不好的呢,因为来钱容易,又因为游客没有鉴赏力,众人见连福利镇的扇子和临桂牛皮画都卖钱,于是纷纷拿起了画笔,画山的皱折太费工夫,就把宣纸揉做一团,用干笔涂,还学会了仿制古画的速成工艺,用茶水浸,柴烟熏,烧几个破洞更好,做出虫咬的样子。这也怪不得谁,要怪只能怪日本人。

七八十年代的日本,经济腾飞,一般日本人手里都有几个钱,连九州岛的农民都很神气,成群结队出国狎妓,玩过还要shopping。日本人土是土,可毕竟知道中国的古代文化是很灿烂的,特别喜欢逛艺术品商店,看见墙上那些泛黄的画作,欣喜若狂,以为不是唐伯虎,就是郑板桥,没准是尧舜的真迹也难说,真是捡了天大的便宜,再掏出索尼计算器一算,一幅画也就值一顿料理,亚斯伊(便宜)呀,恨不得把整个画店都买下来。

你说遇上这样的日本人,还有什么好谦虚的呢?他们有钱了,喜欢文化,我们有文化,但没钱,真是双赢的格局。记得有个画店进了一批仿古山水画,标价300元一幅,挂在墙上一礼拜,也没卖出去。店家心想,这批画线条粗黑,颜色暗淡,画面乱糟糟的,很合北海道渔民的胃口啊,怎么就没人要呢。他在标签300元后面,加了一个零,变成3000元。知道什么叫扫货吗?第二天来了一伙日本人,一扫而光。那个店家就是我。▲

穿山没穿衣，骑楼不骑马

这是我的一条原创QQ签名，还非得解释一下。不然不明真相的童鞋会误认为这是俺闲得无聊胡诌的艳词，呵呵。

穿山，是桂林一景，位于漓江东岸，与西北方向的象鼻山夹江相望。穿山的"穿"字因形而得，这山的形状，说来也像一头大象，在象鼻和象腿之间，穿了一个圆洞。那么就有人会问了，为什么同样都像大象的两座山，一座得名"象山"，另一座却好像被开除了"象"籍，叫了个跟大象没什么关系的"穿山"？说实话，当年我初来乍到，见到象山以后不久再见到穿山，心里还真失落了一阵子：本以为象鼻山独一无二，却原来连老天爷也会偷懒，手工作业做累了，现成的坯子也会反复使。

穿山这头象，比象山大，地势也高，高到那洞就是个旱洞，洞里的风，很大很通透。大夏天里，桂林人喜欢上那儿纳凉，所以又管那儿叫"风洞"。不像象山那个水月洞，顾名思义，挨着水，印着月。而且穿山还瘦，瘦到耸着背、挺好斗的样子，怎么看也是头公象，不似圆融的象山那般阴柔。当然，要说穿山没象山那么有名，还吃了地段的亏，它不比象山那么地处城中，左右逢援。真要跟"援"字扯上什么关系的话,那就是传说东汉时,伏波将军马援在伏波山那儿张弓搭箭,一箭就把穿山射出这么个洞。

有一天路过穿山,我盯着它看了一会儿,觉得这山实在有负"穿"这个名——你说它大名为"穿",怎么就不穿衣裳呢?"穿山没穿衣"就此脱口而出。

骑楼是岭南代表建筑,北海就有典型的骑楼。桂林在抗战时期被日本人烧了大半座城,老房子都快烧没了。九十年代初我到这儿的时候,十字街一带,原来的桂剧院、老邮局、老乡亲、张永发,还能看到点骑楼景观,现在全拆了。所谓骑楼,就是靠街面的底层一楼全是空的,只剩几根大立柱,像楼的大粗腿一样支撑着楼上的房子,空出的地方供人行走。因为南方多阳光,多雨水,骑楼的设计方便了途中需要遮阳避雨的行人。现在广州的上下九,还较好地保存着骑楼的典型街景。

骑楼我见得不多,但感觉上,它也有负于这个"骑"字,如果"穿"字让人联想到穿衣的话,"骑"字让人想到的一定是骑马。所以"骑楼不骑马"的说法,也行得通。

两句话凑一块,对仗工整无从谈起,意思上还算相映成趣。

我把此文贴在博客上,引来众友跟帖如下:

一说:现在不少地方复古,结婚迎亲不再是长龙般的车队,而改用轿子迎亲。所以,新娘子"坐轿不坐车"。

二说:"乘龙不乘机",实则说的是港星成龙怕坐飞机。

三说:"灌阳不灌水",回这句的朋友是云南人,现居美国,居然还知道他从未到过的广西有个地方叫灌阳。于是,黑鸟这个广西人又回了他一句"蒙自不蒙人"。蒙自,是云南过桥米线发源地,蔡锷当年"护国讨袁"的滇南重镇。

最后一说:"穿山不穿帮,骑楼不骑墙"。这句话的意思是:石可穿,山可穿,帮不能穿,编瞎话一定要能自圆其说;马可骑,楼可骑,墙不能骑,大丈夫一言九鼎莫做墙头草。●

七点五十五

电影是人类自己创造的梦想,观众随电影笑,随电影哭,只要看电影,就可以忘却现实生活中的诸多烦恼,至少有那么一两个小时,可以沉浸在自己钟爱的时光里。据说如今金融危机,百业萧条,但欧美国家的电影院却常常爆满,电影业反而呈欣欣向荣之势,这多少也说明人对电影的需求,与经济走势是背离的。我"小时候的时候"(这是我常犯的口语文法错误之一),国家非常穷,老百姓也穷,穷到连五分钱一张的电影票都嫌贵。好在那时时兴发电影票,医院工会常免费发票给职工,有的职工或者家务忙,或者懒得看,往往会在晚上七点五十五左右决定把票送人,于是七点五十五成了小朋友们最兴奋的时刻。

为什么要到七点五十五才做决定呢,因为电影通常是在八点开演,再不送人做个人情,就没人要了。我们守候在院子中央,看哪家的大人决定不看了,拿到票就朝电影院狂奔。有一次我拿到的票是罗马尼亚电影《爆炸》,真是太激动了。说到罗马尼亚,还可以提提当时的罗马尼亚画报,有那么一阵子,我在医院阅览室看到好多外国画报,有越南画报,朝鲜画报,阿尔巴尼亚画报,罗马尼亚画报,其中以罗马尼亚画报最震撼,里面居然会出现三点式女郎,在黑海边戏水！那部电影说的是抢险的故事，多瑙河上有一艘外国货轮起火了，船上装了化肥，如果货轮爆炸将毁掉整个城市等等。这并不重要，重要的是影片里有个戴红色胸罩的年轻女郎！她从卧室里跑出来，走错了方向，结果钻进了巨大的船舱底部，戴着胸罩在里面乱窜，整个电影有大半时间是她逃生的镜头。

那天从电影院里出来，我对一个大男孩说，要是镜头再近一点就好了，就看得更清楚了。

大男孩一脸坏笑，反问看什么看得更清楚？

我一时语塞。是呀，看什么看得更清楚，我也不知道，其实就是一种本能，如同看见一朵花，想凑近去看个究竟，成人后才明白，也不是什么花朵都适合凑近看的，凑得太近，反而会丧失美感。那是禁欲的年代，在那种年代，一只胸罩就够人遐想联翩了。后来我还看过《多瑙河之波》、《斯特凡大公》、《波隆贝斯库》，都是罗马尼亚影片，其中《波隆贝斯库》里面有一段做爱的镜头，女友坐在波隆贝斯库身上，身体上下起伏长达一两分钟，或许那时的检查官太年轻，没看明白，居然手下留情放过了。

前面说了，我们是七点五十五才拿到票，从大院到工人电影院（如今的心连心影城）的路程，平日走要十来分钟，一路狂奔也要七八分钟，往往奔进电影院时，已是气喘吁吁。后来为了节省时间，我抄了一条近道，只要五六分钟就可以到，但那近道有点吓人，得从杉湖边的太平间门口过。太平间的门是一扇破烂的木门，旁边有一堵围墙，围墙上长着绿苔藓，我们平日都躲得远远的，也不知道躲什么，反正觉得门背后或者围墙后，藏着什么可怕的东西，如果看见墙头上有东西动，明知是一只小麻雀，也会赶紧避开。

可是电影的诱惑太强烈了，想到那每秒钟都在闪过的镜头，真是心急如焚呀,也不知道是谁倡议的,说可以走太平间抄近路,这个建议立马获得响应,几个孩子——当然都是男孩子出发了,小心翼翼地走进夜幕,从围墙外的小道走过,似乎害怕惊醒里面的鬼魂。想想都是些小破孩,也算是为了梦想结伴穿越黑暗,穿越死亡的壮举了。走了几次后没事,胆子也大了,后来都是一路小跑过去,再后来一个人也敢走。

我们赶到电影院时通常都要迟到几分钟,可是不要紧,那时放电影都兴有加演,所谓加演,是指新闻纪录片,党和政府要通过这些纪录片告诉大家,毛主席又见谁了,西哈努克亲王又吃烤鸭了,哪里大丰收了,丰收的粮食水果堆成山,吃都吃不完,哪里修水利了,铁姑娘们抢着大锤凿眼放炮等等,那些片子单独放是没人看的,一定要加在你想看的电影前面,这样就不得不看了。还有一种加演是科教片,这种片子我爱看,告诉你稻谷怎样去壳,苹果怎样保鲜,铅笔怎么做出来的,玻璃器皿怎么吹出来的。加演片偶尔也有考古纪录片,那时文化一片萧条,独独考古很发达,到处发掘古墓,记得放过一个介绍长沙马王堆汉墓女尸金缕玉衣的片子,很长见识。

加演的时间长短是算不准的,有时十来分钟,有时一加就一个多小时,所以迟到几分钟并不影响看正片,所谓正片就是故事片。记得有次看的正片是阿尔巴尼亚电影《第八个是铜像》,讲述战后七个游击队战士,从不同角度回忆队长当年牺牲的情景,七个人轮着说,出现不同的画面,第八个就是一尊铜像,好感人。那时现代主义浪潮席卷全球,地处欧洲的阿尔巴尼亚导演多少也受了影响,影片的结构很新颖,给我留下深刻记忆,算是我最早接触的现代主义风格影片。▲

暴走过春天

桂林的春天十分短暂。基本上，脱下羽绒衣就可以直接穿雪纺了，春秋装在这儿使用率不高。在云南的常备行头——毛背心，在这儿完全可以雪藏。顺便说一句，云南不光四季如春，早晚温差还比较大，像毛背心这种"骑墙派"装束，几乎人手一件。刘硕良先生当年从广西去云南办《人与自然》，在那儿客居几年，刚去时眯着小眼睛可劲儿取笑当地那些老头老太，"动不动就穿件马甲出来"，一两年后我在昆明见到他，身上也套着件马甲，并且已经习以为常到浑然不觉。

"暮春者，春服既成"，我这儿不是春天短吗，所以离暮春还早呢，就急不可耐地整了件翠翠的衣服穿着，蹬着球鞋，一路暴走去上班。每天一个来回，单程要走35分钟，正好达到锻炼效果。其实如果穿过闹市去上班，路线还可以更短。我说的35分钟这个路线，是距离跟风景加在一起，性价比最高的一种走法——桂林的两江四湖，我这么走可以经过其中大半：漓江、桃花江、杉湖、榕湖。

今早走在漓江边，先是有个背书包的小男孩，书包很沉那种，见我匀速超过他，他就使劲往前跑，书包在背后一颠一颠的，直到超过我十几米，跑累了，停下来，回头挑衅地扔个眼风给我，然后便慢下来,自顾玩书包里翻出的小玩具……我又超过他……他又超过我,如是二三回合。小男孩一定很奇怪:这人光是走路也比他跑的快!

有个挑青菜担子去赶早市的大姐和我同向而行。刚刚我还沾沾自喜于匀速快于忽快忽慢,立马就践行起"空手走的不如挑重担的",几步就被人家赶到前面去。这位大姐在我前面不远处被个老伯娘截住,要买她筐里鲜嫩的油菜花,至此,我对生活的盲目热爱终于 hold 不住,也跟着飞快地称了斤菜花。

一斤菜花在手,绿菜茎里开出点点小黄花,我看得那个心热……还没热上几分钟,心里凛然一惊:买糕的,俺这是在去上班的路上啊,难道拿着菜花进办公楼?玩得有点过火了!正尴尬着,更窘的事发生了,迎面走来一个熟人——我平时上街十次也遇不上一个熟人,偏偏这会儿,菜花道具才上手,熟人就冒出来,真令我汗不能止。

话说这熟人,既是同行,还是作协的同仁帅哥。他果真愕然了:"这个时间,你拿把菜花,朝跟你家相反的方向进发,是什么意思?"那一瞬间,我真想把油菜花顺势一甩献给他,以表彰这位仁兄的有才华——反正凭大家一块写作的交情,这么闹也不为过……无奈当时,人家身边还走着一男的,也许是一块上班的同事,我不认识——怕贸然献花,吓着别人。

春天里的暴走事件,走出把菜花,寄存在途中的小卖部里,等我回程再取,已经没有了先前的水灵。●

"为什么呢?"

这个城市的女孩常会瞪着无辜的眼睛问你:"为什么呢?"

你如果因此而以为遇上了一个有好奇心、求知欲很强的天使,并由此萌发为她答疑解惑、做她的动脑筋爷爷的强烈愿望,那你就大错特错了。桂林女孩这么问你,一般只是为问而问,无所谓答案,也没有求解的意愿。你如果沉迷在她故作天真的问题里,在她看来会和迷失在她幽深迷蒙的眼神里一样有趣。提问在她只是一种姿态,说白了,她不过拿这句话来卖萌而已。你还在她的问题里留连,她的思绪早已飞到了九天外。

"为什么呢",桂林话会说成"为死马咧"——要小心,在桂林女孩的提问面前,你连死马当作活马医的企图也会破产。她说这句话时舌灿莲花,重音落在"为"字上,"死马"粘在一起一滑而过,最后一个"咧"字作为尾音往往拖得老长,有点"L"、"N"不分的意思在里面。"L"、"N"不分的人说话时会给人一种客观上的不洁感,好像感冒鼻腔被堵住了一样。然而桂林女孩说这话时语气那么轻巧,丝毫没有鼻腔被堵住的厚重感,只仿佛一掠而过的飞鸟,很随意地溺了一下。

年轻人在求偶年龄段常常表现出因为自恋而变得轻慢和不负

责任的倾向，这在哪个城市都差不多。然而在桂林，这里既不研究问题，更侈谈主义，体现出一派欣欣向荣的小码头流民心态。女孩子们非常突出地表现出规避精神生活的特质。你无法与她们谈心也许是因为，她们不知道自己飘忽的心到底泊在哪里。她的生活不外乎把港台服装倒进来，或者想法把自己嫁到港台，所以，跟广州贴牌的港版服装行情和美加、港台华裔老男人们每季更新的择偶观相比，别人的心是什么样的，这真是一个太过迂阔的话题。

我二十五六岁的时候有一同龄女伴母亲病重住院，记得我曾经问过她，有没有想过父母百年之后自己怎么过，她直接回答我"你想得太多"，令我瞬间觉得，这女孩心理低龄化的时间延续得比我想象还要长。也怪我，年纪轻轻想要在一座小城寻觅精神上可以交流的谈伴，这种愿望显得多么的不合时宜。普利策奖得主伊迪丝·华顿在她的代表作《纯真年代》里有过介绍，说在十九世纪下半叶的美国上流社会，谁要表明心迹，就会失去尊严。为了使空气保持"纯净"，大伙儿都像约好了似的，拒绝谈论生活中"任何不愉快的事"。

爱问"为什么呢"的桂林人其实并不想真的知道为什么，这并不是说他们和深受维多利亚时代影响的美国上流社会有什么共通之处。如果说后者是烈火烹油、鲜花着锦的物质繁荣相伴上流社会虚伪、压抑的内心生活，那么在桂林，我担心的是，人们根本就没有内心生活。想到这一点，最初时常令我感到沮丧，后来也就慢慢习惯。要在这个时代寻找内心生活，不独桂林，在哪儿都是奢侈。毕竟，这是我生活的城市，这座城市有山有水，有新鲜的空气和绿色环保的食物，它给我的东西已经足够丰美，我没必要向它索求太多。●

话说桂林口音

看了几集台湾地区的脱口秀节目《康熙来了》，看小 S 和蔡康永说着温软的"国语"，忽然想起小时候说的桂林官话。说台湾"国语"是大陆普通话，这样说没错，但台湾"国语"也不完全等同于大陆普通话，经过半个多世纪的分隔，"国语"在变化，变得越来越软，普通话也在变，不过普通话的变化过程比较复杂，前三十年越变越硬，特别是"文革"期间，说话要有硬度，似乎这样方能显示刚强，连以温软知名的苏州话都有雄起的迹象。后三十年反过来了，也想变软些，但尺度很难把握，往往硬不起来也软不下去，为了填补中间空悬的部分，要增加很多废话。

台湾人说话是很容易听出来的，除了声音有变化，用词和语气习惯都有微妙差异，记得以前看小人书，说几个台湾狗特务泅海过来，打扮成我军指战员走进村庄，没说几句话就被识破了，因为他们居然不说领导，说长官。前段时间朝鲜边防军开枪打死我国边民，据说也是同样的原因，那几个走私的边民居然用韩语搭话，自然会吓着朝鲜人，以为韩国特务来了，拔枪就打，要知道经过半个多世纪的分离，朝鲜语与韩语也是有区别的。

语言的变化与社会的富庶程度有关系，通常来说社会越富裕，规矩越多礼节越多,说话的口气越软,用词的分寸也越讲究,如同以前啃红薯,现在要把红薯做成糕再吃。语言的讲究决定着教养的高下,所以有钱人家要把孩子送进所谓的贵族学校,送去干什么呢,去学如何说话,如何掌握优雅的谈吐。说起来真是好可笑,以前把这一切视为繁文缛节要灭掉,现在又捡回来了,不但捡回来,还要发扬光大,历史在中国的土地上转了一个圈。所谓讲究无非是语言的细化,可以细到化为无形,追求意会和言外之意。在英语世界里,最讲究语言的当属英国人,往往不经意间已经表达了轻蔑,流露出贵族优越感,也是美国人、加国人、澳国人或南非人受不了的地方。外国人学英文,要学到萧伯纳式的幽默才算学到家。

在以前的中国,江浙是最发达的,江浙人说话也是最讲究的,外省人会觉得江浙人斤斤计较,抠字眼儿,可在江浙人看来,抠字眼儿才是文明的体现——在西方社会最抠字眼儿的是律师——看不起什么事都大而化之的内地人,比如买菜不看秤,吃虾不吐壳等等,尤其是好吃肉的湖南人,一口一块大肉,肉汁顺着下巴流。粤语的变迁很典型,广州人觉得自己说话很好听,比什么清远、茂名、雷州半岛那边好听多了,至于广西话听都不要听,土得掉土疙瘩,可是在香港人听来,如今的广州话也是蛮土的,相比之下香港话跟香港点心一样,要更软更细腻,自然更洋气。

说了这么多,还得说回桂林话。如今来桂林生活的人,为了融入本地人圈子,都喜欢说桂林官话,但在我听来口音都有点怪怪的,大概洋人听我说英文,也会有同样的感觉。我童年随父母来桂林,住杉湖旁的小院子里,我们小朋友把桂林分为南区中区和北区,认为北区的孩子最能打架,人家军分区在北区哈,有枪杆子撑腰,南区的孩子也能打,但比北区差一点点,多半出身于卖肉卖豆腐的人家,家里最多只有两把菜刀,曾见两边孩子在各自老大的率领下,混战于湖中央的小岛上,双方不分胜负,留下几块倒悬的桥板。

我们中区的孩子比较有教养,从来不打架,因为几乎所有的官员、干部和有文化的人家都住中区,而榕湖和杉湖又在中区的中央。我在杉湖路小学念书时,坐我背后的就是市委书记的小公子,只不过那时不叫书记——叫"革委会主任"。后来得知"文革"后期街上的孩子是分帮派的,有盐街帮、东江帮、瓦窑帮等,各派有自己的帮主,只是那时我尚小,还不明白这些,只知道看热闹。

住城中央未免会有优越感,看不起北区和南区的孩子。中区孩子说的桂林话,语速快,用词轻巧,夹杂大量随时变换的流行语,几乎每句话里都有性暗示。平日遇上谁,只需说上几句话,一个字,一个用语,一句黑话,就能甄别出他来自北区还是南区。北区有灵川或兴全灌的口音,所谓兴全灌指的是北面兴安、全州、灌阳等县份,那边深受湖南影响,有霸蛮之气,南区的孩子生活在漓江下游,说话带阳朔、平乐的口音,人都比较朴实平和,但惹急了也会发飙。

一旦判断不是中区的孩子,比方我们把一万说成一方,对方若是说不准,那就要嘲笑一番甚至欺负上去了。事情往往是这样,我们仗着嘴快老是恶骂对方,对方忍无可忍忽然回骂:你嘴贱,老子手贱!抓起一块砖就拍过来,于是我们抱头鼠窜作鸟兽散。那可是硬邦邦的砖块哦,那时到处是断壁残垣,别的捡不着,捡块砖还是很容易的。

当然这都是旧事了,凭口音确定优越感,那是封闭社会的特征。如今这年头城市就像没门窗的房子,谁都可以进出,想要优越感得有钱有势,有钱有势再加上有貌,那更不得了,只不过一般来说,一个人一旦有钱有势,就不可能有貌了,这是命运的平衡——君不见那些贪官污吏,一个个长得歪瓜裂枣。▲

好　耍

桂林城的建城史可以一直追溯到秦始皇初设桂林郡。现在，桂林小城只是三线城市，但桂林人作为城里人的历史可是由来已久。出大力流大汗拼体力那款在我们这儿自然是玩不转的，尽管明面上未必承认，但这儿的人多少像《刘三姐》里的水上名士似的，骨子里向着羽扇纶巾，卯着劲儿要将潇洒进行到底。

"好耍"是桂林人面向生活的招牌式态度。在桂林，你会遇到很多人说这句话，说这话的人拿这话当泥巴，多难的处境，泥巴一糊，万事大吉。与其说桂林人好强，不如说他们飙腔调，生活再辛苦，说这话时还是轻松自如，派头十足。

求偶期的桂林妹为显其沉着淡定，一家有女百家求，此番表现也就更为典型。你问她最近做什么，她说"好耍"；你问她好好的工作为什么不做了，她不正面回答，只答你现在很"好耍"。"好耍"成了包治百病、百试不爽的万灵药，涂在哪里都可以。反正人生就是戏，她并不在乎你因此认为她游戏人生。在桂林人的语境中，没有什么值得人正襟危坐、谨慎对待的严重事体，你如果认真，你反倒就输了。

"好耍"传达的轻描淡写和四两拨千斤，正是桂林人小城大志的心性的写意浓缩。写意的好处在于并不落在实处,没落在实处,也就无从追究。不要以为桂林人志大才疏,他们只不过更愿意营造避实就虚的情境罢了。或者,发展到极处,虚就虚到底了,他扔给你一句"我们单位好好耍",不做事就最好,当一辈子耍男耍女才是王道,其他都是次要。桂林抓 GDP 的官员这下知道了,小城人为什么做什么都慢悠悠不慌不忙。

说到避实就虚,想起桂林人的另一句口头禅"讲点别的",顺便在这儿一起谈了吧。和本地人聊天,每每谈话进行到一半,事件的表层刚被揭开,正要往深处剖析,显露出关键环节,这时,往往会有识时务的桂林人挺身而出,说一句"讲点别的",叫停这场谈话。

"讲点别的",比直接叫你"闭嘴"来得婉转客气,婉转得甚至令桂林人不无得意,自感机智无比。因为谈话再往深处走,一来智力上会很辛苦,二来要面对的事实也会越来越残酷,索性另起一行。久而久之,"讲点别的"变成了城里的潮人潮语,凡事浅尝辄止,形同儿戏。成年人的人格养成,也因为长年不走主干道纵深路线,而越来越呈现出小城市草蛇灰线般潜藏而隐约的小情怀。

回过头来说"好耍"。当然也有极少的例子,是一边用着"好耍"的障眼法,一边就把事情做成的。我曾经和一年轻女子共过事,后来她离职回家了。外人看着她是在家赋闲的样子,两三年下来,人家在台湾地区用笔名出了十几本书,成了那边小有名气的言情小说写手。桂林人,心向往之的最高境界,就是胜也要胜得不显山不露水,最好就是"谈笑间樯橹灰飞烟灭"。

巧

马小哈从南宁来,回到他一别两年的桂林。我们开车去接他,赶上了入夏以来白天最大的一场雨,正值下班高峰期,雨刮器开到最大,也有点应接不暇。

马小哈很神奇,上过陆院当过兵,秉性却一直很学生,斯文腼腆又爱笑,笑起来眼睛、嘴巴咧成几瓣月牙不说,还有颗著名的虎牙。他修电脑技术一流,公司里比他年岁大的员工搞不定的案子,一招呼这小弟,立马迎刃而解。他帮很多大机构做过硬盘恢复,也抢救过我家不小心没存盘的大稿,人却一向没心没肺,不问报酬多少,全由主家说了算。在如今这样的世道,他纯良得有点让人担心。他南宁家里其实条件不错,一直耽留桂林,主要是先后被几个桂林小妹仔拴住了心。我和被他喜欢的女孩一起K过歌,算是代表亲友团帮他私下相看——女孩们都很可爱,但却全都不约而同地羞于承认在跟他交往。真可惜,我们的马小哈少点速战速决的匪气。

他就这么有一搭、没一搭地在桂林延宕着他的日子。工作不太理想,有点配不上他的努力,所以为了补贴用度,他多打了好几份工,有一阵还推销过女士卫生巾,在很多大姐小妹面前从容不迫地往他推销的产品上倒茶水,测试其吸水性,引得一帮女人半是惊奇、半是好笑地叽喳不已。眼看马小哈的青春就要被桂林消磨殆尽,他家人终于看不过,把他连哄带骗招回了南宁,安排了一份稳定的工作。缘分很快跟着降临,不久便结了婚。

　　吃完饭,我们又遇到最离奇的一次堵车,在不该堵车的路段。车子小步、小步往前挪,不到一公里的路,走了至少40分钟,走得人直犯困,好在途中偶有性急的司机从双股道中间挤进来抢道,让人不敢有丝毫懈怠。

　　小马同学聊起了买车的事。小马想买日系两厢车,经济、节油、休闲;马太要求必须得是欧系车,结实、耐用,安全第一;老丈人赞助他们,因此也有发言权,作为退休公务员,他首选三厢车,觉得那样才有轿车的感觉……最后全家意见统一在大众波罗上,记得我当时还暗忖:波罗出了三厢车吗,还是老丈人最后作出了让步?

　　这车要是买回来,就小马一人开,全家只他有驾照。我们便给小马鼓劲:行车安全,还是驾驶最重要;再结实的小车,也经不起跟大车碰撞,总不能开装甲车上路吧……正说着,我们的车子慢慢移到了前方——果然如我所料,前方桥上发生了一起追尾事故,才造成了今天的不正常拥堵。

　　开到事故车面前一看,被追尾的车车,实实在在被追成了一台"烂尾车"。这车不是别的牌子,正是……大众波罗。再看车牌,居然是桂A,南宁的……●

情人节桃花

有情人的人,遇上情人节,自然会想到情人,那么没情人的人想什么呢?大概有人会说,没这回事,世上每个人都有情人,女人有老情人,男人有小情人,现在没有的,过去也会有,哪怕现在和过去都没有,也还有梦中情人可以想念吧?总之情人节,人人都有人可想。我承认这种说法有道理,但用在我身上不合适,我不是说我从来就没有过情人,只是想说在情人节这样的日子,我想到的是情,不是人。

情人这个东西,意思是很宽泛的,情人节的情人,多半是指天下有情人终成眷属的那种情人,双方都未婚,都有情,设这么一个节,是给这些有情人的祝福。不过现代社会的道德底线在悄悄挪移,情人又指配偶以外的性伴侣,或者有配偶的性伴侣。为什么有了配偶还需要另外的性伴侣?为什么要找有配偶的人做性伴侣?这是个古老的命题,我也写不出什么新意,我想说的是,这样的情人是很难把握的,热乎起来是世上第一至亲,一翻脸马上形同陌路,那关系就如水银的形状游移不定,以至于如今连反腐,都得靠情人。

世间有的人是只适合做情人的,走遍天涯海角,就是为了吃海鲜,找海皮。不过这样的人,做情人做得再好,好到扯不开,剪不断,也只能做情人,一旦不慎做了夫妻,双方都痛苦,用不了多久,情没了,人也没了,所以适合做情人的,最好不要成家,也找适合做情人的做情人,像萨特和波伏娃那样。

情人节在二月,一般都比较冷,很少听说温暖的情人节,可能东南亚或澳大利亚有吧,北回归线以北,通常都没有。当然情人在情人节是很温暖的,那是指内心,我说的是天气。在桂林过情人节,也是很冷的,这地方说是亚热带,但紧靠着南岭,冷起来跟高寒山区也差不多。记得有一年的情人节是周末,冷兮兮的,我无人可想也没情可盼,闷在被窝里睡大头觉,睡到上午10点或11点时,听到有人敲门,也没敲几下,就不敲了。我懒洋洋爬起来把门打开,却不见人,只听见一阵急促的脚步,还有一阵欢快的嬉笑,已经上了五楼或六楼,回过头看门上,插着一枝新采的桃花。

上楼的是一对热恋中的年轻男女,男的是我的同事,学法文的,人长得好高挑,还特别有才情,什么事都走在我前面,比我做得早也做得好,让我望尘莫及。恋爱也一样,才来没多久,就找了个漂亮姑娘,还是硕士呢。记得有人开玩笑,劝他别着急,说他未来的女朋友,还在念小学,最多念中学,急什么呀。他们的恋爱够浪漫,他给她念拿破仑写给约瑟芬的情诗,有一次还当众朗诵,向她表示爱慕,终于揽得美人归。

看着那支早春的桃花,我有些感动。热恋中的男女,内心是美好的,总想用自己的快乐,去感染不快乐的人。在他们的眼里,我可能是不快乐的,至少那段时间是不快乐的。我知道这是他俩的好意,送我一枝桃花,大概是希望我在接下来的日子走桃花运,找个红粉知己吧。那是我在情人节收到的唯一一枝桃花。又过了好些年,我结了婚,他们离了婚。他还是走在我前面,让我追不上。▲

斑马线惊情

那天在百货大楼十字路口,我在交通指示灯绿灯示意下由北向南左转,向东驶入文明路。这里是市中心,人流很多。这个路口一向比较杂乱,十字路口红绿灯跟行人过马路的示意灯好像两相不搭调似的,常常是,我们那队左转车流在有限的绿灯时间里转过来,斑马线上都有人在过马路。

这次也一样,因为没有地下通道或过街天桥,人流、车流无法有效分流,人觉得车占了时间,车觉得人挤了道路。从司机的角度,就觉得路人比较急,哪怕人行道示意灯还是小红人,就都按捺不住,已经不止是在两边人行道上等,而是拥下来,紧贴车流,对过路的车子形成夹峙之势,如同给车子考桩。

我的车尾随前面的车子徐徐转入这个路口,注意是"徐徐",也就十几迈的样子。我车子后面还跟着别的车。虽然绿灯时间有限,大家都不敢开快,就在斑马线上,我左前方很近的路中间,站着几个人,在等左转车队一辆接一辆通过。我开得很慢,最近单位在做活动,比较忙,头一晚我只睡了两个半小时,开起车来也格外小心。

有个看起来三岁不到的小毛头,妈妈不知怎么没拉住她,她突然迈开脚步,朝我左前轮方向以一种童态的无知笃笃笃跑过来,超级近!近到我只看得到引擎盖上她露出一点头发——就像《午夜凶铃》里洋娃娃那样的童花头头顶。

人群发出惊叫,几乎就在同时,我也一脚踩住了刹车!小孩没事一样,突然连想都不想,毫无预兆地飞快转身,笃笃笃又跑了回去,跟她走出来时一样突兀。她回到吓得脸都变了色的妈妈身边,茫然不知刚刚经历的劫数。而车里,我心跳瞬间加快,快从嗓子眼跳出来了……

不知道这位母亲当时在发什么呆。首先,过马路时她没抱住这么小的小孩,其次,小孩子跑上车道时,她并没有用手来抓她,是小女孩自己又跑回去的……在场所有大人(其他路人和我)都给吓到了,只有这位家长,一直是木木的。做父母是一份深长的责任,不能有丝毫怠慢,她自己涣散,小女孩很无辜。

当然如果出了事,无辜的还有我。

曾经用一点小私心,来庆幸过桂林的欠发达。欠发达,就什么热闹也没赶上,闹市区的过街天桥、高架桥等等这些个上上下下折腾人,或者横空拦人视线的,这儿全都没有,落得一派清净。老百姓也纯朴,相对于后工业时代的虚伪自私,这儿更多的是菜农和渔民城市的率真朴实,再加一点小商小贩的精明算计。

现在看来,欠发达也就是欠明白。所以有很多马路交通乱相,有拿大马路当他家后院胡乱散步的,有拿婴儿车当避雷针在前面探路不说,还奋勇跟汽车抢道过马路的,还屡见在快车道上逆行走路抄近道的。奇形怪状,远胜人口密集大都市。大概小城车子跑不起来,连行人都欺负车子不够快。

回想在没学车的年代我干过的最不靠谱的事,是拉着一位长辈一起翻越马路中央隔离带。像这种把自己小命寄托在路况、别人车况的正常和脚底的客气上,在我现在看来是最不能原谅的无知。现在这种无知,天天在桂林街上上演。时代不同了,在人车共处的城市,小聪明往往会误大事。●

玲珑地球村

一

在桂林市中心的闹市区，有一家不很起眼的小酒馆，取名叫"玲珑小碟"。里面摆卖的各种小吃品种多，分量小，都用小碟盛放，随推车在食客间四处漫游，最适合取来与闲散人士聊天喝酒了。每每从门口走过，我都会注意到"玲珑"二字，因为这两个字恰好说明了桂林市民生活的特性。在这里，你可以下湘菜馆、川菜馆、粤菜馆，可以吃到麦当劳、肯德基、意大利比萨饼，喝到卡布奇诺和俄罗斯红菜汤，可以品味韩国冷面、日本料理、泰国冬阴功和越南春卷，尝到北京烤鸭、西安肉夹馍和云南米线，尽管它们的味道不一定都地道。

你可以看见摆卖各种时尚品牌的精品小屋，什么宝姿、菲尼迪、ELLE、三SPRIT、佐丹奴、ECCO，尽管这当中鱼龙混杂，有很多品名根本称不上是精品，甚至是赝品。你还可以一边喝咖啡，一边议论最新的影碟音碟，从乐坛的流行歌星布兰妮（小甜甜）、比约克,说到辣妹演唱组、小贝太太维多利亚;从法国女影星苏菲·玛索、朱丽叶·比诺什,说到好莱坞明星德鲁·巴里摩尔、妮可·基德曼、安吉莉娜·朱丽,尽管这些美人远在天边,与你毫不相干。

你可以阅读《发条橙》、《铁皮鼓》、《风雪夜归人》,尽管这些书是如此难读;如果想显示对国内文化状况的了解,你还可以议论陈寅恪、王小波、几米漫画、《61×57》,尽管这些书你可能只是听说,但从来也没有看过。在这里,老百姓可能不会或者不乐意说带卷舌音的普通话,但是他们会说粤语,甚至英文,用英文与西方游客讨价还价的场面,在这里屡见不鲜。当然桂林人也不是天生就能这样与洋人泰然相处的,1976年尼克松来这里时,也曾经有过倾城出动,夹道围观的隆重场面。那是三十多年前的事了,如今的桂林市民见多识广,什么泼皮无赖没见过?是绝不会随便就把一个金发碧眼的人称为外宾的。

这里离北京很远,距香港很近。

二

这里的山水也是玲珑的,山没有五岳直入云霄的气势,水没有黄河翻腾东去的激情,千百年来就那么悄无声息地流淌着,像钟乳石上滴落的水珠,寂寞而晶莹。古人说"江作青罗带,山如碧玉簪",最生动地概括了桂林山水的玲珑特性。这几年城市经过园林化改造后,拆掉了无数围墙,修建了无数玻璃建筑,楼台亭阁星罗棋布,显得更剔透了,站在随便哪座山上望去,都可以见到荡漾的水波和树木掩隐的红墙绿瓦。

可能是因为水多,整个城市呈现女性化。受多情湘女的地域影响,本地女子漂亮而能干,开放而狡黠,性色彩浓郁的地方俚语就是明证,这里就不用多说了,相信每个来过桂林的游客,都会从本地女人的口中,听到一两句语速极快的感叹语或骂人话,都多少与性有关。奇怪的是桂林男人的步态也很阴柔,走路又软又细,好像个个都有一手弹棉花的绝活,城里出过几个上央视的男歌星,唱歌都一副娘娘腔。不过桂林女人在享受男人洗衣做饭的快乐时,也会因为感受不到男性的宽厚和野性,心中不时会掠过阵阵失落。她们的心思总是在远方,在北京、上海,在台北、香港,在温哥华、旧金山、堪培拉。

每当有朋友问我,你喜欢桂林吗?这时我会有些困惑。我喜欢桂林吗?这不是一个仅仅用喜欢或者不喜欢,就能轻易回答的问题。如果说喜欢是白色的,不喜欢是黑色的,那么在喜欢和不喜欢之间,有着广阔的灰色地带,因此,沉默,也是一种爱。桂林不是政治中心,可要是你在长城脚或黄河边跟朋友聊天,北方的朋友兴许会说,桂林是广西的省会吧?别笑,桂林确实是过广西的省会,那是在60多年以前。

桂林不是文化中心,可它的街巷留下过诸如巴金、田汉、徐悲鸿、丰子恺等文化大师的足迹,因为它确实有过文化城的短暂辉煌。那也是在60多年以前。漓江没有亚马逊河的雄浑和尼罗河的深沉,没有塞纳河和泰晤士河的文化底蕴,也没有恒河、顿河和密西西比河那么多苦难和浪漫的传说,可是它每天都承载着世界各地的游客,承受着不同文化的冲击,来华访问的外国首领,除了北京、上海、西安,最喜欢造访的中国城市,当数桂林。

我跟许许多多老百姓一样,每日为生存奔波于这个城市的各个角落,不知道桂林的GDP在全国排行第几,雾霾指数是升还是降,不知道市长何时换了姓名,更不知道为何这里要拆,那里要盖,或者拆了又盖,盖了又拆,比如翊武路上的那些古城墙。每每走在滨江路上,都会有人向我介绍象鼻山的风光如何美妙,甚至低声向我兜售外币和姑娘——殊不知我已在那座石山旁生活了40多年,无数次从侧面、后面和背面观察过它,觉得它有时像象,而更多的时候,却像刺猬和猪。它对于我,有时是陌生的。

可是我又总是固执地认为,我还是了解桂林的。我知道在大瀑布饭店的旧址上,有过一座典雅的小学,里面有石阶、石狮和古老的放生池,我总是把那座高大的酒店,视为我母校的墓碑,随同那座学校一起被埋葬的,还有30年代文人聚会的戏院、茶馆和书店;我知道现今被称作桂山大酒店的那片地方,一度生长过成片的柚林,童年时我曾经骑在大哥哥的肩头,泗水渡河去采摘青涩的果实,手上沾满了芬芳的柚香;我还知道杉湖南岸的树林中,哪里挂着桑葚,哪里结满乌桕……这些,还有谁知道?

普陀山、试剑石和龙隐岩的石壁上,黄庭坚的诗、米南宫的画、颜真卿的书法,依旧闪耀着古代文明的风采,先人"先天下之忧而忧,后天下之乐而乐"的操守,依旧在明月峰上被后人吟诵,而灵剑岩的崖壁下,也依旧居住着无家可归的流浪者。加缪、塞林格、凯鲁亚克、杜拉斯、村上春树……任何一位怀有文学抱负的当代年轻人,对这些名字都不会感到陌生。这些名字由坐落在漓江和桃花江交汇处的一家本地出版社出发,第一次走进当代读者的心中,给中国人带来了阅读的喜悦、思索的快乐,而在50里开外的阳朔西街,来自欧洲和美洲的高大游客,正在破旧的街道上留影,而且专找伛腰驼背的中国小老太合影。

三

　　中心广场的地面上有一幅全球地图，将这个世界如此真切地展现在眼前，连肩背行囊的异国游子，都会禁不住俯首寻觅遥远的故乡，想想日内瓦的云、多伦多的雨、悉尼的阳光……可是广场上卖花的失学女童，却说不清自己的家园在哪里，只知道在附近的山里。许多与我交谈过的西方人，在提到 Guilin（桂林）时，总是喜欢说 this town，而不说 this city，起先我也没在意，可是次数多了，不得不引起思索，去想想这两个英文词之间有些什么区别。

　　我对英文也没有多少研究，但总觉得 town 更接近市镇，介于 village（村落）和 city 之间，而 city 指的是城市特性更明显的大都市，桂林作为现代城市，显然还缺少了一些什么。顺便说说，东西方文化当然是有差别的，西方人对中国的理解，也未必都准确。比方说吧，他们在经过分隔榕湖和杉湖的阳桥时，常常会很纳闷地问：那旧桥在哪里呢？原来他们把 Yang Bridge（阳桥）听成了 Young Bridge（新桥），那自然就很想知道 Old Bridge（旧桥）在哪里了，所以我总是主张把桂林的阳桥译作 Sun Bridge（太阳桥），这样岂不是东西方的文化口味都照顾到了吗？

　　大城市的大，是哪里大？各人有各人的看法。有人看重人口，衡量的标准是看它的居民达到几位数；有人注重面积，计算的单位是多少多少平方公里，每平方公里又有多少多少人；还有人关心经济实力，看这座城市每年创造的财富有多少个亿，等等。这些数据都是可以通过数学公式计算出来的，因而被广泛采用。罗马不是一日建成的,有一个经济积累和文化积累的过程。我判断一座城市是什么样的城市,是地区大城市,省级大城市,国家大城市,还是国际大都市,有我自己的标准。我要看它有没有智慧,有没有大智慧,有多少大智慧。

何谓城市的智慧?第一,它是否能够意识到在这座城市里,哪些人的观念在对城市文化发展起着健康作用?能够意识到他们的存在并爱护他们。第二,它能否把其他地方的同类人士吸引过来,爱护并重用他们。如果一座城市具有前者的洞察力和后者的包容性,这座城市必定充满勃勃生机,时时会发生变化,给市民带来惊喜,并同时将自己的影响辐射到尽可能远的地方,让它周围的人民以追随它的风尚为荣。它的文化辐射面越宽广,它在城市中的地位就越高。

说了这么多,那么桂林除了玲珑山水,还拥有其他什么呢?城市跟人一样,也是有记忆的。记得若干年前有家出版社出版了一套广西俊杰人物传记,把一群太平天国首领算在内,也不足三十人(当然也许还会继续出下去),而其中跟桂林有关的,更是寥寥无几,举出了一个马君武,一个梁漱溟,勉强举出一个清代的石涛,这是纵向的观察。

从横向看,桂林近十几年的发展不能说不快,高楼立了很多,城市的花园化改造也初具规模,到处都是玲珑剔透的景致,但城市的人文特性尚未能同时营造出来。桂林的人文特性一直处于胚胎状态,距离真正的国际性城市还很遥远,只能算是国际村落(阳朔就被戏称为地球村),看不出若干年后,它会出落成什么模样,是东方日内瓦,南方波士顿,中国的拉斯维加斯,21世纪的庞贝?或者就是它自己?但愿就是它自己。▲

浮 云

美有什么用？

陶铸任中南局第一书记时，曾到桂林以北的灵川蹲点将近一年。九十年代中期，她的独生女儿陶斯亮，来桂林寻找父亲足迹，头一次见到青山绿水，不禁感叹：真美呀！不想陪同的一位当地官员冒出一句：美顶个×用！又不能吃！陶斯亮当时大吃一惊，把这件事写在了一篇文章里。我读到这篇文章，也吃了一惊，不过吃得没有陶那么多，因为这类观点，早有耳闻。

美有什么用？这个问题确实值得说一说。我们都知道，林黛玉是个美人，至于怎么个美法，书里有细致的描写，那分诗意，大概跟韩愈描写桂林"江作青罗带，山如碧玉簪"差不多。可是在焦大的眼里，林妹妹是百无一用的，因为她家道中落，身无分文，没有嫁妆不说，还干不了农活或家务活，单薄的身体，恐怕也生不了几个孩子，自然不符合焦大的实用主义人生观，美是美，又有什么用？当然反过来，焦大不会娶林妹妹，林妹妹又何尝看得上焦大？宁可守着暮春的桃李憔悴而死，也没动过嫁焦大的念头。所以说虽然同住在大观园里，但把焦大和林妹妹扯在一起，完全是历史的误会。

在主张开发山水的论点中，最强有力的是所谓生存说，认为生存是第一位的，连饭都没得吃，还要山水干什么？靠山吃山，靠水吃水，天经地义。实际上中国发展到今天，人的基本生存已经不是问题，饭是有得吃的，说得坦率些，如今的开发，不是为了基本生存，而是为了发财，是一种远比生存要大得多的贪婪欲望在起作用，就是想在短时间内，聚敛巨大财富，为了短期的聚敛，不惜付出长期的环境代价，如果限制开发，自然会触及一些人的利益，也就会出现美顶个×用的牢骚。

守着一片好山好水，却抱怨没用，这也是历史的误会，山水没有过错，错的是人的内心。如今国家已经有相当宽松的迁徙自由，所谓树挪死，人挪活，想升迁的，尽可以想法往武汉、沈阳、兰州那些大工业城市去做官。如果大城市混不进去，去沿海的小县城也成啊，那边有时一个乡的GDP，都要超过桂林好多倍。想发财的，不妨去珠三角或长三角去打工，如今北漂也很时髦，都不妨试试，哪怕去南宁，发财的机会也比桂林多。

并不是每个人都适合在桂林生活的，要享受美丽，得守得住寂寞才行，桂林已经不是谁的桂林，也不完全属于本地人，它属于全人类，它的空气、水质和规划，都在整个世界的视线中，如果在漓江里挖沙，或者在江边砍伐，就像在西湖里炸鱼，或者拆长城的砖垒猪圈一样，会引起全球公愤的。自己升不了官，发不了财，千万别拿山水说事，说出来只会被人瞧不起。▲

在这里做梦

朋友阿黄有句名言:"世上我最爱的城市,除了巴黎,就是桂林。"阿黄学法语出身,巴黎是他常去公干的地方,桂林是他选择定居的城市。他因此对自己的生活状态颇有一种莫名的满足,晚饭后常常一手挽太太、一手牵大狗,在夕阳下的漓江边散步,一恍惚,会觉得好像来到了印象中法国人的小湾。当然,那都是 N 年以前的事了。

桂林就是这样一座城市,可以供人在这里很单纯地做梦。如果你喜欢一直不醒,物欲的痕迹也不那么明显,那么你适合留下来;如果你的梦只是一种手段、一种很现实的蓝图和梦想,那么不是桂林不留你,是你迟早有一天会自己选择离开。不过,这些年全国都在提速发展,桂林也不可能毫无变化。比方说,比北京晚十年出现酸奶,比昆明晚五年出现楼道声控灯,比长沙晚俩月出现选美秀……晚是晚点,可该出现的毕竟还是出现了。今天我出门,还发现路上车子比原先多了,车行的速度也比原先慢了……

不知从什么时候开始,桂林的公司里也有了"今天你不努力工作,明天你就努力找工作"的说叨。习惯了闲适的桂林人一时还没转过神来,大城市的职场硝烟就和重度污染颗粒物一起刮了过来,其中的流行语汇是"加班、加班,再加班",也不管会不会有人"过劳死",而且这班加得还多半"主动"而"无偿"。在这样的语境里,闲适不是好像而是根本就等同于可耻。有样学样,现在桂林有机构干脆在大门口支个立柱,员工上下班都要从这儿经过,一边写着"今天你想干什么?"另一边写"今天你干了什么?"哪怕柱子顶上没画苏联红军战士的脑袋和手指,它在那一瞬间所传达的拷问灵魂、直指人心的效果,多少也与邻国某个时期异曲同工了吧。

有单位大肆张扬要引进博士。多新鲜,也算小城特色了——高学历在大城市都普及得恨不得要在博士后之上发展壮士、烈士、圣斗士了,在我们这里,博士还是香饽饽。不过这风也吹好几年了,每次都是雷声大,雨点小。来了又怎样?小平台都没有的地方,博士一来就能有大平台?还是某兄说得好,博士去到哪里,对提高那里人员的整体素质是很有好处的。博士谦虚一点叫你老师,你立马就成了"博导";博士骄傲一点事事争先,你只要跟在后面,就可以现捡一个"博士后"。

玩笑归玩笑。阿黄后来没闲适多久就被派到了北京,把家小抛在桂林,在北京 SOHO 现代城的迷你办公室里终日劳作。有天一拍脑袋大彻大悟——原来自己追求的"small office, home office"(迷你办公,在家办公)竟然变成了"small office, holiday office",迷你依旧迷你,"在家办公"变成了"假日办公"。于是毫不犹豫打道回府——桂林再不像从前的桂林,也比别处好受些。●

距　离

距离像一根无形的线,构成一个点与另一个点之间的关联。线比较长的时候,我们说:"距离产生美。"

距离挂在嘴上的时候是美的,实际生活中,距离往往成了多余的东西,于是有了贴身排队,有了马路上的零车距,甚而至于,有了铁道上的动车追尾。不错,距离产生美,可是在国人追求实用与提速的生活观面前,美有何用呢?上世纪九十年代初期,深圳发行原始股,认购的队伍排成长龙,队伍中人跟人不是贴身,而是紧抱,因为虎视眈眈欲加塞插队的人,就在两边瞅着,时刻准备见缝插针挤进来。当时现场维持秩序的警察,据说是用到了扫帚,竹的,一扫帚扫过去,扫开队伍旁的花边人浪,未几,人浪重又麇集。再扫,再集……如此这般,反复不已。

我经常在排队时遇到有人从身前一穿而过。就想,他们为什么喜欢在我这儿借道呢,是因为我这儿是队列上方轮廓线的低点吗?于是专门留意了几次。广西地界上的人相对北方来说多半身形小巧,我很容易就遇到了队列前后都排着小个儿的机会。可是,借道的人依然不选别处,一心一意奔我而来,照样从我面前一穿而过……某友点醒我,不是个子大小问题,全由距离远近造成,他是大个儿，排队的习惯与我类似——跟前面至少隔开一肘之距。就这一肘宽的距离，我们认为是对排在前面那个人的起码的礼貌，却被旁人看成了可钻的空子。现实的距离，在这儿演变成了灵魂的差距。

曾经在香港九龙的闹市穿行。香港地少人多，油尖旺一带，上下班高峰期尤显人流密集，密集但并不拥挤，秩序井井有条。路人之间彼此保持着礼貌的距离、匀速的步态，基本是从点到点心中有数的上班一族。要是当中有游客走着走着忽然停顿或者转身，走在后面的人收不住脚不期然撞上来，这人会先向游客道歉说声"对不起"，用的英文抑或粤语。身体跟身体之间保持距离，在这里已经不仅仅是礼貌，而是香港之所以成为香港所必不可少的安全的细胞间质结构。

内地社会曾经惨烈的天灾人祸，教会人的信条是千方百计活下来，只要活下来，别的什么都可以不管不顾，什么距离呵，从容呵，体面呵……算个什么玩意，通通可以卷成一团扔垃圾桶了事。无论贫富，每个人的血脉里好像都揣着"不安全"的遗传密码，除了争先恐后往前赶，还是争先恐后往前赶。人跟人抢道，人跟车抢道，车跟车也不消停，马路车河里的车子，一旦跟前面保持一定车距，旁边立刻就有车先把鼻子探进来，进而全身挤入，哦耶完胜。

某友曾在英国进修一年。早在这边拿过驾照的他，到那儿安顿好以后，就买了台二手奔驰，在那边用不高的费用过起了名车瘾。有个周末，他决定到英伦乡间透透气，驾着爱车就上了路。口哨越吹越响，车子越开越快，不一会，眼看就要追上前面一台车子。这是位英国老太驾的SMART，见到后面有车靠近，一踩油门提了速，把两车之间的距离显著拉开。我的仁兄朋友并未发觉异样，你快我也快，本能地又贴上去，维持着彼此的车距——当然，用的是咱国内的标准。眼看朋友车子又靠近，老太又踩了油门……再靠近，再提速……这出公路戏，就这么活生生地变成了敌追我跑，码表随时都要爆……老太终于急了，把车靠边一停，叉腰在路当中把朋友拦下，气咻咻质问他："说吧，阁下到底对我有什么企图？"

我愿意用自己开车以来最为后怕的一次经历，来证明距离不止产生美，还产生安全。安全既然是第一位的，说明距离甚至是最实用的。

算来是新手上路头一个月里发生的事。当时我车子停在十字路口等红灯，百无聊赖看着右手的档位，本来车子停下来的时候，我照例已经把档杆推到了暂停档，也许是等红灯的时间稍长了一点，我忽发奇想，把暂停档往前一路推到了停车档，然后开始盯着十字路口的广告牌发呆……不一会，绿灯亮了，我下意识把档杆回拉了一格，因为微微有点上坡，当时当刻，我居然还记起了教练教的半坡起步，换档的同时，脚尖稍稍带上了油门……汽车就这么加着油驿动起来，我的副驾开始惊叫，两旁的街景开始前进……我愣了差不多两秒才发现：自己车子没有前行而是在倒退……事情的原委是，我原先在十字路口挂暂停档习惯了，回拉一格就是前进档，可是这次忽然换成了停车档，回拉一格就变成了倒车档……

幸运的是，那一次，排我后面的车子，大概警惕于我后窗上的"实习"二字，没有贴得太近，此其一；其二是，当天那个瞬间，并没有散漫的路人从我车子后面留得比较宽的距离处横穿马路……路人不走斑马线，从车缝中穿行，本是这个路口司空见惯的场景……

谢天谢地，在这个零距离的国度，我竟然无比走运地撞上了一个有距离的瞬间。●

骆驼山与花生豆

今年的桂花开得这么烂漫,有点出人意料,游客看见的是千树万树,花团锦簇,我却看出一点集体谢幕的味道,据说为了做高GDP,这座城市准备大做工业。桂花是腼腆的,不是每年都开得这么好,记得上一次同样灿烂的桂花季节,是在1986年,那年秋天我百无聊赖,在一棵桂花树下坐了一个晚上,想了些什么,记不得了,只记得那棵树像一把金色的伞。

有朋友听说桂花开了,千里迢迢赶来闻一闻,于是我领朋友进了七星公园,那里有拥有百年树龄的月桂王。走到骆驼山下时,朋友忽然想起曾经在电视里,见克林顿在这座山前发表过环保讲演,问这里是不是讲演的地点。我不知道,同时四处寻找,找了一阵子,发现这里是动物园,我说克林顿不会在动物园里讲演吧,对动物讲演?讲演的地点应该在骆驼山的另一侧。

走出动物园,朋友说,哎,你说如果克林顿真对动物讲环保,面对的是老虎、狮子、河马、蛇、熊猫、猴子、犀牛,他用哪种语言讲演呢?如果用英语,那才叫对牛弹琴呢,谁听得懂?有部英国童话叫《杜立德医生》,里面的医生通晓各种动物的语言,克林顿不是杜立德,估计他讲解环境有多重要时,笼子里的动物一定会觉得他好傻,别逗了,先扔几颗花生豆进来吧,我们饿着呢。说完哈哈大笑。

　　我没笑,因为生活在这座城市里,我确实经常听见有官员说,山水有什么用,又不能吃。大概在那些官员的眼里,骆驼山还不如花生豆呢。走到骆驼山东侧,果然看见立着一块石头,远远就听见导游用扩音器说:这里是1998年,克林顿总统访问桂林时,做环保演讲的地方……话音还没落,一群年轻女游客就涌了上去,把那石头团团围住,对着镜头做出各种搔首弄姿的动作,那神情似乎在说,我们都想做莱温斯基。▲

造景者的境界

象山公园广场的侧门处,有一块一人多高的立石,石头上赫然写着几个红色的大字,"象山公园",许多游客都站在石头前留影做纪念。

这一幕让我有些犯迷糊:这儿是象山公园吗?也就是说,如果换个时间,换个地点,有人向我展示这张照片,我会相信,拍摄照片的地方,是中国桂林的象鼻山吗?

都知道象鼻山是桂林的城标,游客来到桂林,干吗不拍象鼻山而去拍一块写有"象鼻山"字样的石头?这么说,假如我向往黄山或者西湖,也完全可以就近搬块石头,写上几个字,一拍不就完成"到此一游"了吗,干吗劳命伤财跑那么远?

这其实牵出了另一个话题。我每每看见远道而来的游客在桂林滨江路一带徘徊,找寻拍摄象山的最佳角度,可是,明明象山近在咫尺,却不是被茂盛高大的竹木遮住,就是被层层堆起的花坛拦实,弄得人非买门票走下江堤,才能够完完整整亲睹"象山真面目"。自然,个中奥妙就出在"门票"二字上。像这样将风景"圈养"起来,所得盈利充实地方财政,恐怕不是桂林一地的独创。

景这玩意,各人自有各人的理解,有人拿它当换钱的手段,有人凭它做爱情的见证。无论如何,景都是讨巧的,大概没人会反对处处是景。于是,没景的地方借景、造景自不必说;哪怕有景的地方,风景也是可以多多益善、"景"上添花的。比如说从前有个一语惊天下的王正功,宋代小吏,"桂林山水甲天下"这句话就是他说的,他因为说了这句话,抢了很多骚人墨客的风头,名扬后世,以至现在的桂林,有了自然山水还不算,还要造一个王正功的全身石像,立在杉湖边,供游人瞻仰。只可惜这像造得虎虎生风,颇有点"拿起笔,做刀枪"的架势,把个吟诗作赋的古人,弄成觉悟过来的写大批判稿的老农。据说该作品出自四川美院,也就是创作《收租院》的那所学校。

王正功长什么样谁也不知道,塑像的人塑成什么,老百姓也就接受什么,纷纷在石像前拍照留念……反正目前这座像还没有围起来收门票。这照片会和在象鼻山前拍的照片一样,多年以后被当事人指着告诉儿孙后代说,这就是桂林。可是,象鼻山是天生的,王正功像却是心生的,是从雕塑者心里走出来的,心里的景,其实就是一种文化,能不能源远流长,被后人接受,要看造这个心景的人境界高不高。

人人心中都有景。没来桂林之前,每个人心里都会有一个自己想象的象鼻山。象鼻山还可以实地验证一下,跟自己的想象有多大差别。文化作品构成的风景却无从验证,但它多半却是强势的,对周围环境施加潜在的熏陶作用。受众一般无从或者无暇分辨,不会说香港迪斯尼不好,我不去玩迪斯尼,电视不好看,那么我不看电视,只有被动接受。所以,这个世界到底是美的共振,还是不美甚至丑的共振,造景者的境界是很重要的。●

地摊上的钟乳石

桂林人长期生活在山水间,一直有些审美疲劳,开始意识到山水的价值,是在上世纪70年代中期。那时候老百姓明白,只要一位外国首脑来一趟桂林,桂林的环境就会有所改观,倒不是指外国人到来前,动员家家户户扫马路粉墙壁,取掉所有晾衣绳,孩子们上学还要穿上家里最好的衣服等等,这些事当然也得做,但更重要的是,不管是主动还是被动,只要外国要人来,城市就得改变面貌,变得更漂亮些,要知道自从被万里开外的日本人毁灭后,这座城市就没有盖过几幢像样的房子。

最早到来的是加拿大总理特鲁多,他来后桂林开始修码头,盖漓江饭店和剧院;接下来尼泊尔国王比兰德拉、比利时首相廷德曼斯、柬埔寨国王西哈努克都来了。他们名字虽然很长,可老百姓说起他们来,都能像背四个字的成语一样熟悉。等到尼克松到来,Guilin(桂林,西方人一度拼作 Kweilin)这个单词一下传遍了整个世界,从此它不再仅仅属于广西,仅仅属于中国,而是像尼亚加拉大瀑布,科罗拉多大峡谷一样,成为全人类共有的美丽财产。当然这里没有必然的因果关系,但与外界交流的增加,无疑让桂林人进一步认识到这片山水的价值。此后老布什在做美国驻北京联络处主任期间，曾身背斗笠，骑自行车穿梭于阳朔山水间。克林顿则在七星公园里发表过关于环保的演讲，还登上河中小岛的古老渔村。

也许我们每天看着这片山，这片水，已经习惯了它的存在，不知道在旁人眼里，它有着怎样的美丽，就像淳朴的云南腾冲人，守着美丽的湿地，守着湿地上的蓝色小花，却不懂得如何爱护，如何珍惜，任由游客跳上去践踏，任由湿地的面积一年比一年减少，水质一年比一年浑浊。三十多年前的桂林人也同样好客，面对蜂拥而至的境外游人，不知怎样取悦才好，于是把眼光瞄准了那些晶莹透亮的钟乳石。

钟乳石千百年倒垂在幽暗的喀斯特岩洞里，一个世纪才长不到一厘米，质地坚硬，外观美丽，进过芦笛岩，或者看过莲花洞的游客，都会记得那些洁白浑圆的形状。也正因为游客喜欢，一些贪婪的本地人便产生了不良念头。他们到更偏远的山洞里，像锯竹笋那样，用钢锯锯下较小的钟乳石，有时甚至直接砸下来，然后拿到街头廉价出售，一时间在城南瓦窑一带，到处可以看见残缺的钟乳石，摆放在摊档上。这种杀鸡取卵的行为，虽然已经或者正在成为历史，但毕竟是一种痛心的事实，应该留在后人的记忆中。▲

还有哪里可以看到象鼻山？

又到了黄金周，桂林滨江路象山公园段又上演同样的一幕：很多外地游客在这里转来转去，明明鼎鼎大名的象鼻山赫赫然近在眼前，却无论如何就是找不到拍照的最佳角度。理由么，很简单，象山不是被公园里种的竹子挡住了，就是被外面种的树、放的花坛、广告牌遮了个严严实实。

我看见一对年轻情侣，女的拉着男的，在这个路段不断地寻寻觅觅，不断地自言自语："还有哪里可以看到象鼻山？"亲爱的，别浪费脚力了，只有本地人才清楚，在这段滨江路上，你哪儿都看不到完整的象鼻山，虽然明眼人都知道，这是与象鼻山合影留念的最佳路段。

这里地势稍高，如果只有路边的石栏，没有那些人工架设的竹木花坛广告牌，那么时间紧一些的游客，不用走到公园低处的江堤去，在这里就可以拍到效果非常好、非常能代表桂林地标的照片。也颇能体现桂林"城在景中，景在城中"的独特景致。

问题就在这里。游客如果在这里就拍到照片了，公园的门票还卖给谁？我写此文时票价是25元/人次，现在涨到75元了。

十几年来，相关部门煞费苦心、变着招术地要把这整整一座山拦住不给你看。毕竟想要拦住的不是别的，而是一座山，虽然桂林的山形多半小巧，但要拦住这样一座山，还真不容易，靠的是日积月累的努力，比如让那些竹子慢慢长高，树头长密。也怪难为他们的——实在挡不住的地方，他们会做一个像防盗网一样的栏杆，高高竖在那里，你拍嘛，实在要拍就连那丑陋的栏杆一起拍回去好了。

象山前的江堤上，游人如织，正在热热闹闹地拍照、试穿刘三姐戏服或是试乘竹筏。有成双成对的，更多的是趁长假带孩子或携父母出来看一看的，工薪阶层省吃俭用，出来一趟并不容易，像桂林这样山水甲天下的城市，也是想了又想，觉得钱和时间都合上了才下决心来的，来过了，多半也不会再来。今生就一次的旅游，就这样被人不知不觉设计了：让你到江堤上去拍照，你就得乖乖地去。

随着商业气息的日溢浓重，很多地方管理部门"钱"字当头。现在因为有了黄金周，大家出门多了，见多识广，相信像这样不花钱就拍不到好照片的地方也不止桂林一家。桂林还算有进步的了，前些年光是象山公园就开两边门，两处卖票。从江堤正门进去的只能拍照；从侧门进去的，只能爬山。两边路是走不通的。如果你想照相而误入侧门，为了不留下遗憾，你只能从侧门退出来，再从正门买一次票进去，这样才能拍到你心仪已久的照片。

现在像这种逼游客买两次票的小聪明已经收起来，公园方面正在修一个石栈，想把两边景致连起来，在正式连起来以前，有一条船横在小江上，作为游客两边通行的临时过渡。这是从"一锤子买卖"向注重可持续发展转变的有力例证，说明桂林正在变得大气起来。

但是，象鼻山仍然不能自如观赏，这一点一直令我如鲠在喉，到了不得不说的地步。本来青山不改，绿水长流，从古至今多少代，就是这样我看山、山看我地走过来的，这才熏陶得人心明眼亮，才有"我见青山多妩媚，料青山见我应如是"，地灵然后人杰。

而今，桂林已成为享誉世界的名城，它的美景属于全世界。生活在桂林的人都很幸运，"群山倒映山浮水，无山无水不入神"，可以在人生短暂几十年与美景相守相望，过神仙日子。当然，相守应该是维护、爱惜、感受、自豪，而不是圈定、占有、画地为牢。

桂林新城规划的方针是"显山、露水、通江、达湖"，"还景于民"。经过几年的改造，整座城市确实通透了许多，漂亮了不少，然而，象山这张捂到最后的王牌，这个多少人心目中桂林的象征，什么时候才能完全给它松绑，还它一个本来的清秀面目，让游客带着憧憬而来，不留遗憾而归，真正赴一场山水与心灵的通透之约？

鹅卵石上的灯光

以前去桂林的游人，主要是看三山两洞一条江，也就是叠彩山、伏波山、独秀峰、七星岩、芦笛岩，还有漓江，现在的玩法就多啦，穿救生衣漂流，坐热气球升空，洗龙门泥巴浴，看《印象刘三姐》等，以往宁静的漓江，如今比大城市还热闹。尤其是黄金周期间，阳朔西街上摩肩接踵，人流如潮。现代人的旅游方式，也与古代大不相同，迈着逃难的步伐，挤在簇拥的人群中，谁要是想寻找"蝉噪林愈静，鸟鸣山更幽"的闲情逸致，只怕会被人看成有病。

造成这种状况的因素很多，有些是人自己造成的，就单说张艺谋近年执导上演的《印象刘三姐》吧，但凡随旅游团去桂林的游人，都会听说或者看过这个节目。每当夜色清朗，大批人群像赶集一样，匆匆赶往漓江和田家河的交汇处，看聚光灯漫天照射，听音箱里锣鼓喧嚣，眼前是光色缭乱的舞蹈。对于不习惯小城寂静的游人，这或许是一种热闹的消遣，而对于习惯于寂寞流淌的漓江，说是灾难一点也不夸张。

这种表演，首先与漓江的特性是不相符的，追求华贵热烈，绚丽高调，是张艺谋一贯喜欢的中原文化风格，尽管他也试图在艺术上求变，但万变不离其宗，他总也不可能明白，恬静与安详，是南方的境界。在阳朔制作这样的节目，如同往漓江掺进黄河水，清也不是，浊也不是。或许他更适合制作《印象兵马俑》或者《印象紫禁城》，听说他正在制作《印象西湖》，真为杭州惋惜。

其次对游人是不利的，许多人慕名前去桂林，都希望在有限的时间里，看到更多的旖旎风光，但所有的日程都被安排得满满的，这些项目所包含的商业性，有的是明白的，有的是隐性的，《印象刘三姐》属于后者。游客为了看到安排的夜间表演，在桂阳公路上来回奔波，票价还很吓人，有的游客为了逃避昂贵的门票，在当地农民带引下，踏着鹅卵石和草地到背面看背影。欣赏山水是需要想象力的，通俗的表演只能让游人离山水画的意境更遥远。有位朋友看过表演后问，这就是漓江？

最后，也是最重要的一点，对漓江的环境破坏很大。常年在江边举行这样大规模的表演，且不说观众践踏，丢弃垃圾，仅仅强烈的声光，就会对周围的生态造成负面影响。漓江是人类的共同财产，每株凤尾竹，每块鹅卵石，都应得到精心呵护，如果把鹅卵石上的月光，变成了灯光，那和往漓江里排放城市污水，性质是一样的。▲

桂林不需要"愚公"

十年树木,百年树人。按说人比树金贵,可是网友痛斥云南香格里拉听任《无极》剧组砍伐碧沽天池千年古树的昏聩官员说:"砍一棵树我会心疼,如果你哪天被砍倒了,我的心一点也不疼!"

长成一棵大树需假以百年,那么多少年才能生成一座石山呢?据资料显示,答案是亿万年——桂林地区的石灰岩要经过亿万年的风化侵蚀,才能形成今天这种"千峰环野立,一水抱城流"的独特景观。"桂林山水甲天下",那也不是王正功说了这句话才"甲"的,N多年以前就开始甲了,桂林人有老本吃是别的地儿多少人都羡慕不过来的天大幸运。道理很简单,要吃好老本,就要守护好老天厚赠的这些灵山秀水。

可是,一般的败家子砍树,这里的败家子砍山。不是北方人用嘴"侃大山",是用手砍小山。小山好砍,犹如纤腰易握,而且很快砍完,方便清理现场,到时证据全无,你说这里曾经有座山?别逗了,我还说这里曾经有尊神呢——光是阳朔地界就有三万多座有名无名的石山,砍它个一座、两座,又算得了什么?

市区通往机场的高速公路上,就能看到这样的景观,一座形状像碧莲又像玉笋的青山,被当胸剖腹,露出惨淡的内脏和嶙峋的骨发达,可为什么发达的西方人喜欢来一个不发达的国家,研究它的文化呢?因为至少它的古代文化是发达的,并非一无可取,因此发达和不发达,也是相对的。这时欧院长问洋人,谁能说出几个中国文化名人的名字?一个美国人说出了罗贯中,他是个三国迷,一个澳大利亚姑娘说出了孔子和老子,还有人说出了李白和杜甫,没人提到曹雪芹,至于当代中国文化人,更是被集体遗忘。后来用餐时,一个美国加州的小伙子甚至提到薛涛,让我感到惊奇。

接下来我说到了环境污染,这是西方人熟悉的话题。我说各位前往的地方,多半还未开发,属于越来越少的净土,希望他们能利用自己的特殊身份,让当地人明白一草一木的珍贵,爱护好自己的家园。现代化不等于城市化,更不等于工业化。我并说明污染有各种形式,除了垃圾——我顺便谴责一些西方轮船把放射性化学垃圾运往中国,还有光污染、声污染等等,加拿大女士贝茨当即举手表示同意,说在漓江上进行歌舞表演,就是一个不好的例子。

最后我说,各位抛下富裕的生活,远离父母,远离朋友,做一个志愿者,到陌生的国度帮助别人,不取分文,不管出于什么原因,我都非常钦佩。要知道中国虽然拥有世上最众多的人口,可是会做出这种选择的人,很少很少,我不知道你们的力量从何而来,可这力量毕竟呈现在我的眼前,每每想到这一点,我都怦然心动。

听到这里,许多洋人为之动容,轻声说 thank you。贝茨女士说她想活得丰富些,体验另一种生活。我说这是谦词,人都想体验另一种生活,可是许多人想体验的是纽约的奢华,巴黎的时尚,并不是每个人都愿意去体验贫困与隔膜的。如今的中国,说富不比西方差,看看大城市的高楼,品牌时装,名贵手表;说穷却比西方穷,遥远山乡的孩子,连一册课本都买不起,可是你们没有选择去北京、上海教书,这是一种高贵。

临分手时,一个穿唐装的小伙子走到我面前,朝我鞠了一躬,说谢谢我的理解。他说他在当地报纸上见到招聘去中国执教的志愿者,就报了名,结果遇上一位有同样志向的姑娘,两人结为情侣双双来到阳朔。他们会双双前往大西北的一个小县城,至少待五年。说着他指了指旁边的一个金发女孩,那女孩很腼腆,朝我笑笑。

英文说起来不利索,毕竟不如汉语好使。▲

看见一潭自杀的水

自杀的水,不是王国维托身的昆明湖,也不是老舍自沉的太平湖。这里的"水"是"自杀"的主体,和"自杀的大象"、"自杀的抹香鲸"是同一句式。

水是最古老的东西,《圣经》里水的出现先于光,混沌初开时就有了,"神的灵运行在水面上",可见早在上帝创世以前,就已经有了水。水也是我们生存的蓝色地球区别于宇宙间其他星球的独特禀赋,可以说一旦没有了水,也就没有了人类。

所以说,水和人类的历史、文明的灵性都很有关系。水有很多常态,壮美时可以飞流直下,惊涛拍岸,温静时可以秋水共长天,画船听雨眠。无论哪一种,都令人心生向往,想要身临其境,去游去看,去感受水在不同时空状态下旖旎多姿的性格。

早就听说过苏州沧浪亭,园外清流萦绕,园内古木参天;取自屈原"沧浪之水清兮,可以濯吾缨,沧浪之水浊兮,可以濯吾足"的园名,也令人津津乐道。我和黑鸟一到那儿,先在门口就看到那一圈水,水色真不敢恭维,是那种连拿来洗脚都不愿意的水。于是以为里面还有别的水,水乡园林么,里面多有点水也不稀罕,何况人家还沧浪呢。于是两人不管不顾外面这圈水,直奔进去。北宋苏舜钦造的园子,的确别有意境,修饰多直线,少了膏腴之肥,多了清远之气,园主的文人气质得到最佳体现,难怪人家说,宋代是文人待遇最高的朝代,居然修得起这样的园子。

出来才明白,全园唯一的水就是大门口这圈了。那临水而建的面水轩、观鱼处,面的就是外面这圈水,观的就是这水中的鱼,如果当时有鱼的话。于是就开始了例行的困惑,现在这水呈灰白状,仿佛兑了水泥那种,还有一股子莫名的臭气,园外区域的排污口就在水岸清晰可见。这水明明是不能养鱼的,那么在养鱼这件事上,不是古人说了谎,就是今人太不肖,令水质发生了天差地别的变化。

虽然我是今人,也不得不说,是今人太不肖。君不见古今都有贪官,古人还知道修宅子留下建筑典范,今人把钱存到外国银行,不是赌光,就是给洋人一点点骗光。古人能写很棒的书法,今人不光欣赏不来,还在古人牌刻上肆意刻画"某某到此一游"。古人没有热岛效应,没有汽车尾气,今人说的一道清流,或许有,那得到梦中去找。

如果要问水最为不堪、最难以自足的一种状态是什么,我会想到《红楼梦》里的"花自飘零水自流",花飘零了,水流亡了,全都不知所终,命运迷离叵测。可是,今天我看到了比这还悲惨的一潭水,水流亡了你还能眼不见为净,可水要是不堪同流合污,心一横,眼一闭,就死给你看,死在你面前,该是怎样凄惨的一种情形?这情形我无法用别的言语形容,我只能说,沧浪之水自杀了,自绝于人民,自绝于当世。

因此在苏州怀想起了桂林。

曾几何时,桂林在世人眼中就像一个天生丽质的美姑娘,美则美矣，却身穿一件破破烂烂的旧衣裳。上世纪九十年代初我刚到桂林，记得那时在市中心人行道上是只敢走路，不敢走神——眼前的路实在是深一脚，浅一脚，稍一走神，就有可能把摔跤这种事演变成街头秀。曾被南宋诗人刘克庄以"千山环野立，一水抱城流"来描绘的旧有环城水系，在我眼前呈现的却是江隔湖断，支离破碎，水质腐劣，淤泥壅塞，湖岸堤堰崩塌，污流横溢，山水间赫然杂陈的，多见危楼破房。

当时我心里的确感到过困惑，想这堂堂历史文化名城，从汉代的始安县到民国由临桂县分出桂林市，唐有韩愈题诗，宋有米芾自画；远有霞客壮游，近有悲鸿泼墨，这座城市说起来真可谓山水奇丽，人文竞秀。可是，却连可以供人且行且吟，从容游赏的基础设施条件都不具备。

以两江四湖环城水系为核心的城市改造建设，经过了连江接湖、引水建闸、清淤截污、筑路架桥等系统工程，从上世纪末到本世纪初，在极短的时间内有效达到了显山露水、植树造园的新格局，在原有基础上梳理了桂林的城市容颜，使它真正显出了原本的眉清目秀。现在的桂林，既有山水甲天下的美名，也有清澈澄碧的水质，至少做到了当导游先生小姐在游客面前对着这山水大唱赞歌的时候，还算名副其实，不欺瞒世人。

念及大多数无名而可敬的城市建设者，我想在这里陈述一遍两江、四湖的名字，它们是：漓江、桃花江、木龙湖、桂湖、榕湖、杉湖。●

等到哪天喝上无锡的自来水

曾经在天涯网的杂谈专版上看过一个帖子,叫《我的女友竟然每天洗一次澡》,起初以为是搞笑帖,仔细看说的是真事。原来作者从小在北方农村长大,考上大学后,认识一个从南方去的女同学,发现女同学每天都要洗澡,这让他大为惊奇,因为他的老家缺水,一年也不会洗几次澡。又想到在电视上看过一个片子,说西北地区缺水缺到什么程度,一个家庭一天只能用一盆水,而且还是一盆浑水,洗米、洗菜、洗脸、洗衣服、洗碗、洗抹布,洗到最后,水都成了黑色。

我曾经很天真地想,人是随水而居的,不明白为什么缺水地区的人,不迁到有水的地方居住呢,既然没水喝,搬到有水的地方不就解决了吗?后来才明白,一来人是不可以随意移动的,有乡情,有户籍,有财产——哪怕财产很少,也会不舍;二来水是可以移动的,你不善待它,它就消失了,哪怕不消失,也会变换颜色和气味,吓得你不敢接近。以前生活在桂林,喝惯了漓江水,以为天底下的水是一样的,后来去其他地方,发现城市越大,水的味道越怪。地势低的地方,比如沿海一带,自来水明显有消毒的药味,只是当地人习惯了,觉得只有这种味道的水才干净,好像药味越重,喝起来越有安全感。

70年代末去华东,从上海坐夜船到湖州,一路穿过许多河叉,水是黑的,还很厚,有粘性,不过那时的太湖还算洁净,至少湖水没有味道。玄武湖也还清澈。我对环保一直是很怀疑的,不是怀疑环保的善意,怀疑的是人的私心,终究会战胜这种善意。就如同几个善良的女子,悉心呵护着几株精致的小花小草,忽然窜过来几只大脚,把花草碾得粉碎,踩过后还扔下一句话:我要去吃饭,得从这里过!

这个时代口口声声要吃饭的人,太多太多,好像这个时代很穷,要饭吃成了天经地义的事。仔细琢磨就会发现,其实吃饭只是借口,是吃肉、吃山珍、吃海味的借口,要吃的可不是简单的米饭,而是鲨鱼的鳍,黑熊的蹄。人若是只满足于吃简单的米饭,就不会那么贪婪。砸掉了旧的信仰,新的信仰失败了,几十年下来,信仰成了大私无公,天下为我,只要我过得好,哪管死后洪水滔滔。有人植树,但赶不上砍伐的速度,进行污水处理,只是把大毒弱化成小毒,稀释或者分阶段排放而已,所以我对环境保护、资源保护的前景,是不看好的。讲道理的体制,都未必办得到,更何况如今的体制,许多官员是不讲道理,只讲利润的。

官员走马上任,最喜欢做基建,为什么?因为基建工程涉及的款项数额大,有满足私欲的巨大空间,所以往往成为首选。厦门的化工项目据说是缓建了,但我相信改头换面后,还是会上马的,因为内部的"运作",已经做了大量工作。至于桂林,一直有做大工业的呼声,当然这呼声主要来自官员,而不是来自老百姓——老百姓也呼不出声,没地方给你呼,能呼吸就不错了,像厦门老百姓那样互相发发短信,还要被视为别有用心。

等到哪天桂林人喝上无锡的自来水,就会怀念漓江了,有首歌是怎么唱的?好像叫相见不如怀念。我们怀念云梦泽,怀念梁山泊,怀念白洋淀,怀念微山湖,有一天也会怀念漓江。怀念就怀念吧,感情丰富的人,怀念时可以学李白,写格律诗。▲

到此一游的方式很多

什么叫文化？一个时代有一个时代的说法。比如五、六十年代认为文化就是认字，把读书识字叫作学文化，读过书认得字的人被称为有文化，并且按照就学程度分为小学文化、初中文化和高中文化。如今再这样说，就有点可笑了，会被人认为没文化。那么如今什么是文化呢？如今的解释会不会成为将来的笑话？还真不知道。好在如今已进入多元时代，对文化的理解是可以因人而异的。

通常认为文化就是把文明融化到社会生活的各个角落，而我的理解要具体些，我认为文化是一种融化的感觉，就仿佛把巧克力含在嘴里，让它斯文地化掉，这样吃就比较有文化。也许有人会觉得，这样就算有文化，那也太简单了吧？要是你见识过有人像嚼开心豆那样嚼巧克力，你会相信要想做到用前面那种方式品尝巧克力，并不是那么简单的，而且这样嚼巧克力的人，还很多。当然这只是一个比喻。

有文化自然就会有文化差异。就单说旅游吧，旅游也有旅游文化，旅游时的表现最能看出人的文化特征。韩国人爱好购物，日本人喜欢嫖娼，英国人乐于探险，美国人酷爱瞎逛，这就是不同民族的文化差异。我们中国人也是喜欢旅游的，以前因为穷，管得也紧,到哪都要开证明,去不了哪里,能走走周边县镇就不错啦,我十二岁那年去了一趟全州,上海的亲戚还以为我去的是泉州。

我们自幼受圣贤书影响,留名青史的愿望是很强烈的,要是遇上战争年代也就罢了,做不成陈胜、吴广,也可以争取做做邱少云、黄继光,可如今是和平年代,成就功名的机会少了很多,那怎么办呢?与名胜古迹合影,也是一种渴望不朽的方式。我们也不管自己什么长相,什么表情,遇上动人的景色,就非挤进去留个影,以便向旁人或后人证明,自己确实到过某处。这样的照片洗出来,无论景色多么迷人,只要看见景色中央那些或呆板或做作的人,就会感到很败兴。

这还算是好的呢,照片再败兴,也是败自己的兴,换了二三十年前,没几个人有照相机,怎么跟名胜古迹结合在一起呢?刻字。也不管自己的字写得什么模样,但凡是名胜古迹,无论是石头还是树桩,只要能刻上字,就把自己的名字尽情往上刻,表明自己确曾"到此一游",刻石头是要力气和工夫的,一般人做不到,多数人会选择刻在树干或竹节上,似乎不在所到之处留下点痕迹,心中就很不甘。古代文人骚客触景生情的文才没学到,那点风流派头倒挺像。

西方人也喜欢拍照,不过他们更乐于拍别人,一般自己不加入,似乎想留下所到之处的原生状态。另外他们还喜欢寄明信片,走到世界上的任何地方,买几张当地明信片,再贴上当地邮票,就可以发给世界上任何地方的朋友,寥寥几行字,无非是问候语,却可以表明自己一来见多识广,二来不忘旧情,三来还可以给喜欢集邮的朋友送上远方的邮票。

至于如今因特网四通八达,在网上发短信更是一种时髦,不但便宜,而且快捷,走到哪里都可以用上。有位相识的加拿大老太太来本市驻留一段时日。问她为什么要驻留一段时日,她说住下来才能融进这座城市。问她需要帮什么忙,她也不客气,说希望每礼拜来我家用两次电脑,给大洋彼岸的亲戚朋友发发电子邮件。我说你住处附近不是有网吧吗?她摇头,说网吧环境不太好,她需要那种安静的,播着自己喜欢的音乐的环境,只有那样的环境才会给她合适的心境,给亲朋好友写温馨的信。——他们并不需要我买什么,只要知道我快乐就行了。她说。这老太婆,算是被文明化掉了。▲

两边挣面子

桂林是我婆家,昆明是我娘家。所以常有人问我:桂林和昆明,哪个更加好?我自然是在婆家说娘家不错,在娘家说婆家很好,两边都挣足了面子。

一次,我在桂林新开张的麦当劳里遇到一个来桂林旅游的昆明女子,因为下雨不想去游漓江,一个人闷在店里啜奶昔。我跟她刚刚开聊几句,貌似正患思乡病的她就跟我拧巴上了,非说昆明比桂林好。我本来不偏不倚一个人,那天就故意气她,说昆明好的话昆明有麦当劳吗?她就很是沮丧——那一阵子,洋快餐难敌云南米线,怎么也打不进昆明去,反倒是吃桂林米粉的桂林人比较包容,虽然晚于北京上海七年八年,但洋快餐说来还是来了。

这个像小孩一样跟我掐的昆明女子,我跟她也就是萍水相逢。要是现在两人再遇上,她可以立刻反驳我说:"有麦当劳怎么了,最近麦当劳调料里不是还查出苏丹红一号吗?"没错,可是亲别忘了,现在连昆明也有麦当劳啦。

真的要感谢生在网络时代,信息高速公路时时畅通无阻。商家但凡有点什么见不得人的丑事,最怕媒体曝光。而现在的媒体,哪怕一年里跟商家有长达十一个月的"蜜月"期,总得有一个月会忽然翻脸变成仇家似的，为了"3·15"，打打过街鼠。

记得我云南的小侄女刚出世的时候，安徽阜阳正好爆出"大头娃娃"事件，我急得赶紧往家里打电话，让弟弟一家消费奶粉时多长个心眼。我弟说："你当家乡是哪里呀？安徽出事的地方是农村，那里老百姓收入不高，信息不灵，奸商用劣质奶粉以次充好，才有可趁之机。"

也对。弟弟小两口为了万无一失带好他们的小宝宝，以他俩城市工薪阶层的收入，宁可别的地方省一省，婴儿用品上却一定要追求高消费，想用高支出换取高质量和高的安全系数。为此，我妈到我这儿来投诉弟媳说："小孩子家家洗个澡，5元钱一块的强生婴儿皂已经很好，可是人家偏要买22元钱一块的德国进口NUK婴儿皂！"

我很理解弟弟他们作为新晋父母的良苦用心。可是农村孩子家里没有起码的经济保障，难道他们天生就应该是对假冒伪劣商品洞开门户、毫无防范免疫能力的弱势群体？即便像我弟弟他们这样的城市小夫妻，追求进口货就是万全之策吗？

亨氏辣椒酱出问题时我在桂林，我知道这个事，但是知其然不知其所以然。只知道"亨氏"这个外来品牌这回栽了，不知道被查出有"苏丹红一号"的那批货，叫作"亨氏桂林辣椒酱"。虽然是在广州生产的，但商品名落有"桂林"二字。

今天我在昆明上网，得到的最新消息是，由于向出事的广东亨氏美味源厂家进过原料，桂林花桥食品公司生产的两款豆腐乳都有问题，被厂家批量收回。这个消息令我顿时无地自容：我和桂林一起完了呀！这次我回云南老家探亲，看山茶和三月里的油菜花，像以往那样带了一些"桂林三宝"送亲友，里面有辣椒酱、豆腐乳和三花酒。我怎么知道,苏丹红一出,"桂林"二字只要和辣椒酱、豆腐乳连在一起,就成了一种灾难?

难怪我的那些接受礼物的亲友都有些眼神怪怪,无孔不入的劣质商品令我在娘家为我骄傲的婆家赧然蒙羞。好在,"晚知道"虽然比不上"早知道",但总比"不知道"强。●

会传染的自恋

越来越不喜欢西街。它就像一朵自花传粉、色泽浓艳的花,艳则艳矣,早期的活泼、单纯,经过成长、繁衍以后,被越来越多的同类项层层覆盖。虽然不希望,但是很不幸,西街它现在就是一个极端自恋的大卖场。

就像一个少女,原本山好水好地长在乡间,忽然有一天,被人发现了她遗世独立的美丽,这姑娘原生态的生活方式从此万劫不复地跟她拜拜,在络绎不绝赶来参观的人面前,她学会了频频做秀,久而久之,可怜的姑娘产生了幻觉,以为新换的活法可以天长地久。

太多的雷同,是当下西街的一大败笔。原先难得的优点,变成现在泛滥的卖点,你说它自创的T恤衫好吧,好家伙,一条街可以拷贝出N多T恤店来,店主一开口你就知道,以前这儿还多半是西街原住民,现在天南地北老疙瘩地儿的生意人,全部跟约好了似的赶来淘金。一位流浪画家受到媒体关注,街上立马克隆出一打每幅画卖五块钱的"东方毕加索"。

会传染的自恋,是第二大败笔。无论是酒吧玩设计还是客人炫新酷,常在这街上出没的全都拿着捏着,出过国的不再把这国当事儿,没出过国的把这当国来出,好像全国人民都看到了报道,上赶着要来这里向他们学习与国际接轨新经验——你来就来嘛,他还爱搭不理。谁让原先都是三三两两的老外在这里游冶扎营,现在变作成群结队的同胞游客热锅蚂蚁似的赶集。

按说有了人气也就涌来了热钱,这恰恰是西街的无限尴尬之处。它先被老外开蒙,又被媒体宠坏,容易看人不顺眼,不是如我亲眼所见,怀疑上厕所的国内游客中途偷跑逃两杯果汁的单,就是紧张兮兮,瞪着涂了白茫茫金属眼影的双眼,把正在拍照的游客,当成刺探商业情报的间谍。所有的笑容都不可存储,如果不是看在钱的份上,谁又记得谁呢?

曾经的热情,成了久远的传说。所谓成也萧何,败也萧何,连上帝都不能保证一朵花的长盛不衰,又有谁能保证,西街的困惑,不是许多旅游点的悲哀?西街它自己要中自己的毒,任谁也没办法,但在西街以外,阳朔的乡间小路一派阳光明媚,空气新鲜,让所有因消费而生的冷漠通通见鬼去吧,或骑车,或徒步,我们在路上。●

连锁不到的地方

在桂林住长了,你才知道什么叫做江湖之远。

毛泽东到过南方很多城市,上海、广州、长沙以至南宁,唯独桂林,是他不曾涉足的地方。是这里交通不便吗?山水不吸引他吗?我想都不是。是桂林的特殊气质,令身处庙堂之高的人望而却步,怕来到这里就等于来到了世外桃源,乐不思归不说,再也没了退路。

有人用"飞鸟不到的地方"来形容"远",现在的桂林,却是"名店连锁不到的地方"。麦当劳来开店以前,有个什么"麦得劳"堂而皇之地把店开在闹市区,LOGO 店标全套拷贝老麦大叔,让桂林人稀里糊涂吃了年把翻版汉堡。也怪名店自己姗姗来迟让人有机可乘,就现在,市面上转一转,打擦边球的翻版 Armani、莎莎、YSL,都有。知道桂林人管"YSL"叫什么吗,不是"伊夫·圣洛朗",是"夜屎佬",就是爱在背后讲人闲话的人。

乱吧,名店又不是我亲爹亲妈,爱来不来。在桂林,是个年轻人就有宏图大志,而且这志向有多炽热,就有多现实,那就是赶明儿咱学不上了,工也辞了,开一爿店,隔三差五扛个大麻包奔广州、深圳进货去。不做行商,坐贾也行呀,卖个麻辣烫、修个指甲什么的。勤劳致富，比谁都不差。所以每每新落成一个大卖场，呼啦啦就是一片出租柜台，各自隔成三五平米的小间，盈亏且不论，催生一批小老板倒是真的。我妈说麦德隆开在昆明家门口，北京同学说宜家在她家附近开了店，好，我这就来——咱小地方人也应当注重生活质量不是？老给小商小贩包围着也不是个事，决定添了路费也要去逛。等家乐福的经营模式进驻桂林？咱等不起。这几年沃尔玛倒是来了，却开在城北的逼仄地带，出来交停车费的地方，不够一辆车平着停，车子出来得斜趴在出车库的坡头上。

我跟老公当年在某酒店的餐吧约会。那时它的商务套餐卖十几元一份，每去一次，他就说我们这是在吃"第几条家具腿"，言下之意，有吃就别再有其他非分之想。现在桂林仍然十几元吃份套餐，可是大伙的工资已经翻了好几十番。我俩惊喜地发现，多年来馆子照吃不误，可是家里也没少哪一条家具腿呀。倒是那家餐吧早关了张——在我意料之中——其实哪儿都好，就是店堂装了小方格的天顶，于是像我这样的客人一喝汤，就会把面上漂着的油星子，看成一条又一条的小蛆！我当时想："以后开餐馆，千万不能装小方格天花板啊！"●

从风景里突围

有朋友自北方来桂林，几天过后，忽然冒出一句：每个热恋少女的心中，都有一片桂林山水。我问是谁写的。他说是一个当代诗人。我问是谁。他诡秘一笑。于是我明白是他杜撰的。他算比较幸运，在桂林有朋友，可以看到许多其他游人看不到的景致。

桂林的游人大致可以分为三类，一类随旅行团旅游，沿着传统的旅游线路走，也就是三山两洞一条江，晚上看刘三姐歌舞表演，或者榕湖杉湖夜景；另一类是自由行游客，自己来，自己走，手上拿张地图，走到哪，玩到哪，但个人的脚力毕竟是有限的，哪怕骑自行车，一般也只能在主要风景区周边活动，比如兴坪四周，月亮山附近。

第三类游人是什么人呢？本地人。本地人也要旅游啊，虽说出门就是景，但遇上周末或节假日，谁不想出去走走？尤其是春暖花开的时节，自然要踏青。那么本地人去哪里呢？本地人总是会用怜悯的眼光，看着那些头戴小黄帽或小红帽的团体游客，从旅游车上鱼贯而下，像一群乖孩子，跟随在导游的小旗后面，在象鼻山前列队，在七星岩里合影，在旅游商店内"败"家。

对散客，桂林人一贯怀有几分敬意，看着他们背负行囊，目光平和的样子,就知道是有见识的,没去过普罗旺斯,也去过乌鲁木齐,七八十年代还不兴团队旅游,来桂林的游客,无论中外,好多都是单枪匹马,勇气和能力都很出众,给桂林人留下很好印象。但散客一来时间有限,二来地貌不熟,常常会面对层层叠叠的群山发愣,爬上一座山,看见更多的山,许多僻静的去处,是到不了的。

这些去处,就是本地人周末寻幽之处。周五下午,邀上三两好友,用狡黠的眼光看看那些团队游客,本地人出发了,春天去恭城看桃花,夏天往资江坐竹筏,秋天到海阳赏银杏,冬天上龙胜泡温泉。要是你在桂林有朋友,朋友有热情,有闲情,还有车,那你有福了。▲

翻手象鼻覆手鼠背

　　桂林的野气是水墨画般晕染开来的,和现实生活好像没有分明的界限。所谓"城在景中,景在城中"是最一般的理解,也就是"你中有我,我中有你"的意思。

　　夏天傍晚象山水月洞旁的青石上常有山楂形水印,听人说那是水猴刚刚坐过。水猴么,就是你游到水深处,它会捉住你的双脚,把你一拖拖到水底的一种东西,具体长什么样,我一直没见过。倒是盛夏从江里游完泳走上岸来,随便披块艳丽的浴巾就湿淋淋穿街过巷招摇回家的浴女,怎么看都有几分河妖的气息。

　　漓江温静秀美,脉脉含情——那也是一般意义上的漓江。夏季汛期你来试试看,纤柔澄碧的漓江可以在一夜之间暴涨成一条混浊汹涌的"黄"河。江水大面积冲上岸来,换了别的城市早就纲常大乱,可是桂林人却能等闲视之,不紧不慢撑只竹筏,到大街上撒网捞鱼。表面的诗意其实暗藏杀机,曾经有一对父女半夜骑车回家,女儿跟在父亲后面,骑着骑着就骑进了漓江泛滥的支流桃花江,没有任何惊叫和挣扎,父亲回到家,才发现女儿不见了。洪水来得快退得也快,水退以后的江面,仿佛什么也没发生过,全然是一副死不认账的嘴脸。

象鼻山是桂林的城徽，别说桂林人，全国人民都快对它产生审美疲劳了，可是有谁留意到，象鼻山从背面看，根本不像一匹大象，反而像只健硕的山鼠？

写《搜神记》的干宝，东晋时做过桂林的太守，时间虽不长，但桂林的山川风物、民间传说，无疑对他创作这部"发明神道之不诬"的志怪小说提供了广阔的想象空间。"中土多圣人，和气所交也；绝域多怪物，异气所产也"，这是干宝原话。

什么叫异气？就是不合常规的，不能按常理去推算的。朋友万燕在桂林住过几年，对这儿有一句颇得要领的概括："毫无理由的山拔地而起，神经质的雨时落时停"。在桂林居住是要有所戒备的，说不好戒备什么，但理性的力量切不可让位于过度的好奇。有一次我和城里一位朋友一不小心走进七星岩后面沿灵剑溪那条路，从音乐家张曙父女墓开头，一路都是零零落落的有名或无主墓地；冷不丁冒出的，都是无家可归的人。路越走越深，心也越来越慌。高潮处正逢若明若暗的黄昏，不知从哪儿跳出一半老太婆，很是彪悍的模样，正告我和他："走这路，要小心！"

其实走什么路不都得小心其事吗？只是在桂林，我有时会分不清，乡野蛮荒和人间社会，江湖丐帮和庙堂官宦，以及人们温雅娴静的外表和狂野原欲的内心，种种之间隔着的距离，到底是远还是近。●

与神仙的距离

苏轼有句名诗："日啖荔枝三百颗，不辞长做岭南人。"一般的理解，是对岭南果王的赞赏，但我同时也读出了一种自嘲，贬就贬吧，哪怕在岭南长住一生又何妨，吃到的荔枝，比杨贵妃嘴里的还新鲜呢。苏轼的诗句当然可以有各种理解，但因为有了这句诗，广东人是很为自己的岭南人身份而骄傲的。桂林人也有自己引为骄傲的诗句，那就是陈毅 60 年代游漓江后留下的"愿做桂林人，不愿做神仙"一句。

在我读来，这句诗更多的是对漓江云遮雾绕，宛如仙境的赞叹，意思是说各路神仙的存活环境，也未必好过桂林人，表达的是一种诗意的夸张。但桂林人可不这样看，宁可理解得世俗些，理解为是对自己神仙般宁静日子的赞美。所以本地的许多公司商家，都喜欢在写字楼或橱窗里挂上这句诗，当中包含的洋洋自得和沾沾自喜，是不言而喻的。

桂林人可以自得或自喜，那么外面的人又是如何看待桂林的呢？笔者喜欢旅游，经常上一些旅游网站，碰上驴友留下的与桂林相关的帖子，就会打开，看看别人写些什么。这些帖子可以分为两类，赞美的和批评的，赞美的一般是山水，而批评的多半是人。这也就是说，游客来到桂林，都会为山水的美丽而感动，形成鲜明对照的是，也许因为山水太美丽了，因此对本地人不会留下多少记忆，有时会有一点，却也不太好，比如被导游蒙，被出租车司机宰，被商贩坑等等，虽然在整个行程中，这只是一些鸡毛蒜皮的小事，但小事也会坏了心情。

游人的眼光总是比较挑剔的，因为付了钱，如果得不到良好的服务，当然就会抱怨。笔者曾经写了篇批评香港人市民习气的文章，挂在旅游网上，不想招来了众多港人的反驳，与我展开激辩。现在回想起来，观点无非是这样，我认为有的港人对内地游客不够宽容，而港人认为那只是少数人，并不能代表香港的整体面貌，因此不能忍受我对香港的批评。

其实整个世界都面临着形象问题，游客停留的时间是有限的，遇上什么，就会得出什么结论，如果我在纽约哈莱姆区遭遇抢劫，那我就会说在美国遭遇了抢劫，绝不会单指是哪个街区的哪个角落。桂林是旅游城市，当然早就意识到了这个问题，大街上也曾经四处挂出"让心灵与山水同美"的横幅，这样的横幅，外地人看着会有些惊奇，但桂林人见惯了，不会被轻易打动，已经被山水熏陶了几千年，该美的都美了，比如空气、水质，比如米粉的味道和女孩子的皮肤，那些依然美不起来的，大概跟山水是没有关系的。▲

漓江与丽江

一个人千里迢迢跑到一个陌生的地方,究竟想看什么呢?举一个有趣的例子,丽江。

早年丽江因为与漓江发音相近,都可拼作"Lijiang",再加上两个地方都位于少数民族区域,都是旅游重点,在西方报纸杂志上常常混淆。笔者就曾经在一本澳大利亚杂志上,看见文字介绍的是摩梭人风俗,配上的图片却是阳朔风光。

有的西方读者以为漓江上可以走婚,丽江城里可以吃米粉,把Lijiang译回中文时,也很容易出错,有将丽江译作漓江的,也有将漓江译成丽江的,国外版权机构寄给漓江出版社的信函,有时会被译作丽江出版社,居然也能收到。如果不在前面加上云南或桂林,要想区分两地还真不容易。

两个地方,虽然都叫 Lijiang,但旅游的特性是不一样的。

去丽江旅游的人,有的想听纳西古乐,认东巴文字,有的想走虎跳峡的羊肠小道,去寻访传说中的香格里拉,还有的想去泸沽湖,找杨二车娜姆的妹妹。丽江正因为拥有这么丰富的旅游资源,所以一直是游人乐此不疲的去处。热心的美国人洛克,甚至早在30年代,就编纂了一部《纳西—英辞典》,绕开汉语就可以直接跟丽江人交流，可见丽江的文化底蕴，是非常深厚的。

漓江就不一样了，游人来桂林，不为别的，就为了看一眼传说中那条美丽的漓江，是不是依然如传说中那么美丽，是不是依然还有白帆、渔火和捕食的鹭鸶鸟。为了能与漓江亲密接触，如今的旅游者已经不再满足于坐在船上看风景，有人找竹筏顺流而下，高兴时还要跳进水里游一游，有人干脆徒步行走，从杨堤走到兴坪，领略两岸的奇峰异石。来桂林不看漓江，等于去重庆不吃麻辣火锅，这分专一，听起来很动人，但也让漓江感到了重负。

前几年的非典，重创了旅游业，桂林的码头一度冷清无人，我却为漓江感到庆幸，因为整条江获得了短暂的休养生息，沿岸的树木更繁茂了，水流也更平缓了。我由此想到，漓江是不是也应像一些景点和博物院那样，适当提高票价，每天限制游江的人数和船数？这样这条江的青春期，一定会延长很多。▲

洋人眼中的桂林

尼克松访华后,桂林开始对外开放,洋人陆续来桂游览漓江、阳朔。那么洋人是怎样看待当时的桂林呢?1979年,一位美国游客霍拉斯·萨顿游览过桂林后,在佛罗里达州的《莱奇报》上发表文章,称桂林是中国最浪漫的三座城市之一,其余两座是杭州和苏州。有关桂林的部分,他这样写道:

一个千百万人穿戴一致的国家,也用得上浪漫这个字眼?在某些地方,还真用得上。桂林是华南一个很特别的地方,全世界没有哪个城市的机场,会有桂林机场的那种背景,遥远的地平线上会忽然跳出来几座山峰,一座与另一座还互不相干,如同孤立的抛物线。① 鉴于诸多画家喜欢绘制桂林风光,这种景色已成为中国风景的标志。一个叫韩愈的诗人,把这样的山峰形容为"碧玉簪"。

中国人想好好款待一下前总统尼克松,于是派一架专机到加利福尼亚,把他接到桂林来。这样的风景根本不需要诗

---

① 桂林机场当时尚在奇峰镇。

人赞美,一个人只要稍微有点想象力就做得到。在一家书店的橱窗里,摆着一本当地景点画册,用英文注上了一系列诗意的名称:碧莲峰、叠彩山、独秀峰、隐山等等。尼克松等要人下榻的酒店叫榕湖饭店,紧挨着的江叫桃花江,有100套客房,可是居然暖气不足。

多数游客居住的饭店叫漓江饭店,有12层楼高,只有两年历史,但显得陈旧,床垫没有弹性,但视野不错,可以看到漓江和远处的群山。游客花一天时间乘坐拖轮沿江而下,这是桂林之行的精华所在,沿途可以看见渔船、竹筏和渔民,他们有的撒网捕鱼,有的指挥鹭鸶,这种鸟的脖子被绳子绑住,捉到鱼无法下咽。两岸峰峦叠嶂,有成片的竹子,竹叶在风中摇曳。午餐不敢恭维,油布覆盖的餐桌上,放着分量极多的米饭、蘑菇和鸡块。毛泽东和华国锋的画像挂在墙上俯视众生。

没有茶,取而代之的是大瓶的啤酒,桌子上点着蜡烛。你可以踱到甲板上,端详那些古怪的山峰。导游说那些山由石灰岩构成,两百万年前沉落在海底,后来陆地上升,于是就有了桂林。在与日本作战的那段苦难岁月,桂林的岩洞成为逃难者的避难场所。白修德[①]在他的新书《寻找历史》中,描写了美军在桂林的空军基地,还有1944年日军进攻桂林时,史迪威将军下令炸毁该基地,白写道:"我从未见过如此巨大的冲天火焰。"

我那位年轻导游对此一无所知,他津津乐道于讲解工厂的数目,1949年以前只有4座,如今有300座。他领着我和

---

① 白修德,二战时期美国著名记者,曾来桂林采访。

林德布莱德旅游团成员走进芦笛岩,在远东听见这个名称有点不可思议,听起来像里德果岩。① 洞口外长着繁茂的芦叶,可以用来做笛子。这个岩洞一千多年前已有人迹,用来躲避社会动乱,如今是旅游景点。里面像美国的岩洞一样,装上了五颜六色的灯泡,导游最大的乐趣,是去发现那些一个世纪只长一两寸的石头,长得像什么。桂林的绝大多数建筑都毁于二战——这里叫抗战,因此楼房基本上是新盖的,隔成小间出售古董和工艺品。(笔者译)

文章记载的是 70 年代末的桂林,如今读来依然有鲜活的记忆。▲

---

① 芦笛岩(Reed Flute Cave)与里德果岩(Leed Fruit Cave)谐音。

国家大了，什么洋相都有

一个国家，无论大小，都有南北之分。越南在中国的南边，它的国土靠近华南部分，称为北越，因为它还有更南的南越。有趣的是，可能由于气候更适于劳作，似乎南方的生活，总比北方精致些，南越、南韩都是例子。美国内战时期的南方，也比北方繁荣，米切尔就是有感于南方的奢华毁于战火，才写出了《飘》(Gone with the Wind)，也就是一切都"随风而去"之意。既然有南北，就会有差异，有次坐火车，听见上下铺两位就鸡的吃法展开热烈争论，上铺的北方人说，我们北方总把鸡炖着吃，南方人可怪了，放滚水里烫一烫就吃！下铺的南方人说，烫着吃才鲜，炖出来的肉有什么味道？两人从岳阳争论到长沙，也没结果。

我去北京，出过一些洋相。一次在隆福寺附近一家甜品店吃早餐，按南方的量，叫了两只烧饼，一碗豆浆，端上来才发现，豆浆是海碗，烧饼也好大一只，能吃掉一只就相当不错了，哪吃得下两只呀。再看旁边坐着一对老夫妻，要了一只烧饼，每人手里拿着半只，一边细嚼慢咽，一边安详地喝着豆浆，顿时为自己的饕餮感到愧疚起来。还有一次是80年代末，住在沙滩红楼旁一家招待所，北方灰尘大，跑了一天回来想洗澡，发现房间里什么也没有，就去找服务员，说想要只桶洗澡。她找出一只桶给我，眼神有点古怪。我觉得她怪，没准她觉得我更怪吧。我拎着桶到了澡堂，里面的人看着我，也都眼神古怪。原来人家都赤条条站在一根水管下轮流冲洗，有的搓背，有的挠头，拎个桶确实挺可笑的。至于买罐酸奶，拿着瓦罐就走，结果被小店大妈追出来喝住的事，也曾有过。

回到南方，南方也有北方人的洋相。曾见一北方汉子，买了只柚子，用牙咬了老半天，也没咬到肉，失望之余把柚子扔了。还见过北方人吃椰子，手捶脚踹弄不开，只好找块大石头猛砸，椰子倒是裂开了，但椰汁也没喝成。最近看到的一件事，是一对北方男女吃桂林米粉，两人各要了一碗卤菜粉，女的要舀点骨头汤，男的不同意，说不能加汤，加汤味道就不对了。女的坚持要加，说这么干，不加点汤，怎么吃？男的说要加你加，我不加！女的加了汤，两人无声地吃着。女的吃得津津有味，先吃完，站在门口回味。男的吃到最后，见女的没注意，悄悄舀了一勺汤喝下，边出门边对女的说："都说桂林米粉好吃，我觉得也不咋的。"

在粉店的另一个角落，独坐一瘦老头，边吃边恨恨地说："哪有米粉也放酸菜、花生米的？乱来！"原来正宗的卤菜粉，是放炒黄豆、卤牛肉片、葱花和红辣酱的，当然这所谓正宗，是白先勇小时候的正宗，漓江都已经不是原来的漓江了，米粉的佐料又怎能不变？如果问我对北方什么印象最深，我会说"拍黄瓜"，北方黄瓜的那分脆，在南方一直找不着。▲

温顺的游客毕竟是多数

连续10多年超过8％的GDP增长,给不少人带来了财富,如今出国旅游,成了一种时尚。不过说起出国旅游,也有让人深恶痛绝的事,那就是强迫购物,只要你参团出行,哪怕时间紧迫,也要花上一天半天,闷在指定的商场里。而中国人虽然钱多了,偷渡的人蛇并未减少,许多国家对中国散客不开放,想去还非得参团,所以一趟本是愉悦的旅行,常常会乘兴而去,败兴而归。一位上海的朋友参团去香港,全团居然一整天被关在一家仓储式商场里,不买东西不让出来,虽然维多利亚港湾的美景近在咫尺,却不让看。朋友回来后将此事写成文字,引起了香港媒体的关注,纷纷指出这种做法损害了香港的形象,要求港府严加整肃。

说起来,强迫购物不是什么新招,早在80年代初对外开放,内地导游就把一车一车的境外游客,往指定的商店饭店里拉,从中提取回扣。这种做法一直延续到现在,不见有哪家内地媒体撰文谴责,因为赚的是外人的钱,外人反正有的是钱,不赚白不赚。这种内外有别的观点,反映的是一种弱国心态。如果没有自省能力,经济再发达,也还是孱弱的形象。

如果有一点记忆,都会记得开放之初,酒店、餐馆、机票、车票、船票等等，有两种价格，一种是外宾价，一种是内宾价，所谓外宾价，就是卖给外国人的价格，通常要贵出一倍以上。这样做实际上是承认了自己国家的贫穷，尽管嘴巴上还撑着，说是既无外债也无内债。

可洋人觉得这是一种歧视，有一次一伙来自欧洲的背包族青年到达阳朔，住旅店时发现，同样的房间和设施，价钱比中国人贵得多，坚决不干，要求与中国人平等，店家也不干，说是上面的规定，那伙青年就在旅店门口打开铺盖，睡在地上，一直睡到半夜。结果自然是店家撑不住，经请示后做出妥协，按中国人的价格给洋人入住。

这样力争的游客毕竟是少数，多数入境游客还是很温顺的，被导游安排着到商店购物，到餐馆就餐，反正人生地不熟，不听导游的，自己也没地方去。印象中不同地区的游客，有不同的购买嗜好，欧洲人喜欢丝绸制品，买些小扇子，小手绢之类的小东西。美国人喜欢古董，看见带点铜锈的器物，就来兴致，拿起来考究一番。香港和东南亚的华人游客，最喜欢中草药，冬虫夏草、三七、党参、当归，都是首选，说是买回去煲汤，最滋补了，他们还喜欢一种叫发菜的东西，细细的如头发丝，有什么功用不知道，只知道跟发财谐音。

最奇怪的是日本人，那时日本电器发达，食品充足，可以说应有尽有，出国也没什么可买的，好一点的商品都是日本制造，而且质量还比不上本国商品——这一点与中国恰恰相反，我们总是把最好的东西卖出去，实在卖不动了，所谓出口转内销，能买到就是天大的福气。还是说奇怪的日本人吧，他们除了买春，就是买画，而且舍得花钱。我有一位做日语导游的朋友，靠带日本人买画，挣了100万日圆,在80年代中期就成了"百万富翁"。那时的100万日圆,相当于9万多人民币,可以买三套一百平米左右的住房。他一直珍藏着这笔财富,按定期存在中国银行,说是保命钱,最近拿出来一算,只值6万多了,大概可以买10到15个平米,而且还不在市中心。▲

"去山西，就要去凤凰"

没有分辨就没有记忆。都说中国有56个民族，56个民族56朵花，但是要我数，我只能数出其中几朵，最多十几朵，就是穿上民族服装要我认，我也不能全认出，最多能认出藏、蒙古、朝鲜等特征比较明显的，其他民族的服装，比方达斡尔、锡伯、裕固等，于我太陌生，我从来没见过，所以没有能力去分辨。或许本民族的人一眼就能看出其中的奥妙，认出本民族的服装，但对于旁人来说，这实在是一件很不容易的事，因为旁人不了解该民族的历史、传统和文化特色，所以也就看不出差别，看不见那奥妙，哪怕那奥妙就在眼前。那么为了能辨认，是不是就应该多去了解呢，理论上说是应该的，但人生有限，世界又何其大，等我们什么都了解了，辨认的时间也没有了。

举56朵花做例子，只是想说明相形之下，如今的城市就更难辨认了。认不出56个民族，是我们自己没见识，认不出哪条街属于哪座城市，那就不是我们的问题，而是城市的问题了。不同的民族有不同的服装，如今的城市却喜欢穿一样的衣裳。中国现在有钱，许多城市都高楼林立，中心区辟出步行街，你只要进入步行街，就分不清楚自己究竟是在王府井、观前街，还是解放碑、春熙路，因为步行街的格局大同小异,加上物流发达,步行街的商店货架上,堆放的商品也大同小异,同样的包装,同样的品牌,时刻消解着我们的分辨力,逛街逛到步行街,往往分不清东南西北。当然许多人会喜欢步行街,毕竟给大伙儿提供了"小平"的方便,没准这就是世界大同的前奏,落伍的是我,而不是城市。

城市需要特征吗,当然需要,没有特征就无法分辨,没有分辨就没有记忆。我们因为钟山记住了南京,因为西湖记住了杭州,但这只是自然特征,并非所有的城市都有幸拥有这样鲜明的自然特征,与自然特征同样重要的,还有人文特征,比方天安门、外滩等等。现在还流行一种称谓,叫非物质文化,这也是一种人文特征,如舞蹈、绘画、音乐等。在合肥时曾想看一出黄梅戏,坦率地说,合肥是座工业城市,天空灰蒙蒙的,可记忆的东西不是太多,可黄梅戏是不可替代的。好不容易问到了演戏的场所,却被告知时间不对,只好走人,于是我对合肥的记忆,至今是模糊的。

当然分辨力的强弱,除了跟对象有关,跟我们自己的素养,也多少有些关系。一次在北京机场候机,听见旁边几个人闲聊,一位老兄是北方人,特健谈,看上去见多识广,他说"出门旅游嘛,当然要看有特色的地方,去山西就要去凤凰,否则等于没去。"有人提醒他凤凰在湖南,老兄并不理会,继续侃侃而谈。有人问桂林有些什么可看的?他说"桂林?去桂林除了看看漓江和都江堰,其他没什么看头。"我善意地理解,他还是去过一些地方的,只是把平遥记成了凤凰,灵渠记成了都江堰。▲

与省会比肩的城池

一般来说,省城的生活方式,代表了一个省的时尚,衣装打扮、阅读趣味,甚至谈吐、步态,都是全省老百姓竞相模仿的楷模,听说有谁到省城去,总要托他买些东西回来。不过也有例外。有一年我到河北省的保定开会,因为特快列车不停靠,要先到省会石家庄下车,然后再转乘汽车过去。到了保定才知道,这城市不大,名气却不小。

清朝的直隶省省府,就设在这里,市区保留了直隶总督府、保定军校的旧址,抗战时有名的白洋淀和冉庄地道战遗址,也在附近,记得《野火春风斗古城》里斗的那座古城,就是它。70年代中期,迷恋东方禅宗的金斯伯格,曾经来中国住过一段时间,也许是出于对中国近代史的理解,他看上了保定,几次在诗中提到过青纱帐和白头巾。

跟精致的保定相比,石家庄一片灰蒙蒙的,难怪被认为是中国省会中"最后的村庄"。保定人有自己的历史,自己的大学和公园,似乎不怎么爱搭理石家庄,实在要看看比自己大的城市,往北走几步,过了涿州,就到北京了,所以保定人对南边的石家庄,没有多少亲近感,因为他们觉得自己的城市并不比省会差。

这种非省会城市与省会比肩的情况，其实并不少见。我发现在非省会城市中，有两类是比较有骄傲感的，一类是环境得天独厚，得享近代文明的熏染，生活质量不但丝毫不亚于省城，甚至还比省城更好，这类城市可以举出苏州、大连、青岛、厦门、深圳、珠海等，至于重庆，就更不用说了，在升格为直辖市前，就有过民国陪都的身世，而且有巴国首府的悠久历史，当然有与成都比肩的本钱。

另一类是曾经做过省会的老省城，虽然过往的辉煌已成传说，但毕竟有深厚的文化底蕴，大户人家的派头会不时冒出来，似乎总不甘心家道中落。这类城市，除了保定，还有黄河边的开封、长江边的安庆、松花江边的吉林等，当然还有漓江边的桂林。

桂林不是广西的政治中心，可要是你在长城脚或者长江边跟朋友聊天，北方的朋友兴许会说，桂林挺有名的，是广西的省会吧？别笑，桂林确实是过广西的省会，那是在1949年以前。桂林不是广西的文化中心，可它的街巷留下过诸如巴金、田汉、徐悲鸿、丰子恺等文化大师的足迹，因为它确实有过文化名城的短暂辉煌，那也是在1949年以前。

桂林人是从来也不唯南宁马首是瞻的，秦始皇统一中国时，就设了桂林郡，那时柳州以南的大片地区，还不曾有正式的地名呢，明、清两个朝代，绵绵数百年，省会均设在桂林，1912年才在极度争议中迁往南宁，后来抗日军兴，省会又从南宁搬回桂林，此时更是人才麋集，成为大后方的中心城市之一。有这样的历史，桂林人怎能不骄傲呢，更何况还有一条如青罗带一般飘逸的河流，常年在城市的中央流淌。▲

听见心里的声音

《蜗居》里的海萍喜欢住在大城市,因为大城市里有商场,有大剧院,还有博物馆。可是有人反驳她说:"商场里的东西又不是你的,至于大剧院、博物馆,你成天起早贪黑忙着谋生,一年能去几次呢?"是啊,哪怕一年能去上几次又如何?大剧院里的音乐剧可能很冗长,你却不敢在里面打呵欠,为值回票价,也不得不坚持到剧终才离场;博物馆里陈设很丰富,你却精力不济,看不完全部,最后发现,还不如买回一本介绍馆藏文物的图书。

在出国热刚开始的那些年,曾经很流行明信片,那时候的人容易有错觉,以为每个出国的梦,都会变成大洋彼岸一个看得见风景的房间。我和小艾在熄灯后的大学宿舍楼里,借着楼道灯光欣赏一张明信片,那是一个身穿亚麻蕾丝长裙,头戴米白色纱帽的女郎,正端坐海边,只给我们看她骄傲的背影。天是蓝的,海是青的,小艾以为,飞机一把她送到那边,她就会如此这般面朝大海,端坐海滩,留这边的人读她的背影,读啊读,读上千遍也不厌倦。

人常常被风景欺骗,也乐意被骗,为了几个时间点上的风景,宁可付出漫长而艰辛的一生。表妹小鸥在伦敦念书时,在一间香港人开的婚庆公司打工,常能看见以偷渡去那边而闻名的某省子弟去他们那儿拍婚纱照，经济上再拮据，攒钱拍这套照片也是必须，因为可以和白金汉宫一起照相，和皇家马车一起照相，和停在海德公园旁的任何一辆高级轿车一起照相……小鸥说，为了拍这些客户要求的照片，他们屡屡吃过轿车主人的白眼，可是被拍者不管不顾，因为照片寄回国，他们本人会很风光，镜头锁定的一瞬，比千言万语还管用，会帮他们在亲友面前把英伦之梦画得很圆。这已经不是被骗，而是主动"行骗"了——反正一边愿打，一边愿挨，也不是什么很了不起的事。与其艰苦一生，不如偶有幻觉。

人类想尽各种办法，为的是传达一个理念："我拥有！"是啊，怎样才能拥有，怎样才算拥有？在传媒乏力的年代，也许拥有一套印制精美的风光明信片，就好像拥有了风光无限；在见识有限的人群里，也许你和什么一起合影，什么就足以代表你。可是，你真的拥有什么呢？拥有是瞬间感受，还是可以持久？拥有的时候你快乐吗？如果不快乐，那么到底拥有多少、多久，你才快乐？

还没来桂林以前，看过很多桂林的明信片，真是青山如黛，碧波如绉。一旦到了下决心要来的时候，我问我自己："再美的风景也有看腻的时候，水波再柔，也不可能扯一块来当裁衣的丝绸。那么，我还去桂林吗？"我承认，这个问题设定得很实用主义，就像前面人家数落海萍那句："商场再奢华，里面东西有几样是你的？"书生不缺飘渺的幻想，缺的是现实的棍棒，人生的十字路口，如果这样一通乱棒打下也还吃得消，那就证明，这条路还行得通。我只想以这样的方式提醒自己，行事之前需冷静考虑：桂林有，不代表我有。在桂林，也许开门见山有风景，但我还得考虑，关

313

起门来，日子怎么过，心怎么搁。有部同名美国电影的插曲叫《心灵是孤独的猎人》①，我觉得我才是那个猎人，满世界放牧着一颗孤独的心。

人类的心，是最为变幻莫测的一种东西，由好奇到贪婪，只在一念之间。很多时候，有了还想有，或者是，有多少都不算有，无休止，无餍足，为有而有；拥有的常态满足，被攫取的瞬间快感所取代。所以，人们挣得越来越多，却不代表越来越快乐。但人心还有一个好处，那就是心只要平了，气自然和了。很多时候，你的心只要告诉自己一声："这样就够了，已经不错了"，一切便千好万好。不过，在嘈杂拥挤的大都市里待久了，有一部分人会慢慢听不见自己心里这个声音，时间一长，便被裹携成不快乐的一群，实则是把自己原有的快乐置换出去，换回一堆伪命题："我有这个"，"我有那个"，或者，"我会有这"，"我会有那"，但是遥遥无期⋯⋯

也许我当年来桂林的一个理由是：这里比较安静，可以常常听见心里的声音。●

---

① 《心灵是孤独的猎人》，美国女作家卡森·麦卡勒斯（1917—1967）代表作，"20世纪百佳英文小说"之一。该小说于1968年被好莱坞拍成同名电影，并配有插曲。

导游这行当

我家距离漓江,大约不到一百米,在晴好的上午,哪怕躺在床上,也能隐约听见从顺江而下的游船方向,传来导游的声音:"大家看左边……那座山有座塔,叫塔山……塔山背后那座山,有个洞穿过去,叫穿山……"这种解说在我听来,是千篇一律的,毫无想象力,可对于初来桂林的人,多少会有新鲜感,因为许多人恐怕今生只会来一次。

导游这个行当,在其他城市可能不太被人注意,在桂林可是非常吃香,拿不到导游证,还进不了这门槛。一般人以为做导游,整天带着客人游山玩水,图的就是个轻松自在,偶尔遇上个浪漫的人,还可以来段露水姻缘,这只是表象。这个行当里面还有许多奥妙呢。

导游的薪水是不高的,有的旅行社甚至不发薪水,那么导游的收入从哪来呢?有两个主要的途径。第一是小费,小费主要是海外客人给的,他们本来就有付小费的习惯,玩了两三天,临走时有的客人会私下给本地导游小费,也有的全团客人凑一个封包,对服务表示满意。这笔钱挺可观的,一笔就不会少于一个月工资呢。不过现在海外旅行团少了,拿小费的机会自然也就不多。

跟第二种收入相比,小费就不算什么了。这第二种收入叫回扣,如今已广为人知。国内旅行团是不给小费的,但导游也有办法挣钱。回扣就是导游带客人游览、就餐、购物后,从商家拿到的提成,数额由10%到50%不等。一个导游带着一个旅行团,就等于带着一架提款机,他说在哪里吃饭,在哪里购物,就意味着那里发财致富,店家老板当然会竞相巴结,先是递茶递烟,后来烟茶不管用了,得递钱,再后来导游胃口大开,递钱还得按比例计算,少了下次就不来。

这下知道导游的收入有多丰厚了吧,不亚于北方的倒爷,或者南方的外企白领。不过导游发财了,形象却变得令人生厌,随团出过门的人,许多都有不快的经历,有的被带到充斥假货的店铺里,关上门,不购物,不放行;有的被带进庙堂,烧几炷高香,几千元就化作了青烟,这一切,都是因为钱。

当然好导游也是有的,月牙山南侧龙隐洞旁边,有个叫桂海碑林的展览馆,号称与西安碑林齐名,尤以宋碑名气最大,馆里有位女导游叫曾燕娟,她讲解用词准确,吐字清晰,可以如数家珍,说出馆藏几百块石碑的来龙去脉,从全国仅存的蔡京《元祐党籍碑》,到米芾的自画像,都能娓娓道来。她著有《追溯千年——石刻永留芳》一书,还根据碑刻内容,总结出古人游览桂林的几条线路,供游人发思古之幽情:

(一)可以会食崇宁(寺),登转魁阁,观风洞,历曾公岩,泛舟过龙隐,晚酌于骖鸾阁;

(二)也可以早饭龙隐,过曾公岩、栖霞、风洞、程公岩,烹

茶晚会于八桂伏波岩,抵暮而归;

（三）还可以游叠彩至八桂堂,陶家园、栖霞洞、曾公岩、风洞,午饭龙隐,晚集雉山,过于家园归。▲

桂林山水甲天下吗？

记得一次跟一位朋友谈到桂林，他不经意间说了一句："当然很漂亮，不过说桂林山水甲天下，这个嘛，呵呵。"他没有往下说，但我听出了言外之意，大概是对桂林山水甲天下的说法，也就是桂林的景色天下第一的说法，有些不以为然。朋友来自同样山清水秀的江南，这样说，自然有他的道理。我当时的解释是，"甲"是一种诗意的夸张，并没有将各地风景排座次的意思。

要说风景名胜，天底下好山好水多得很，经常出门的人都知道，许多风景都有自己的赞美之辞，比如黄山归来不看山（黄山）；九寨归来不看水（九寨沟）；会当凌绝顶，一览众山小（泰山）；天下第一泉（济南）；天下第二泉（无锡）；惟楚有材，于斯为甚（岳麓山）；眼前有景道不得，崔颢题诗在上头（黄鹤楼）等等。这些豪迈的诗文，无非是想表明，风景这边最好。至于看过了黄山，是不是真的就不看其他山了，或者立于岱宗，是不是就真的相当于站在了世界之巅，大概不会有谁去较真，因为这是诗意，诗是不可以较真的，一定要较真，就只能说成珠穆朗玛甲天下，或者飞流直下三十尺，那不是诗，是数学公式。

不过如果仔细想想，若没有人提出异议，听人说说桂林风景天下第一，心里还是暗暗得意的。我生活在这座小城市里，一不求做大官，二不求出大名，三不求发大财，就听人夸夸眼前的行云，眼前的流水，不算过分吧？这话听上去有些道理，但略加品味，就能听出还是在变着法子卖弄清高。

为什么陶渊明要采秋菊，不采狗尾巴花？为什么嵇康要住竹林，不住甘蔗林？都是这个道理。古人说："宁可食无肉，不可居无竹。无肉令人瘦，无竹令人俗。"曾见朋友把一幅《竹》送给一个贪官，上书"高风亮节"几个字，当时那官的眼睛笑成了一条缝。连贪官都想找几片竹叶子遮丑，遁世如嵇康者，当然要往竹林里钻，方能显出自己不俗。

越说越远了，还是回到江南朋友的看法上，他的看法还有另一层意思，漓江虽有百里画廊，但人文历史含量太少，因此想甲冠天下，自然不能令人信服，不像江南景色，每块石头都有故事。其实所谓人文历史，是需要人说出来的，比如说庐山，前有扬子江浩浩荡荡，后有鄱阳湖烟波浩渺，近代史上的两个强人，蒋和毛，都喜欢庐山。蒋专门为爱妻造了一座别墅，取双重意思叫"美庐"，美丽的美，宋美龄的美。据说山上有专门为毛修的别墅，但他每次上山都不住，只住美庐。这就是故事。桂林也有故事，有的还很精彩，外人不知，只说明桂林人笨口拙舌，说得不多，或不会说。▲

我的喀斯特籍贯

在一个实行严厉的户籍制度的社会，无论以何种方式谋生，都免不了要填写各种跟自己有关的表格，哪怕没工作了，也要去所谓人才交流中心挂个号，好像自己还真是什么人才，挂到那里就会被谁抢走。不谈人才，还是说填表吧，这辈子填过的表不计其数，每次遇到填写"籍贯"一栏时，我都会陷入瞬间茫然，不知道该填什么地名，填写这个地名有什么意义，也记不得上次填写的是哪里，所以我的籍贯是五花八门的。

本来了解一个人的老家在哪里，无非是想通过了解他的人生背景，对他的精神世界，生活习惯，对他的能力、爱好做更进一步的推断，或者通过了解彼此的老家，展开更多的话题。比方有朋友说，我老家在山东，于是你们便围绕山东攀谈起来，从泰山说到黄河，从曲阜的孔庙说到济南的泉眼，还有德州烧鸡、烟台苹果、潍坊风筝、淄博陶器等等。

如果对方说老家在湖南，那话题就更多啦，五百里洞庭、八百里湘江、沅江澧水、凤凰岳阳，更有汨罗江屈原的孤魂、桃花源陶潜的菊花，至于历代帝王将相、才子佳人，说烂嘴皮也数不完。一个人有这样的家乡背景，走到哪里都等于背着一筐无形的财富。在过往的岁月,背着这样的财富出门谋生,多少还是有些用处的,各地的同乡会馆就是证明。

"我的家,在东北松花江上……"

"张老三,我问你,你的家乡在哪里?……"

这样的歌声,谁人不晓?

然而现代生活显然要丰富多了,也复杂多了,一个人的一生,很可能是在不同的地方度过的,因此想通过了解籍贯老家来了解一个人,往往不怎么管用。他很可能生在北方,长在南方,在东部受教育,然后去西部闯荡,寻找发财的机会,你听不出他的话语里有何方口音,在他的脸上也只能看见走南闯北的仆仆风尘,说起东三省,他可以滔滔不绝,提到大西北,他也可以如数家珍,这样的人生背景,正是当今 E 时代年轻人的身份特征。

由于经历过于丰富,有时别说省籍市籍难以划分,就连国籍都很难确定。当代西方的一些重要作家,如庞德、奈保尔、拉什迪等,就很难说明是哪个国家的作家,只能说是使用哪种语言的佼佼者。学过英文的人都知道,跟外国人交谈,除掉 How do you do(你好)外,最常用的句子当数 Where're u from(你从哪里来),这句话看上去跟汉语"你老家在哪里"也差不多,但它更强调的是距离当前最近的背景,因为那种背景对一个人的影响要更直接些,也更有参照意义。

长期以来我填写籍贯是很随意的,有时填浙江(祖籍),有时填黑龙江(出生地),有时又填广西(成长地)。这些年我忽然想清楚了,应该填桂林!人生的大部分时光都在走桂林的路,淋桂林的雨,爬桂林的山,喝桂林的水,留下那么多欢乐与忧伤,为什么不填桂林呢?"中国桂林"几个字,说到哪里都是美妙的,有一次在纽约,遇到一个做出版的小伙子,他说他来自达拉斯,我说,哦,肯尼迪遇刺的地方,他说是啊,你呢?我说中国广西,他茫然。我说华南的一个省,他依旧茫然。我说桂林,他说,哦,美丽的喀斯特城市。▲

浮　雕

严永华在桂林留下的碑刻,叫《留题叠彩山》。世人都以为严是随夫君到桂林,事实并非如此,在沈秉成上任前,严永华携二子瑞琳、瑞麟,已先行游历河山路经桂林,并冒着淅沥细雨登高望远,留下了《留题叠彩山》一诗。全诗60多行,描述了她眼中的漓江和桂林人的日常生活,同时抒发了自己忧国忧民的情怀。

桂林山水窟,名甲寰宇中。天教廓诗境,宦迹留泥鸿。
未遑事幽讨,尘俗空填胸。携雏欲先去,归棹寻吴淞。

山下多沃土,潆洄水一弓。种荷能逭暑,种桑倍农功。
民瘵久必乱,民裕国乃丰。

漓江波似镜,倒影青芙蓉。小艇自来去,荡漾双桨红。
清景俨图画,拙笔摹难工。凭眺不忍去,夕照辉长空。
何当携绿绮,一鼓《风入松》。

长诗旁配了严永华画的一幅兰草。该碑刻位于叠彩山风洞北面临江崖壁上,60年代重修迎风阁时,被一段水泥楼梯挡住视线,现在应该还得以保存。沈秉成在广西两年期间,发放银粮,修复庙宇,亲撰《重修虞帝庙记》(虞帝庙位于桂林城北虞山),深得广西邑人赞誉,离任后乡人在叠彩山麓修《思贤碑》一座,铭记沈秉成在广西遭遇天灾时,受命率队前来赈灾的全过程。该碑后来被移到东镇门旁的桂林文物工作队驻地,笔者90年代中期过东镇路,曾见过这块石碑,有一人高。

沈秉成从广西调任安徽巡抚后,官运通达,做到两江总督,后辞官回苏州耦园隐居。归隐山林是许多中国士大夫的梦想,山林既远,就在城中修筑园林。耦通偶,耦园即爱巢之意。沈氏夫妇都喜爱昆曲,又通诗书画印,大画家吴昌硕曾应邀在园内小住,对里面景色流连忘返,留下《耦园杂咏》:"古城曲复曲,境闲心自遐。南面拥重城,不如书五车。"严永华自己则做对联"耦园住佳偶,城曲筑诗城"。

桂林有"桂林山水甲天下,阳朔山水甲桂林"的诗句,江南也有"江南园林甲天下,苏州园林甲江南"的说法,而在苏州园林中,耦园是精巧的奇葩。沈、严在耦园归隐八年,其琴瑟和谐在吴中传为佳话。沈字有三点水在下的写法,严永华亲撰"枕波双隐"匾额,给耦园陡添浪漫。如今的耦园游人如织,是苏州最有特色的园林之一,前往游览的情侣游客,都要尝试走丁香巷进耦园,坐小船出平江路,一来体会苏州寻常人家的生活,二来也想沾沾沈、严伉俪情深的好运。▲

月色下的贞节牌坊

最早知道贞节牌坊,是读鲁迅的《我之节烈观》,依稀记得里面有一句话:"皇帝要臣子尽忠,男人便要女人守节。"于是明白原来皇帝害怕奴才不忠,跟男人害怕女人不贞,是一个道理。后来看到刘海粟一本早年的画集,里面收了一幅描绘西湖夜色的油画,月光下的苏堤上,有一排柳树,柳条间是一座贞节牌坊,色调清冷,当时就把月色和牌坊同时记住了,感觉二者有某种隐秘的联系。

非常凑巧,第一次见到贞节牌坊,确实也跟"月"有关,是在桂林东北边60多公里的一座村落,那地方叫月岭,是清末重臣唐景崧的老家。1895年甲午战败,清朝把台湾地区割给日本,唐景崧是当时的台湾巡抚,曾抗命抵抗过一阵,后来兵败逃回桂林,在杉湖边把玩桂剧。月岭的古民居,在桂北有些名气,共有六个大院,相传是明末清初,一位唐姓富豪为六个儿子盖的。六座庭院由平滑的青石板路连接,古井、石磨、戏台、鱼池等一应俱全,与晋商大院比也不逊色。村外的贞节牌坊,是为其中一个儿媳立的,据说她嫁进唐家的第二年,丈夫就死了。牌坊正面"孝义可风"四字,如今依然清晰。

牌坊,用如今通行的语言来说,就是纪念碑。牌坊有各种各样的,纪念不同的人和事,贞节牌坊纪念的,是守节的女人。所谓守节,就是丈夫死后不改嫁,依然孝敬公婆,悉心抚养遗孤,最终把孩子培养成了国家栋梁。这种观念,中国人古已有之,到了宋朝,更是被发扬光大,以程颐的"饿死事小,失节事大"一句最为著名,也遭到最激烈的抨击。须留意的是,并非仅仅守寡,就可以立牌坊的,如果孩子成人后未能出人头地,依旧是个农民,那么这寡就算白守了。守节是男人对女人的期盼,作为交换,功名则是女人对男人的要求。

相信现代女子,对贞节二字很敏感,也很反感,好在现代社会,对女人也没有守节的要求,爱嫁谁嫁谁,自由得很,所以月岭的牌坊,也就成了怀旧的古董,不时有游人远道而来,在牌坊下摆个甫士,拍个照,说几句玩笑话,然后继续寻访唐景崧故宅。

在苏州观看园林时,我曾经想到,没有告老还乡的官吏,何来风情万种的狮子林、拙政园、留园?那些拱桥、水榭、雕梁画栋的门楼,需要多少万银两才能筑就?而那些银两,仅仅靠俸禄,能聚敛起那么多吗?官员敛财是历朝历代的传统,古代的赃款还多少给后人留下了几处凭吊的遗迹,如今的赃款,恐怕要么进了赌场,要么成了海外的豪宅。▲

道生医院小记

桂林的医疗条件一直不怎么好，进入20世纪后，沿海一带已开始建立西洋医院，但桂林人生病主要还是看中医和草医，尤其接生这个环节，通常都请接生婆到家里操作，母子死亡率比较高。直到辛亥革命前半年，也即1911年6月，桂林才开始有第一家教会医院，即位于宝积山下的道生医院（The Way of Life Hospital），院长叫柏德贞，是位英国女医生。这道生医院属当时的中华圣公会管辖，而中华圣公会由英国、加拿大和澳大利亚的几个基督教派联合而成，是典型的教会医院。

洋人传教是很讲方法论的，绝非念念经书那么简单。宗教本身很抽象，如何转化为具象的关怀落在老百姓身上，这里面大有讲究，比如在贫困地区，教堂除了唱诗做弥撒，通常还会施粥、治病，在救治肉体的同时传播福音。对灵魂的关注，首先从肉体开始，这一点，耶稣做了表率，他途经撒玛利亚，摸了一个麻风病人，那人就痊愈了。一旦行医与传教合一，凡人是很难抵御的，是人就会生病，肉体病了，灵魂也跟着绝望，治好一个人的病，自然更容易进入他的内心，而且影响的不仅仅是患者本人，还有家庭家族，村庄城市。

我以前总觉得修女的打扮跟谁像，后来明白是像医护人员，尤其是那顶帽子，左看右看都像护士，估计西医女护士装束的由来，跟修女装有点关系，一个照顾肉体，一个垂怜灵魂。人在垂死时有机会看见那顶帽子，自然会感激上帝的垂顾，感激没被主遗忘。这种方式是很管用的，一来安慰死者灵魂，二来赢得生者尊敬。这柏德贞医生最先在桂林引入新法接生，并开展外科阑尾手术、扁桃体摘除术、眼科小手术和产科阴道手术等，到40年代初，年门诊人次达万余人，每年为800多名孕妇接生。

医院不仅给病人治病，还成为乱世的避难所。1925年白崇禧新婚不久，即率队伍奔柳州解围，结果沈鸿英之子沈荣光从湖南昼夜兼程，偷袭桂林得手，下令全城戒严搜查白夫人马佩璋，马趁乱化装逃进道生医院躲藏，得以逃过一劫。医院虽处市中心不远，但归洋人管理，沈军不敢搜查。1921年，一位叫罗德·沃金思（Rhoda Watkins）的澳大利亚修女来到桂林，在道生医院做护士长，一做就是20年。她对桂林留下终生难忘的回忆，去世前留下一部书稿《洋人在桂林》。

1940年日寇开始进攻湘桂线，大量难民蜂拥进桂林，道生医院成为难民的临时栖居地。不久日军开始空袭桂林，炸弹就落在医院旁边，沃金思率众护士不顾轰炸全力营救，赢得老百姓的尊敬。后沃金思等人被迫返回澳大利亚，她在书中回忆道："我离开桂林时，看见众多难民由北边逃进城里，人人惊慌失措。桂林是座山城，到处是悬崖峭壁，连城墙都是用岩石垒成的，峭壁间有许多岩洞。医院后面有个大岩洞，日军空袭时，成百上千的中国人就躲进洞内，晚上用火把和蜡烛照明。"沃金思说的大岩洞，应该是宝积山的华景洞。

一级的省。据统计,在校学生,1933年的入学儿童为65万8千多人,1938年增至163万8千多人,成人入学人数则从4万7千多人猛增到133万7千多人。童年时就听邻居夸耀,自己的爷爷是高小,奶奶是初小,那时我还真不知道什么是高小和初小。

第一个把不分男女性别的义务教育列入法规并作为乡村官员考核内容的省。30年代广西的女子职业教育是很发达的,各地女中一律改为女子职业学校,桂林、南宁、梧州均设有高等护士学校。李宗仁夫人郭德洁曾在桂林甲山创办德智中学,亲任校长。80年代初我陪一美国回来的老太太,往甲山寻找德智中学旧址,虽然没找到,但老太太对母校的动情追述,至今难忘。

第一个把军训列入中小学及大学教育课程的省。第一个普及全民军事教育的省份。第一个由地方政府独立完成大学体育体系的省。抗战时唯一一个拥有地方空军及航空培训学校的省。第一个抗战时没出一个汉奸大官员的省。由此被30年代的美国《纽约时报》评为中国的"模范省",省会先在南宁,后来搬回桂林。当时的国联调查团团长李顿来广西看过后说,如果中国多几个这样运作的省,日本人不敢来。有了模范省的称谓,自然也就有了号召力,新桂系当时也广招人才,一时间引来海内外诸多政客谋士。日寇全面进犯中国后,桂林更是成为东南沿海文化人士逃难的首选地,一度文人麇集,有文化城之称。

这里的这些第一,有多少百分之百属实并不重要,重要的是以数据形式再现了当时广西人的政治智慧,同时也展现了新桂系管理下广西省的活跃状态。所谓"三位一体制"究竟有多少效率,能不能根本解决地方政府机构臃肿,办事拖沓的问题,也都是值得研究的课题。对这些民国历史的认真研究,至少可以吸取前人的经验，让当下的体制改革少走弯路，一些前人早已皓首穷经的问题，也不必再钻死胡同。

逃避30年代的桂林，等于逃避广西近现代历史的重要组成部分。对于广西省会搬来搬去，后人是有议论的，以前就不说了，就说后来这次吧，由桂林迁往南宁，有人说省府南迁是越战的需要，南宁靠近边陲，从新生政权的防御角度考虑，更适合于戍关，这自然可以成为一家之言，但我更愿意相信当中包含了去旧迎新的意味，远离桂林这个桂系老巢，迁往一穷二白的南宁，当然方便画"更新更美"的政治图画。只是省府不在桂林，广西如何简称桂？▲

龙隐与灵隐

一部中国近代史,实际上就是毛泽东与蒋介石的较量史。毛一生与桂林无缘,虽说桂林紧靠湖南,距湘潭也不远,但毛从未来过桂林,只是乘专列经过。蒋倒是常来,来过不下六七次,对桂林可谓爱恨交加。蒋第一次来桂,是1922年,时任粤军第二军参谋长。当时孙中山率大本营驻扎桂林准备北伐,电令蒋赶来会和。蒋由广州一路逆西江而上,到梧州后换小船,过昭平、阳朔,走了半个多月赶到桂林。对这次行程,蒋在日记中作了记叙:

"1月3日,自羊城西发,至三水下广雄轮,次日到梧州。7日换坐帆船,缘倒水村而上,涧滩陡绝。11日,至昭平后,船行四小时,向程仅十里耳。15日广顺登陆,蹊径崎岖,为从来所未见。16日达阳朔,吴忠信来会。18日晡,抵桂林城,方十五里,行为广野,四望山明水秀,丽态万千,连旬蒿目兵灾,愁叹民生,至此旅中郁滞,为之一空。"

到桂林后,蒋下榻八桂厅。"是晚居入旧藩署八桂厅,绝境清幽,园林亭树,到眼成趣。"这八桂厅位于市中心十字街东侧,原先是王城后花园,地势险要,环境幽美,素来为达官贵人所占,前为老桂系陆荣廷公馆，后成新桂系李宗仁行营，现已不存。地址大概在如今的文化宫步行街一带，80年代里面还有剧院和水榭假山，经常举办书画展览。

蒋氏此时正值壮年，心情也不错，居桂期间除与孙先生商谈军务，尚有闲暇游山玩水，品评风光，这在日记中也有描述："休沐日，偏探象鼻山、七星岩、灵隐洞、铁佛寺、孔明台诸胜迹。城头周览形势，东北东南，皆环带漓江，西北与西南，俱为陆壤，孤峰插天空，平坦之地，朗若列眉，昔人称桂林山水甲天下，殊以亲览兹胜为幸。"蒋的这段文字生动准确，只是把龙隐洞的龙隐写成了杭州的灵隐，这也难怪，他是浙江人，毕竟更熟悉杭州。

此后国家遭难，山河破碎，蒋来桂再无游玩心情，每次都来去匆匆。1938年中日军队在徐州战区激战，桂系军人在台儿庄一役的出色表现，引蒋刮目相看。蒋分别于1939年和1940年到桂林，携夫人宋美龄专程驱车前往邻近临桂县乡间，探望李宗仁母亲刘太夫人和白崇禧母亲马太夫人，这在桂林也算是一件大事。刘太夫人去世时，蒋亲致挽联表示哀悼，此为蒋桂蜜月期。1939年那次来桂，被日寇侦知，第二天即遭日军轰炸，蒋随即将行辕迁往城北虞山韶音洞，如今那洞内还保留着蒋氏行营故居，主要遗迹是一张大石床。这地方荫蔽凉爽，是避暑的好去处。

蒋氏随后在1941年到1943年抗战最艰难时期，又分三次来桂。蒋之所以频频前来，盖因桂林当时有黄埔军校桂林分校，也即黄埔第六分校，校址设在南郊的李家村，蒋一生酷爱军权，又是校长，当然要经常来视察。这李家村有飞机场，可供专机使用，后来改名奇峰镇，在如今的两江机场建成前，奇峰镇机场一直是军民两用。蒋素爱飞行，军校又在机场旁，所以蒋有时到桂林,连城区也不进,直接对学员训话,讲抗日大道理,讲完就走人。抗战胜利后,桂系坐大,直接与蒋争夺最高权力,蒋自然不会再来桂林了。▲

凤凰岭下的美丽孤魂

桂林对蒋经国没有什么特别的意义,但是对蒋经国的一对非婚生孪生儿子,蒋孝严和蒋孝慈,却是魂牵梦萦的地方。蒋孝严和蒋孝慈原来不姓蒋,姓章,姓了60多年章,直到2005年才改姓蒋。

章是两兄弟母亲的姓,他们的母亲叫章亚若,生于南昌,原籍浙江,1940年因参加蒋经国在赣州开办的青年团青干班而与蒋认识,随后成为蒋的秘书。蒋经国时为赣州专员,已有家室,但对美丽聪慧的章亚若情有独钟,两人很快坠入情网。

蒋、章恋遭到蒋介石的严厉斥责,其手下甚至放出话来,说不能因为一个女人,毁掉小蒋的政治前途,要小蒋迅速了断。此时章亚若已身怀六甲,为避人耳目,蒋经国特意将她送往桂林。桂林当时是抗战后方的重要城市,医疗条件相对较好。1942年4月,章在桂林生下一对双胞男孩,按自己居所所在的丽狮路,分别取名为"丽儿"和"狮儿"。

蒋、章的行为触怒了蒋介石。1942年8月,章亚若在参加一次酒宴后忽然一病不起,半个月后香消玉殒,年仅29岁,葬于桂林东郊的凤凰岭下。凤凰岭是雅称,本地人通常叫金鸡岭,那地方如今开辟成一所驾校。政治是很残酷的,章究竟因何而死,当事人一定知晓,只是缄口不说。

从此"丽儿"和"狮儿"带着母姓,开始了隐姓埋名的漫长生活。在烽火连天的战乱年代,先后被寄放到江西、贵州等地,1949年由蒋经国派人接到台湾。章亚若的孤坟一度为乱草覆盖,后来被找到重做修整。90年代中期,章孝严和章孝慈第一次到桂林,为母亲扫墓,当日大雨滂沱,两兄弟涕泗满面,围观者莫不动容。

桂林是两兄弟的出生地,也是两兄弟母亲的安葬地,自然在他们心中有着特殊的位置。据说两岸正在合作拍摄电影《章亚若》,扮演章亚若的女演员,是张曼玉。▲

打通关的"鸭司令"

李宗仁平生最引以为骄傲的两件事,第一是北伐。"北伐之役,我们以数万之众,不旋踵便自镇南关打到山海关。"①这里说的是1926年,李亲赴广州,力劝广州政府趁湖南乱局,出兵北伐,并亲率第七军出任北伐前锋的事。李先用武力统一了广西,促成两广合作,随后又促成北伐,把分裂的中国,统一在青天白日的旗帜下。

第二是台儿庄战役。"抗日之役,我们以最落后的装备,陷数百万现代化的日军于泥淖之中,终至其无条件投降。"②这里婉转提到的是1938年的台儿庄战役,当时日军攻克南京,正是气焰最嚣张之时,李以五战区司令长官的身份,指挥十余万疲惫之师,将骄狂的敌矶谷师团主力全歼,创造了近百年来中国军队歼灭入侵外敌的先例,一时举国若狂,中国人又看到了抗战胜利的希望。

李宗仁生于桂林城西临桂县西乡的两江墟,距现在的桂林两江国际机场不过数里。

他在《回忆录》里这样写道,世人都知道"桂林山水甲天下",又

---

① 见《李宗仁回忆录》(李宗仁口述,唐德刚撰文,广西师范大学出版社,2001年版)。
② 见《李宗仁回忆录》(李宗仁口述,唐德刚撰文,广西师范大学出版社,2001年版)。

知道"阳朔山水甲桂林","其实桂林城郊和阳朔的风景,远较我乡为逊……只可惜该处地非要津,游客少到,不为外人所知,所以不如桂林阳朔那么享盛名。……两江墟周围二三十里,土壤膏腴,人口稠密,村庄棋布,鸡犬之声相闻,平旷的田野中,小山峰稀疏罗列,俊俏秀美,姿态各异,胜过一幅美丽的画图……"①

李氏出身农家,从小过着且耕且读的日子,上山采樵,下田割禾,一次在田里帮母亲拔黄豆,母亲问他长大了希望做什么,他说想养鸭子。每年农忙过后,田里到处是收获后掉下的谷子,养鸭人赶着几百只鸭子,在田间地头找食,呼来喝去,那阵势是很威风的,对小男孩当然很有诱惑力。这个从小在青山绿水间生长的桂林娃,没有做成"鸭司令",却在以后的岁月里,由冲锋陷阵的排长、连长,做到运筹帷幄的军长、司令,最终号令千军万马,做了两件改变中国命运的大事。▲

---

① 见《李宗仁回忆录》(李宗仁口述,唐德刚撰文,广西师范大学出版社,2001年版)。

悠悠母子情

章亚若为蒋经国生了两个儿子,但因不是正房,死后章、蒋不能同葬。李秀文与李宗仁,按村俗举办过洞房花烛,身后也未能安享夫人之名。上层社会家庭生活的残酷,可见一斑。李秀文是临桂两江镇人,18岁时奉父母之命,嫁给了邻村军人李宗仁,活了102岁。因为李宗仁在1948年竞选当上"中华民国"副总统,因此这位目不识丁的农村妇女,又被称为世上最长寿的总统夫人。

贵为总统夫人,李秀文的生活却非常动荡飘摇,原因是李宗仁驻军桂平期间,又娶了当地女子郭德洁为妻,虽约定两人不分大小,李主内,郭襄外,但事实上,在以后的日子里,李宗仁只跟郭一起生活。1949年李宗仁由郭陪伴离开祖国大陆,李秀文曾先后漂泊到香港地区、古巴和美国,心中的凄凉难以言说,幸亏还有一个儿子。

儿子叫李幼邻,为双李所出。李宗仁与郭结婚后,言明儿子见郭,要叫"郭妈妈",但儿子从未叫过一次,足见其倔犟。李幼邻想到的,更多的是母亲的孤寂与悲凉,把陪伴好母亲,当作自己一生的要务。

抗战军兴,老蒋与李宗仁互换密帖,结为金兰。一次在广州,蒋召见正念中学的李幼邻，口口声声要李不要叫总统，叫伯伯，并问李有什么志向，长大后做什么。李答长大后，就想照顾好母亲。蒋一愣，继而哈哈大笑，拍拍李的肩头，表示赞许。那时全国正沉浸在台儿庄大捷的欢乐中，或许蒋以为，李宗仁的儿子，应该有些雄才大志吧。李宗仁也曾有意培养儿子从政，抗战胜利后安排他到政府部门任职，但李幼邻对官场习气很厌恶，没干几个月就辞职去了美国。

李幼邻信守自己的内心诺言，费尽艰难把母亲接到美国，后来又设法安排她回到家乡桂林，回到她自己的亲友当中，让母亲在亲情中度过晚年。李秀文1973年回到祖国大陆，晚年种菜养花，过得不错，在亲友的帮助下，写了一本回忆录《我与李宗仁》，1992年去世。李幼邻身患绝症，但未告诉亲友，在母亲去世后不到半年，也在美国病逝，算是完成了一生尽孝的宿愿。▲

白氏三不料

中国近代历史人物中,中共最头疼的人之一,当数白崇禧。原因有二,一来白氏从不与中共合作,是最顽固的反共分子之一。哪怕在国共合作时期,他对共产党下手也够狠。北伐军进驻上海,他便成为"四一二"事变主力,灭了上海工人武装,制造白色恐怖,所以白色恐怖的白,也是白崇禧的白。二来他确实会打仗,在军事上给红军制造过不少麻烦,30年代中在广西兴全灌一带湘江边阻击中央红军,造成长征路上最大规模的人员伤亡,史称"湘江战役";40年代末先后在吉林四平和湖南衡阳,两度阻击四野主力,挫了林彪的锐气。

不过说白崇禧会打仗,主要还是指他打日本人。抗战爆发后,蒋介石看上了他的指挥才能,把他从李宗仁身边要去,做自己的参谋长。白指挥的战役遍及全国,最经典的要数台儿庄和昆仑关,两次大战都重创骄横的日军,为中国人出了口恶气,连日本人对他都很敬畏,称他为战神。白氏是桂林人,老家在相思埭附近的一个回族村子山尾村,所谓相思埭,指的是桂柳运河靠近桂林一段,现已废弃,形成大小池塘数百个,曾有十里荷花的美景。

那座村子至今还保存着白家祖宅的院落，院落高墙耸立，楼上窗户很小，有点像炮楼，应是当地望族。他14岁进桂林城，投考蔡锷主持的陆军小学，曾光身睡在文昌门外的屠夫案板上，后来打着赤脚，一步一个脚印，从地方军的排长、连长，做到总参谋长、国防部长，与李宗仁一道被称为"李白"，很为广西人争了光。白的夫人姓马，叫马佩璋，是名门闺秀，当年白、马联姻曾轰动桂林。他一生酷爱白马，大概也与此有点关系，曾觅得良驹"乌云盖雪"，四蹄皆白毛如雪。

白号称小诸葛，擅长神机妙算，但人算不如天算。曾读过廖倩萍女士编著的《十不料——桂林奇事》一书，讲述民国时期桂林十件民间轶闻。白崇禧的一生，大概也有三不料：

一不料他的心腹机要秘书谢和赓，居然是红色卧底。谢也是桂林人，老家在王城东华门外江南巷，他的第二任夫人比他更有名，女演员王莹。两夫妇由白资助赴美深造，曾前往白宫为罗斯福演出话剧，后红色身份曝光被驱逐回国，让白丢了颜面。

二不料他的部下爱将刘斐，居然也是红色卧底。刘斐是白的作战参谋，随白一道去了南京，抗战爆发后经白举荐，进国民政府军政部任一厅厅长。一厅是为蒋介石提供作战计划的，而刘早年已参加共产党，因此成为中共的头号卧底。解放战争时期，国军一个计划出笼，往往还没出军政部大门，延安就收到了。后来刘辗转到达北平，毛泽东亲往迎接，说他是解放战争取得胜利的最大功臣。

三不料自己的儿子白先勇，不爱武装爱红妆。这位民国大将军养了一大堆孩子，当中最有名的数七公子白先勇。白先勇由白、马养出，自然是白马王子，但这王子不爱习武，爱写小说，一篇《花桥荣记》土色土香,让桂林米粉扬名海外;爱唱昆曲,而且饰的是旦角,迷恋的是兰花指和眼送秋波。白将军戎马半生,大概不会料到七公子好这一口。▲

遥远的桂林人

梁漱溟说一口纯正的北京官话，自传里填的籍贯却是广西桂林，这是因为他祖上是桂林人，后中进士赴京做官，他从小随父亲在京城生活，说话自然都带卷舌音。这位被称作"最后大儒"的奇人，在思想空前活跃的年代度过少年时光，自己喜欢研究佛学、儒学和印度哲学，报考北大未果，后被蔡元培聘为北大教授，成为未考上北大却当上北大教授的第一人。

虽然梁漱溟一生崇尚"只思想，不行动"，但在30年代初，他还是忍不住与晏阳初一道，在山东邹平创办了乡村建设研究会，致力于从根本上改变中国农村的基本结构，试图用道德教化改变农民的生活方式。这项实验因为日寇的入侵被迫中断，但梁从此认为，自己已具有为农民说话的资格。这段经历为他日后的命运埋下了伏笔。他对邹平有很深的感情，死后骨灰一半埋邹平，一半葬桂林。

真正让梁漱溟留名青史的，是他与毛泽东就农民问题发生的冲突。那是在50年代初，梁应邀参加中央关于农村工作的扩大会议，并应周恩来的邀请在会上发言。他自认了解农民，说如今"工人在九天之上，农民在九地之下"，提请中央要多关心农民的疾苦，结果发言被毛泽东打断。毛认为自己就是农民出身,不容他人在这个问题上说三道四。梁不服,说出了"今天就要看看毛先生有没有这个雅量",让他把话说完的著名语句。

在当时的环境下,结果是可想而知的,但一句"三军可以夺帅,匹夫不可夺志"的豪言,令后人对他无限景仰。梁与毛同岁,但比毛多活了12年。

有一年四月,偶然路过东郊穿山脚下,看见路边有一块平躺的黑色大理石墓碑,上书"梁漱溟先生之墓"几个字。正是春寒料峭的时节,墓碑前摆着一只用冬青枝条盘成的花环,花环上开着几朵黄色的迎春小花。几个放学的孩子从旁边走过,我问他们知道这里葬的是谁吗?孩子们羞赧地摇摇头,跑开了。▲

泮塘岭

烽火连天的抗战时期，桂林是有名的战时文化城，接纳过众多文化名人，丰子恺是其中一个。1938年日寇攻占上海，丰子恺不愿做亡国奴，举家流亡，携妇孺十余口，告别心心念念的缘缘堂，一路艰辛辗转，由浙江来到桂林，逗留了十个月。期间他仔细观察了桂林的地形地貌，留下了这样的描述："山水渐渐美丽起来，山形忽然感到奇特，远望似犬齿，又如盆景中的假山石……桂林的特色是奇，却不能算甲，因为甲字有尽善尽美之意。"（《初面桂林》）

丰子恺显然对"桂林山水甲天下"的说法，提出了异议。"甲"其实就是"最"的意思，符合中国文化的独尊传统，看惯江浙美丽水乡的丰子恺，对此当然不能认同。在他眼里，雁荡山的雄奇，富春江的瑰丽，都不比漓江逊色，何必要用一个"甲"字比试高低呢。

30多年后，也即70年代末，那时丰子恺已经去世，他的小女儿丰一吟携女来到桂林，想寻访当年流亡的足迹，可是说出的地名很陌生，像是秧塘机场、临桂师范、半塘故居等，不但我父亲没听说，无从导游，普通的本地百姓也说不清方位，而丰女士流亡时尚年幼，也没有多少记忆，历史就这样失去了踪迹。丰家母女只好看看杉湖，游游漓江，吃碗米粉。

历史真的失踪了吗？没有。原来丰子恺在桂林时，住在西郊临桂县城附近的两江泮塘岭，也即现在的桂林两江国际机场附近。泮塘岭因出过清末临桂词派的代表人物王鹏运（号半塘老人）而闻名。那里不但有李宗仁的老家，还有飞虎队的秧塘机场，但都被时光尘封着，已逐渐被人淡忘。

我前年去过一次秧塘机场旧址，依稀可以辨认出用作飞机掩体的巨大土堆，还有建筑机场跑道的大石碌。丰子恺是在桂林得知缘缘堂被日军毁灭的，想象当年这位蓄须明志的长者，一定曾手捻长须，遥望过家乡方向妩媚的青山。如今又30多年过去，丰女士见过的桂林，也已面目全非，时间的手，就这样一次又一次将历史涂抹覆盖，只有蜿蜒东去的漓江，依然在秋夜发出淙淙的水响。▲

桃花千万朵

熟悉桂林的人都知道，桂林市区有两条江流过，一条是漓江，另一条是桃花江。这桃花江由西边逶迤而来，两岸树木葱茏，每逢阳春三月，莺飞草长，杂树生花，是赏花的好去处。都说桃花江是美人窝，桃花千万朵，这话还真不假，除了粉色的花儿，江边还有大眼睛的美人儿。我常去的一家米粉店，店家有两个女儿，从小闻的是柚花香，喝的是桃花水，长得那叫一个标致，活脱脱一对米粉西施。

刚去时只有十六七，转眼就嫁人了，又过两年，都有了孩子，见我就叫伯伯好——我以前习惯于被叫叔叔，乍一听还有点愣，后来想想也是，桃花江边的小美人都做妈妈了，我自然成了伯伯。看米粉西施做米粉，自然有视觉的享受，不过要论味觉，还是小伙子做得好，冒粉的火候，配菜的刀功，卤水的多寡，当中的微妙分寸，都是小伙子拿捏得比较准。

桃花江不但产美人，还出画家。桂林山水养育了很多大画家，齐白石、徐悲鸿、刘海粟、李可染都画过桂林，不过他们都是外省人，那么如此秀丽的山和水，有没有养育出杰出的本土画家呢，有。芦笛岩大家都知道，是与象鼻山、七星岩齐名的风景区，桃花江经过芦笛岩时，转了一小弯，留下几座小村子，其中一座叫庙门前村。

上世纪初，村里有个遗腹子呱呱坠地，这孩子接了山水的灵气，面相聪慧，长相也清秀，七岁离家进私塾求学，后来几十年先后在上海、日本东京和广州开画展，办学校，赢得荣誉无数，曾任广州美院院长，他叫阳太阳（1909—2009），是桂林继石涛之后最好的本土画家，也是中国当代美术界的重量级人物。当然说石涛是桂林人可以，说桂林画家就未必了，石涛早年离开桂林游历江南，后定居扬州。阳太阳则在桂林度过一生。

阳太阳对画坛的一大贡献，是创立漓江画派，推动本土画派与外省画派，尤其是与岭南画派、江浙画派的交流，在切磋山水画技巧的同时，提升山水画的艺术境界，后一点格外难能可贵，为桂林本土画家走向世界，洞开一扇大门。要说本土画家的局限，那就是见识，想当年阳在日本参加油画展，画作与马蒂斯、毕加索的作品同场展出，并不逊色。

阳太阳给过先父几幅画，其中一幅是一朵牡丹和一只蝴蝶。那牡丹不似北方画家笔下的大红大绿，只是略施粉色，点染得很精致，总让我想到梅花或桃花。阳自小在桃花江边长大，心中装满了桃红柳绿的美景，想来提笔作画时，笔下画的是牡丹，心中想的或许还是家乡的桃花。

庙门前村距离芦笛岩也就两三里地，以前只有田埂可走，现今修了步道。游客看过千奇百怪的钟乳石后，不妨下山走走，穿过芳莲池走几分钟，就是庙门前村，那里有阳太阳故居，有新盖的纪念馆，村口还有一棵大树。过这村子再往东，是张家村、合家村和桃花江边的鲁家村，鲁家村也有粉店，运气好的话，没准还可以看到新一代的米粉西施。▲

那年的冰叶子

那年的冬天真是冷呵，我第一次看见月桂树长出了冰叶子，整株树就像披了身铠甲，银亮、银亮的。实际上是持续的低温加上连绵的冬雨，树叶表面竟然慢慢结起了一层冰凌。

我小心爬上医院病区的花坛，够着那株老桂树，挑了一片成熟而端正的大叶，从上面慢慢揭下一片冰叶子来，轻轻托在掌心。真是非常完整的一片桂树叶——轮廓优美，叶柄、叶脉、叶尖都清晰可见，比叶子本身厚，比叶子本身更像两片敦厚的嘴唇。如果我读得懂大地的唇语，当时一定会跟它商量点事。

像冰叶子这种东西，它的出现对我当时的生活来说，如果不是一种奇迹，就应该是一种奇迹的先兆，我宁愿它是后一种，希望它不要提前把世间的奇迹消耗完。之前我没见过什么冰叶子，待的地方要么不冷，要么冬天没树叶。可那年我人在桂林，知道有一个很好的人已经不久于人世，掂着那片冰叶，我从手心寒到心底，只能乞望苍天，希望奇迹真的出现。

他曾经那么快乐而神采飞扬，他会送我他自己在天台上种的香水玫瑰，一次只送一枝，送之前自己捧在面前嗅呵嗅，送之后希望我也会下意识地嗅呵嗅。他喜欢懂得香味的女孩。他在每一张照片上都气度不凡，得体、洁净的穿戴配上颀长的身材，潇洒如他远近闻名的悬腕草书。他秉性天真如孩童，历经世事仍勘不破玄机，就是跟市长同桌吃宴席，也会因服务员不肯撤下刚端上来的一盘炒田鸡而拂袖而去。"青蛙是益虫！"这是他反复给出的唯一理由。

当时我正跟他儿子黑鸟谈恋爱。多年来我和黑鸟都号称是自己先追的对方，他追没追我不重要，就好比是拔河吧，不是这边把那边拉过来，就是那边把这边拉过去，结局都是在一起。哪怕就是拔河，他老爸绝对出了力赖不掉的。他第一次带我去他父亲家，他父亲亲手给我剥一只橘子，然后他再递给我。

我们结婚前一年，老先生染上绝症，打开腹腔才发现已经到了晚期。我们等在手术室门外，看见主刀医生端着盘东西出来跟家属交代，恍惚觉得那人的表情做派，像个兽医。

术后有一天，我独自在病房陪他。他说想坐起来喝点水。原来他连自个儿起身的力气都失去了。我挨过去，用我觉得托起他身体所需要的力度，去托他的颈背。就这么托了一下，原本细胳膊细腿、并无二两力气的我永生难忘。他竟然像是受了什么蛮力，一下就被我掂了起来——毫不夸张——他轻得就像一片树叶，一片瞬间被抽干了生命汁液的枯叶……

如果他活到今天，喜欢我给自己煲的汤取的那些奇怪的名字，会甚于喝汤本身。●

月冷霜浓

子仲是我们夫妇的朋友。有一阵,哥几个密集相约着,常在一起吃这个,撮那个。所以,我对子仲的回忆,跟饭桌分不开。

其实吃饭并不都是为了吃饭,多半是为了聊天,小半是为了喝酒。听子仲神侃是一件相当有趣的事,他有个大学同学兼好友碰巧跟我同名同姓,男的,于是他常常对黑鸟说"你的这个黑米","我的那个黑米",以示区别。比如他常说到的一件逸事,是大学时他和他那个黑米一起玩文字游戏,即兴见到什么,就形容什么。于是校园里的一株乱柳,被他俩生生形容成了朱逢博。朱逢博是当年与李谷一齐名的歌唱家,跟柳树没啥关系。修辞学上有一种手法叫做"通感",也就是曲喻,我只见过朱逢博,没见过那株柳树,但不知为何,他俩把柳树比作朱逢博,竟让我有了一种穿越时空的感觉,仿佛真看到了那株柳树,那么活泼泼。类似段子他讲过不止一次,他的朋友和柳树一起,在他的叙述中栩栩如生。子仲有很多朋友,我们只是其中两个,我们本以为可以一直听子仲这么有趣地絮叨下去,没想到这么快,段子里的模糊细节,已经不能向他查考。

有一回聚会,楚人带来子仲最爱的绍兴黄酒,用土坛装的那种。酒很醇,加上话梅,让服务员在炉火上热过,几个男人喝得相当快意。酒到酣时，不知谁起的头，大家聊起了孩提时代的游戏，子仲不顾自己城中名流风范，全然一副大男孩的天真模样，尽心尽意在那儿讲儿时怎么抽的陀螺，怎么诱的蜻蜓。众人皆醉我独醒，入夜，我把几条酒汉子送回他们各自的家。记得子仲在车上说，这样的聚会真好，多多益善。他家门口的那条路，我们一来二去接送多次，从不记得路名也不关心，因为我们一直管它叫子仲路，都习惯了。前天也就是十号下午，我们接到噩耗火速赶往，再次经过子仲路，首次进到他的蜗居，听说遗体在10分钟前刚刚送走……"遗体"二字相当古怪扎眼，怎么也不相信就用到了他的身上。顿时听得我悲不能禁。

子仲年轻时骑车壮游过云南多地。云南是我老家，从他怀念云南的文字，我看到他的才华就像一把精准的刻刀。"路边那些桉树不是速生桉，稀稀拉拉高高大大地傻站着，对你特别的无动于衷。如果有风吹过来，它们发出一种卡拉OK歌厅般的呲呲喇喇的声响，永远也不搭在调上，显得特别没心没肺。这时你很想喝水。可是水离你很远……"这是他笔下云南的桉树，我儿时再熟悉不过——他写得真是入木三分。我探亲回来给他捎过云南的牛肉干巴，并在博客纸条上给他写了烹饪的方法，他回道："哀牢山的红米与辣牛巴同食，滋味至美。"原来这是他当年骑车离开元阳下山的路上有过的美食体验。收到纸条我悔之不及：红米俺本来也带回一袋，但都散给了别人，不知这里还藏着位知音。

子仲是个达观的人，达观的人死的时候都在继续热爱生活。金圣叹的遗言是"豆腐干与花生米同吃，有火腿之味"；瞿秋白在临终自白书里歌颂中国的豆腐；去年秋天，黄宗江在北京辞世前，想吃杏仁豆腐（一种乳酪），而且要冰镇的；子仲走得干脆利索，没留下遗言,他走后这城空了很多。而我脑海中回荡着子仲的如上语录。

明天平静地去送他,是他愿意看到的。我尽量做到。●

海明威在桂林

大名鼎鼎的海明威来过桂林，恐怕多数桂林人都不知道。那是1941年春，正是抗战最胶着的时候，当时美国民众对美国是否参战分歧很大，这多少缘于对远东的真实情况缺少了解，海明威受《科利尔》周刊老板英格索尔委派，来中国实地看看究竟是怎么回事，同时了解蒋介石的抗战意志到底有多坚定，国民党军队到底有多少战斗力，等等。至于中共方面的情况，他倒是没想过要去接触，他的好几个同胞如斯诺、史沫特莱和斯特朗，都已经先他一步去过延安了。

海明威是大作家，这个光环掩盖了他的另一个身份，他其实也是大记者，曾经历过西班牙内战的枪林弹雨，有着丰富的战地采访经验。海明威与新婚妻子盖尔霍恩先到香港，逗留了一个月。对战争阴影笼罩下的香港，他这样描述：

香港人对战争威胁已经麻木，像所有英国海外殖民地一样，英国妇女总是把生活料理得井井有条。这里至少住着五百个华人百万富翁，内地兵荒马乱，上海又经常发生绑架案，富翁根本待不下去。这些富人把全中国各地的漂亮女人都带来了，供他们自己享用，这下把那些不怎么漂亮的妇女害苦了，她们只好去做娼妓，黄昏来临就麇集街巷，成为战时一景。（日军）攻打香港的最大问题是粮食，因为那里有150多万人。现在一切如常，赛马、板球、橄榄球，都照常比赛。"

这位盖尔霍恩小姐是他的第三任太太，也是一位不同寻常的人物，公开身份是战地记者，曾采访过苏联与芬兰的武装冲突。近年曝光的史料表明，盖小姐1940年已加入苏联克格勃，是一位非常优秀的红色间谍，不过当时世人只知道她为左翼杂志《PM》撰稿，并不知道她的另一重身份。

说起海明威与盖尔霍恩的认识过程，也很有意思，他们第一次见面是在美国佛罗里达州南段的一个小岛上，当时海正在那里修改《永别了，武器》，一次在酒吧喝酒时见了盖一面，相互问候后，就没联系了。后来西班牙发生内战，两人在对方不知情的情况下，同时加入国际纵队支援共和军，同一天抵达马德里，住在同一家酒店的同一层楼，还有呢，一次躲避空袭时，发现两人居然躲在同一个防空洞里。有这样的缘分，不做夫妻都说不过去。

1941年3月，海氏夫妇搭乘飞机穿越日军阵地，到达第七战区属地韶关，面见战区司令余汉谋，在国军官兵的护送下，两人曾靠近广州城，近距离观察日军防线，撤退时，海明威亲手炸毁了日军的一段电缆，算是遂了与日本人作战的心愿。随后夫妇俩继续坐船骑马，穿山越岭，随军行动一个多月，于1941年4月4日到达桂林，住进大华饭店。

他们运气不太好，四月是桂林最潮湿的季节，墙上都出水。盖尔霍恩说这是她有生以来见过的最肮脏的酒店，床上、地板上和墙壁上都有臭虫,那些小虫子不但咬人,还发出恶臭。所有的家具都是竹制品,煤油灯下放着脏兮兮的碗,连倒脏水的地方都没有。厕所在走道尽头,倒是铺上了瓷砖,但被堵死了。盖往房间各个角落撒消毒粉,还是不放心,不敢在床上睡,跟海明威吵架,说叫你不要来中国,你不听,要是跟我直接去新加坡多好。

海明威酒量很大,一路上都有酒喝,在韶关还第一次喝了蛇酒,在日记中大加称赞。但到桂林后没人关照他了,原先说好去重庆的飞机也不能落实,加上对战区安排的英文翻译不满意,于是打电话给老板英格索尔,发了一通脾气,逼老板马上安排飞重庆。男女还真是不一样,海明威对战时旅馆,一句怨言也没有,反而对桂林极尽赞溢。桂林本来并不在海明威的行程计划中,可是在行军途中,他不停地听人说起桂林的景色,说桂林如何如何美,是中国最美的地方,于是临时改变主意往桂林而来。他写道:

成千上万的微缩小山,在原野上列队,都仅有三百英尺高,我们都以为中国画上的风景,是想象出来的,其实不然,完全是桂林山水的翻版。这里还有一座很有名的岩洞,现在用来做防空洞,可容纳三万人。

海说的防空洞,应该是七星岩。盖尔霍恩从桂林给母亲发信,说中国之行很败兴,再艰难的环境她都能忍受,但让她受不了的是沉闷,哪怕在香港,生活也麻木不仁。海明威也给自己的出版商写信,说中国很不错,他想更深入了解下去,与国军将士相处的日子也很有意思。他希望有朝一日还要去北方的长城看看。不过这只是愿望,他一生都没看到长城。

两天后海氏夫妇离开桂林，乘美军飞机前往重庆，飞机上除了他俩，就是大包大包的美金，这是美国政府给中国的军援。盖尔霍恩坐在美金中，跟飞行员插科打诨，幻想这一飞机的钱全是她的。两人在重庆见到了蒋介石和宋美龄，对蒋印象不好，觉得宋还不错。海明威在中共安排下，还与周恩来秘密见了一次面。海氏夫妇离开中国后，回到在古巴首都哈瓦那的居所，一天盖尔霍恩不辞而别，跑到意大利去采访盟军登陆，海大为恼火，去信质问她，你究竟是战场上的记者，还是我床上的老婆？

盖未予理睬，她的心此刻已飞向诺曼底，盟军很快就要登陆欧洲大陆了，几个月后，她第一个进入达豪集中营，向世界报道纳粹大屠杀的罪行。海明威见状不甘落后，马上赶往法国，成为第一批进入巴黎的记者之一。海氏夫妇于1945年离婚，之后海明威以盖为原型写出《丧钟为谁而鸣》，后来获诺贝尔奖，再后来，在古巴自杀了。盖尔霍恩活到90岁，晚年接受采访时，她不许记者提海明威，说他是他，我是我。1998年盖学海在寓所自杀，不同的是海饮弹，盖服的是安眠药。▲

碧玉簪与金字塔

尼克松1972年访华打开中美交往的大门,回国后立刻陷入水门事件,两年后遭遇弹劾威胁被迫辞职,可谓焦头烂额。1976年2月,距上次访华整整两年后,尼克松应邀再次来华,如果说上次是破冰之旅,那么这次就是养心之旅了,他携妻女来到桂林,由中国驻美联络处主任黄镇陪同,在料峭的寒风中游览了漓江。

对尼克松此次访华,各方都刻意保持低调,基本上没做跟踪报道,从中国方面来说,因为尼克松已经卸任,算不上国家元首,不想因高规格接待而影响与美国高层的关系;对美国方面而言,则有深层次的顾虑,因为美国大选即将到来,接下来马上要进行初选投票,尼克松在中国的一举一动,都会直接影响选情。共和党内竞争总统候选人的是福特和里根,福特接任尼克松出任代总统后,赦免了尼克松,里根阵营指责这是滥用总统职权,加上福特本身表现平平,在民意测验中一直落后于里根。

尼克松选择这个时机出访中国,对他自己是养心之旅,却牵扯着美国政坛的平衡,如果各媒体上的头条,一直是尼克松在中国的活动报道,未免会让选民意识到,福特才是尼克松对华政策的正统继承人,而联华遏苏是当时两党共识,选福特等于延续尼克松的对华政策,这样尼克松无形中就帮了福特的大忙。原来一个政治家如果有足够能量,哪怕远离政坛,其影响力也是不可估量的。那么尼克松如何看待这一切呢,对这次游江,随同前来的佛罗里达《平台报》记者做了如下记录:

尼克松作为一位普通旅游者,今天乘船顺流而下50里游览了漓江,几次把两岸奇形怪状的山峰比喻成金字塔。

这位前总统告诉陪同的中国官员:"别忘了,是我最先把这些山叫做金字塔的,以后别人来桂林,你们可以说,我们也有像埃及和墨西哥那样的金字塔。"

中国历代画家都喜欢画这样的山水风光,前总统评论说:"这下大家明白为什么中国画家乐意来这儿了吧,除了冬天不下雪,这里跟优胜美地①还是很像的。"

随行记者几次问尼克松,对国内批评他这次出访有什么看法。他起先不理,后来说以后再说吧,但他后来也没说。

在华盛顿,福特总统周二表示,尼克松此行对新罕布什尔州的初选"有害",国务卿基辛格周末要去加州看望术后康复的太太,他表示不会与他的前任"老板"见面。

游船沿江而下,周围竹筏上的打渔人,还有田地里的农人,都朝尼克松鼓掌。

尼克松和黄镇各自牵头,组织本方人员打了一场乒乓球,双方商议举行比赛,奖品是一瓶茅台。后来尼克松才得知,他的团队合作才三年,人家已经合作20年了。

---

① 优胜美地(Yosemite),位于加州的美国国家公园。

"你这把赌输了。"太太帕特对尼克松说。

他点头同意。(美国佛罗里达《平台报》,1976年2月27日)

帕特此话显然一语双关,指的是尼克松为打开中美大门付出的代价。像所有第一次见到漓江的洋人一样,尼克松对那些盆景般的小山印象深刻,只不过看见那些山,我们说山如碧玉簪,想到的是女人的发卡,而尼克松说山如金字塔,想到的是法老的坟茔。这也难怪,他彼时面临政治上的穷途末路,心中所想是自己的历史地位,内心一定是很苍茫的,所以才会有这种奇特的联想。那年的共和党候选人角逐,福特果然战胜了里根,但在最后的总统选举中败给民主党人卡特。▲

亚当斯与优胜美地

尼克松游览漓江时，面对群峰若有所思，对陪同人员说，漓江跟老家加州的优胜美地有点像，区别只在于，优胜美地有雪，桂林没有。尼克松说桂林没有雪，是不确切的，桂林有时会有雪，但是1976年的那个冬天，尼克松来访时确实没下雪。桂林的雪景是很苍凉的，灰蒙蒙一片萧瑟，因为雪往往下得薄，只是浅浅地盖住地表，显不出积雪的晶莹厚重，没有庐山雪压青松的伟岸，也不似杭州断桥残雪的妖娆。雪景不是桂林的特色，桂林最美丽的季节还是初夏，江水澄澈，万木葱茏。

说到优胜美地，就要说说美国摄影家安塞尔·亚当斯（Ansel Adams,1902—1984）。亚当斯生于旧金山，两岁那年，一家人由旧金山东城搬到西城，小亚当斯天天可以望见金门湾，那时还没有金门桥。这一搬救了全家的性命，三年后的旧金山大地震将东城夷为废墟，西城的损毁要轻一些，当时他一头撞在花园围墙上，此后鼻子一直有点歪。亚父崇拜爱默生，喜欢自然平和的生活，常带儿子游历山水。14岁那年，小亚当斯来到优胜美地，立刻被其绚烂的风光所感动，发誓要把当地一年四季的不同美景拍下来。

接下来的岁月，他订阅摄影杂志，参加摄影学习班，观摩各种影像展览，无数次往返来回优胜美地，结识了当地一位画家，与画家之女相恋十年，后娶其为妻。亚当斯倾其一生拍摄优胜美地，拍下其春夏秋冬的变幻景色，制作明信片，出画册，在各种报刊上刊载，展现大自然风光的同时，也展示了自己高超的黑白摄影艺术，引来了许多同道好友。

亚当斯及其同行们的努力没有白费，美国人终于明白了优胜美地的价值，1940年立法将其列为国家公园保护起来。1984年联合国教科文组织根据自然遗产评选标准，将其列入《世界遗产目录》，编号712—013。如今的优胜美地拥有壮观的花岗岩悬崖、瀑布，清澈的湖泊和溪流，还有包括巨杉在内的许多稀有物种。巨杉俗称老爷树，加州有一棵历史悠久的巨杉，早期曾被人在树干中间挖开一个洞，汽车可以驶过。

亚当斯们对优胜美地的保护，让我产生一种念头，为什么漓江两岸不可以建立国家公园？从源头猫儿山到平乐，都可以划归管理。美国国家公园管理法案中有一条："保护自然风光、野生动植物和历史遗迹，为人们提供休闲享受，同时不能破坏这些场所，将之流传给后代。"一座景区成为国家公园后，就可以采用国家公园的体例进行保护管理，所谓有章可循，有法可依，管理者才理直气壮。

桂林被列为山水文化名城，所谓文化，就是先人绚烂魅惑的文字，上天鬼斧神工的造化。这里的一花一草，一山一石，都是大自然的慷慨馈赠，在有人类之前，漓江已经平静流淌了几十万年，如果因为人类活动的增加而干涸甚至消亡，这份馈赠不能留给后人，那么我们生存的意义也是要大打折扣的。漓江是桂林的，也不完全只属于桂林，它跟优胜美地一样，也是人类自然文化遗产的一部分。▲

福曼与民国旧照

美国摄影家哈里森·福曼(Harrison Forman,1904—1978)是威斯康星州人,毕业于威斯康星大学东方哲学系,终生迷恋历险和摄影,是20世纪最重要的摄影家之一,被称为"现代马可·波罗"。福曼捕捉过许多重要的历史场景,卢沟桥事变时他在北平,张鼓峰事件时他在沈阳,西安事变时他在西安,日寇对闸北狂轰乱炸时他在上海,河南大饥荒时他在河南,希特勒闪击波兰时他在华沙,日军占领越南时他在河内,似乎每个关键的历史时刻,他都不会缺席,这是优秀战地记者的素养。

福曼一生投入时间和精力最多的是中华大地,他有一张中文名片,上面印的是"旅行家、作家福曼"。他先是听说西藏新发现了一座比珠穆朗玛峰更高的山峰,于是前往寻找,结果没找到那山峰,只找到一个传说。他把在西藏拍摄的图片编辑成册出版,取名《穿越禁地西藏》。西藏的宁静与秀美轰动欧美,电影《消失的地平线》剧组专门请他做顾问,那部片子根据英国作家希尔顿的小说改编,讲述的是香格里拉的故事。拍摄这样的影片,请他做顾问是再合适不过了,影片后来果然获奥斯卡奖。

1938年4月,福曼前往日寇占领下的台湾地区采访,日本人对他严加监视,他以拍摄少数民族为由,深入阿里山、日月潭,拍摄了60多幅照片,当中有不少图片反映台湾原住民的贫穷生活,给台湾历史留下珍贵记忆。福曼在说明文字里描述,日本人统治台湾地区40多年,始终未能赢得台湾民心。同年,福曼前往河南开封,拍摄传说中居住该城的犹太人群落,不过福曼发现该群落对犹太历史并不知晓,也没有犹太群落坚持诵读的经文,对他们的真实身份存疑。1941年底,福曼到达香港,拍摄了大量老街照片,如今香港历史画廊展出的老香港照片,许多都取自福曼的作品。

1942年冬天,他搭乘飞机穿越日军封锁线,由香港到广西桂林,虽然逗留时间短暂,但拍摄了80多幅山川湖泊、风情民俗的宝贵图片。福曼镜头里的漓江,虽说是冬季枯水期,但河面依然宽广,水量丰沛,足见当时漓江是一条勾连上下游的重要航道。远处山峰耸立,是熟悉的象鼻山和南溪山,訾洲草木繁茂,安新洲大树葱茏。近处桅杆林立,河中央是船舶连接而成的浮桥。离开桂林后,福曼经长沙去赣州采访蒋经国,去重庆采访蒋介石和宋美龄,接着又去贵阳、成都、兰州等城市,给每座路经的城市,都留下了宝贵的照片资料。

1944年5月,福曼随中外记者西北参观团到达延安,给毛泽东、朱德、林彪、聂荣臻、彭德怀等人拍了肖像照,并身穿八路军军服前往晋察冀前线采访,后著《红色中国的报道》一书,中文译本为与斯诺的《西行漫记》相呼应,书名译作《北行漫记》。福曼始终有亚洲情结,60年代前往闭塞的中亚王国阿富汗,拍摄了许多宁静的阿富汗人面孔,预感那里会发生乱局。果然,20年后阿富汗陷入腥风血雨。1978年去世前,福曼把自己的3800多张底片整理出来，捐给了母校威斯康星大学，其中有西藏组照、台湾组照、桂林组照、河南大饥荒组照等，这些照片静静地安放在校园里，等待着前来寻觅的有心人。▲

"要命的是,这钟还在走"

我面前的刘心武,身材挺拔适中,上穿彩格棉质衬衫,下配灰色亚麻裤,外披一件同质亚麻休闲外套,看似随意,实则有范而讲究。打过招呼以后,他摘下旅途中佩戴的遮阳墨镜,露出了百家讲坛上快意谈红楼的那张标志性的脸:关公眉眼狮子鼻,天圆地方阔人中。整个人看上去也就六十出头,实际上,再过几天便是先生七十寿辰了。

"很多人都不相信我之前没来过桂林,会问'你是刘心武吗','是作家刘心武吗',言下之意,桂林很美,哪有大作家不来山水名城的道理。"刘先生开宗明义,道明了他与桂林的关系,是第一次的新鲜邂逅,因而游览起来很有劲头。

他特别喜欢漓江的清新秀美,和象山合影的时候怎么拍也拍不够,觉得这匹大象圆融祥和,惹人喜欢。大爱桂林米粉,吃了二两加一个卤蛋,不够,再来二两加一个卤蛋。临出店门还依依不舍,对"路口村义和米粉"那块招牌再三回顾,说等回到北京,要去光顾家门口一间过去没怎么在意的"正宗桂林米粉店",以此表达对桂林米粉的敬意。我解释说,桂林水质特别,刚能凝千年钟乳石,柔可榨细滑粉,出了桂林,哪里都做不出像样的桂林粉,"正宗"

二字更是侈谈。要吃桂林米粉，就要多来桂林。

刘先生很喜欢正阳步行街闲庭信步的节奏，对钟楼的设计也较为认可，他近年的几部建筑评论专著，颇受建筑界好评，外出游历，也喜欢留意各地的建筑。这次他给桂林提的一个建议，正是从钟楼说起。他发现钟楼四面各有一个钟，四个钟的指针标注了三种时间，一个一点半，两个六点差五分，一个九点半，都和当时下午两点半的时间不一致。

"要命的是，这钟还在走。"他认为，正阳路钟楼这个地点用建筑学术语来说叫作"公共分享空间"，在这样一个空间，出现这样的错乱是不应该的。钟楼是城市的形象之一，钟上的时间也代表这个城市节奏的精准与活跃，不能想象，英国伦敦大本钟上的时间，会是个错。所以吁请我们的城市管理者，不要疏忽和轻视这个看似细节的问题。

在西街，刘先生饶有兴致地听说了这里流行本地男儿把外国姑娘娶回家，还有洋妞为这里的小伙争风吃醋，大感诧异和好奇：阳朔小伙到底长什么样，有什么特殊的吸引力？我介绍说阳朔人质朴阳光，天性热情，如果再会两套拳脚，剪个齐刘海儿平鬓角，就很像李小龙。他听后半信半疑，带着强烈的求知欲四处观察，最后在我们导游小伙那儿觅到了答案，小伙浓眉俊眼，轮廓分明，天生小麦色皮肤，满口洁白整齐的牙齿，眼神和善，笑容特别灿烂。

作家有大小作家之分，我们所认识的很多作家，都喜欢让别人知道"我在这儿"，时刻证明自己的存在，而大作家总是努力把自己藏到作品里，让读者通过阅读，找到自我。读小作家的作品，我们看到的是小作家本人，读大作家的作品，我们看到的是我们自己。在这方面，可以举刘心武的小说做范例。

曾经有一个被判为杀人犯的云南昆明人，在执行枪决的前夕，警方又抓到一个小偷，小偷招供时现场指认了自己另外犯下的命案，于是被误判的死刑犯就这么闯了一回鬼门关，惊险无比地回到生天。不久后他读到刘心武小说《这里有黄金》，觉得跟里面描写的底层小人物太有共鸣了，于是几经辗转，找到作家本人，几番交往，双方成了无话不谈的密友。曾经的死刑犯后来通过自己的奋斗成为一名成功的商人。

也许因为老一代作家经历世事比较多，显得更为成熟、稳重、审慎，习惯读韩寒、郭敬明的年轻读者，会觉得老作家韬晦多，锐气少，风格有点不一样。但其实，刘心武跟现实风尚也有水到渠成的对接，百度百科上披露："2011年11月21日，'2011第六届中国作家富豪榜'重磅发布，刘心武以230万元的年度版税收入，荣登作家富豪榜第18位。"●

少年梦多　老来结果

20年前我在《青年外国文学》（双月刊）杂志做编辑，5月号轮到我当班，我的同事金龙格先生——那时还是小金，给我两篇他新译的法文小说，发表在那期刊物上。他说我当时的评价只有两个字：空灵。我是一点也记不得了，对小说的情节也没有印象，只记得里面有个叫梦多（Mondo）的少年，喜欢流浪，喜欢做梦，跟他的名字一样。文学辞典里把少年译成蒙多，相形之下译成梦多传神多了。少年当然梦多，一个译名足以看出译家水平的高下。

小说的作者叫勒·克莱齐奥，那时还不到50岁。说句实话，我对这个名字很陌生，对他的写作更是一无所知，只是看过译者的介绍后才知道，他属于萨特和加缪之后的新一代法国小说家，是萨冈、莫迪阿诺的同龄人。他的小说被译成中文在中国大陆发表，那是第一次哦。译者后来又译了勒·克莱齐奥的十来个短篇，汇集成《少年心事》一书出版，编入《法国20世纪文学名著丛书》。这本书里有很大一部分，讲述的是梦多四处漂泊的故事，勒·克莱齐奥有一句名言：流浪是回家的一种方式。作家正是以这样的方式，寻找着自己灵魂的梦，灵魂的家。勒·克莱齐奥的小说被称为新寓言派，寓言也是一种梦。

我对法国文学情有独钟，从波德莱尔到杜拉斯，都读过一些，连那些用法语写作的别国作家，像贝克特、昆德拉，我都没少读过。可能有人会以为，我喜欢法国文学，是被高卢人的优雅和浪漫所吸引，优雅和浪漫固然是一个因素，但对于长年生活在东方专制文化传统下的我，更看重的是法国人对自由的渴望，这种渴望浸透于其文学艺术，小说、诗歌、戏剧、电影、音乐、绘画、雕塑，无论哪个领域的作品，里面总是穿透着阳光，哪怕阳光被挡住了，也要变幻成月光照耀你。

　　法国人自然谈不上彪悍，也缺少坚忍，不过当年美国的独立战争，还是在法国人的支援下赢得的，连自由女神像都是法国人送的呢，只可惜华盛顿、杰弗逊、富兰克林那辈人多半是盎格鲁-撒克逊[①]人后裔，讲的是英文，如果是法兰西人后裔，现在的美国那就不是 hello 的地盘，而是 bonjour 的天下了，美国人或许也会因此而变得更有情调些吧？

　　80 年代中期，法国新小说派首领阿兰·罗伯·格里耶来到桂林，在独秀峰下的一间屋子里谈论他的《橡皮》，他说的很多，我听懂的很少，可能是他的理论里有太多奥妙，也可能是亚丁的翻译不够好。那时候的阿兰·罗伯·格里耶声名如日中天，诺贝尔文学奖就像他头顶的一只桂冠，随时可能掉下来。奇怪的是，虽说随时可能掉下来，但一直就没掉，后来阿兰·罗伯·格里耶等不及了，2008 年 2 月撒手归天。更奇怪的是，他刚死那桂冠就忽然掉下来了，掉在另一个法国人头上，那人就是勒·克莱齐奥。金先生也厉害，后来摘得傅雷翻译奖。▲

---

① 盎格鲁-撒克逊（Anglo-Saxon），通常指生活在英国东南部的盎格鲁族和撒克逊族。

那些热爱诗歌的大胡子

对于人的名字,我一直相信人与名常常是相反的,比方名字里带"清",那人其实很浊,名字里带"慧",那人往往很傻等等,当然这只是玩笑,不过生活中确实常有人的名字,会印证我的这种想法。莫君是我十几年的同事,写的诗深情雅致,时常被人认为是位清秀女郎,十几年来都是如此,我就见过读者给他写信,称他为雅平小姐,其实呢,他长一脸大胡子,熟悉的朋友都叫他胡子。

前些日子接到胡子的电话,说是他要举办自己的诗歌朗诵会。我知道他在北大念书时就写诗,去年还在新浪开了博客,是现代诗盟的盟主之一。据说世上最喜欢诗歌的,是俄罗斯人,地铁里,火车上,都能见到读诗的乘客,也只有在那样的国家,诗人才有可能被称作太阳(普希金)和月亮(阿赫玛托娃)。坦率地说,我很少读当代中国诗人的诗,不是说就没有好诗人,而是因为如今写诗的人实在太多太多,我实在没有精力去分辨谁的诗好,所以索性就不读了。又因为经过几十年的革命岁月,现代人对诗歌的理解显得粗浅,我记忆中的许多当代诗歌,都多少可以见到马雅可夫斯基的煽情,或者晚期郭沫若的做秀,诗歌中最可贵的个人生命体验,被忽略了,这也是我不读当代诗歌的原因。

诗歌本来就是要拿来朗读的,不能朗诵,也即不能歌的诗,如何能叫作诗歌?国外有许多诗歌节,荷兰、美国、塞尔维亚都有,不同风格、不同语言的诗人,可以登台朗诵自己的作品,给听众带去新奇的体会,好的诗歌可以穿越语言的屏障,走进人的内心。旧金山的城市之光书店,是各国诗人的聚会场所,越战最惨烈的时候,聂鲁达站在门口的大街上,朗读了他的著名反战诗歌《暴君割下了歌手的头颅》。大胡子金斯伯格,则在那家书店发出了他的著名的《嚎叫》。可那是外国胡子呀,中国胡子要举办诗歌朗诵会,会有人鼓掌吗?

莫胡子的朗诵会定在正阳街的一家酒吧里,很快就坐满了听众。"一条奔流一千里的河从我门前流过/我和几千里河岸的人们成了亲戚。""除了世上最可笑的傻瓜/谁会妄想把甘蔗当作牧笛来吹响?""送去一个裹着丝绸的梦露/就等于送去了一百辆装甲坦克。"这是掌声过后,我记住的几句诗。

前面我说人与名常常是相反的,其实人的外貌与内心,常常也是相反的。莫胡子看上去匪气十足,心中却有万般柔情,他的诗可以作见证。我曾对一位感情飘零的女孩说,她如果能嫁到一位大胡子男人,那是她的幸运。可惜她听不懂,执意要寻找脸蛋光洁的小帅哥。女人要过许多年,才明白男人脸上的每根胡子,都是智慧的须蔓。莎士比亚、托尔斯泰、别林斯基、金斯伯格,莫不如此,这些名字都是四个字,像成语一样好记。三个字的也有呀,惠特曼、萧伯纳、泰戈尔,我有时开玩笑说,也许还有莫胡子。▲

斯文而体面的职业

桂林是座小城市，出版社有两家，漓江出版社和广西师范大学出版社。前者前十几年有点名气，在外国文学图书出版方面，与人民文学和上海译文齐名，当时号称三足鼎立；后者后来比较红火，出了不少文化类的好书，在全国大学出版社中名列前茅。我在漓江社做外国文学编辑，一晃眼快20年了，20年间目睹了外国文学出版由盛而衰的转变，这当中原因很多，版权、转制和市场需求的变化都是因素。

所谓墙内开花墙外香，漓江社和师大社虽然在全国出版界口碑不错，在桂林知道的人却不算多，尤其是早些年。抗战时期，桂林也有过一些从上海逃难过来的出版社，比如生活书店、开明书店、良友图书公司等，但从50年代到80年代，将近四十年光阴，基本上没有什么大的出版单位，所以一般市民对出版社的概念，是很模糊的，对两家本地出版社的工作性质，也不太清楚。

要知道在大城市，出版社是很养人的地方，一些高干，比如部长副部长什么的，喜欢把自家的孩子，尤其是千金，安排到出版社工作，因为这份职业既体面又斯文，别人是辛苦完了，才抽出点时间看看书，到出版社做编辑，光看书就能拿工资，所以大城市许多出版社的女编辑,一问家世就会吓着你。当然那都是前些年的掌故了,现在的官家千金,眼界高了,想做的是驻外使节的夫人,品葡萄酒当然要比品书更有味道。

小城市就不一样啦,老百姓不太清楚图书的出版流程,一般知道书从书店来,至于书店的书从哪里来,有些茫然。如果对人解释说,自己是做书的,对方的第一反应通常是印刷厂。我家有位钟点阿姨,听说我是做书的,曾经很同情地说:"天天打包,也蛮辛苦,我晓得书好沉的。"后来见我从单位拿些卫生纸、香皂什么的回来,就由同情改为由衷地羡慕:"你们厂待遇好好哦,连卫生纸都发。"

除了漓江出版社,桂林用漓江做名字的地方也很多,饭店、剧院、餐馆,都喜欢沾沾漓江的灵气。在街上打出租车,要是你很自信地说去漓江出版社,不再做任何说明,司机会把你拉到老人山山脚下,那里有家工厂叫漓江印刷厂。至于到了周边县份,如果介绍是报社电视台的,当地人会很热情,说是出版社的,对方的眼神会有些茫然,虽然依旧延续着先前的热情,但对面前这家伙是有点疑问的,没准是隔壁朝阳社或红旗社过来混饭吃的也难说。

当然那是前些年的事,这些年经济发展了,出版社在小城市的名气也日渐响亮起来,据说效益还不错,老百姓很羡慕,特别是2004年全国书市在桂林举行,小小的城市街道上,三个人里就有一个是编辑,这下老百姓大开眼界,知道原来书是这些人做出来的,原来世上有一些人是专门做书的。

这些年参加饭局,不时会有人说:"哦,你们漓江出版社原来出过不少好书哦,尤其是外国文学译著,是吧?"同时瞟过来一丝狡黠的微笑,那神情似乎在说,你们家以前不是有三十亩地吗,怎么现在只剩三分啦?问这种话的人,通常是同行,遇上这种场景,我总是说:"吃菜,吃菜,今天天气真好啊,哈哈哈!"不是同行的,也有话说,有一次对方听说我是出版社的,马上胸有成竹地说:"哦,出版社,我晓得的,最近书号涨到两万了吧?"▲

"需要面包的,不要把石头给他"

在漓江出版社做了十几年书,有的书至今还被人记得,这是做编辑的欣慰。有的读者很有心,甚至还记得书的责任编辑是谁,这是更大的欣慰了,要知道这年头,人人都能写书,书比牛毛还多,不知道谁是书的作者,是常有的事。有几本美国现代文学经典小说的中文本,是经我的手面世的,比如《钟罩》、《在路上》、《飘》、《沙丘》等,索要的朋友络绎不绝,家里已无存书。还有几本书,也不错,虽用心处理,但因为种种原因未能印刷,如《查泰莱夫人的情人》、《北回归线》、《骑兵军》等,有的后来由其他出版社出版了。

当然这是以前的事。如今遇上朋友,常常会被问"你还在漓江社工作吗?"注意这个"还"字,意思是说我们都知道你以前在漓江社工作,现在是不是在漓江社,不敢肯定了。为什么不敢肯定了呢?这个问题是很有意思的。我们都知道一位作家的生命力,在于他的作品,有作品出现,才能证明这个作家的存在。同样的道理,要证明一个编辑的存在,就得看他有没有编出新书,如果没有,这个编辑就是徒有其名。朋友用"还"字问我,大概是没见着我近来编过什么书吧。

还有的朋友更婉转,说漓江社以前可是出过不少好书哎,说完笑笑。言外之意也是一样的,是说现在可没见着几本好书。什么叫好书？不同的人当然有不同的答案。我有时会上一些淘书网逛逛，找找需要的旧版书，结果发现80年代的一些漓江版外国文学图书，如诺贝尔文学奖丛书、法国20世纪文学丛书等，当时定价几块钱，现在都要卖到几十块钱了。我自己译的一本获诺贝尔奖瑞典作家拉格奎斯特的小说《大盗巴拉巴》，定价9块多，在孔夫子网站上卖32块，而且只有一本。为什么？因为已经绝版。

我也见过一些青年朋友的藏书，许多风行一时的书都扔掉了，但十几年前的漓江版旧书，依然保存完好，而且还不遗余力，到处去把丛书一本本收齐。听到朋友的婉转说法，我就会觉得自己成了一个破落的小地主，你祖上当年可是有30亩水田的哦，怎么只剩三分地啦？出版社成这样，当然不是我的责任，可能也不是谁的责任，是时代的责任。这个时代把文化当产业来做，是很滑稽的，其实文化，尤其是文学，是有钱后才做的事，既然觉得没钱，想要更多的钱，那就做别的行当去，天底下多少行当，都比做书更挣钱，靠做书发财的，毕竟寥寥。舍不得文化，逼文化去挣钱，结果自然是文化没了，钱也没挣到几个。

胡适在上世纪20年代，曾批评当时的出版界，说"把Dietzgen的The Positive Outcome of Philosophy改个名字，叫《辩证法的逻辑》，译得莫名其妙，便可一版再版的销行，这真是出版界的羞耻！狄慈根只是个三流四流的学者，他的书也值得这样销行吗？青年人渐渐肯买书了，这是好事，但出版界是操青年生杀之权的，耶稣说得好，需要面包的，不要把石头给他。我希望中国出版界不要把石头当面包卖。"80多年后读到这段话，依然读出了鲜活感。▲

驾一辆破车在路上

有很长一段时间，我们对美国小说的了解，是极其有限的，一般只说《红字》、《汤姆叔叔的小屋》和《哈克贝利芬》，能提到《飘》、《老人与海》和《喧哗与骚动》就不错了，海明威以后的当代作家，有些什么作品，基本上都不知道。

我最早看到凯鲁亚克，还是在美国的一本文学刊物上，那上面主要介绍"垮掉派"首领金斯伯格的诗，顺带提到了凯氏的小说《在路上》，说那是一部带有心灵自传性质的作品，书中充满了战后美国新一代青年对传统文化的反叛，作者完成穿越美国的旅行后，文思如潮，用打字机在一卷长30余米的打字纸上一气打出来，文字如行云流水，思想如洪水猛兽。卡波特曾面对原稿感叹说："这哪是在写，就是在打！"没想到这部小说相对完整的中文本，最先就是在漓江社出版的。若干年后我去过金斯伯格和凯鲁亚克在旧金山的"老巢"城市之光书店，看见书店的二楼摆着凯氏的照片，手斜插在裤兜里，嘴上叼着烟，依然那么年轻，那份潇洒丝毫也不亚于同样喜欢叼烟的格瓦拉。

《在路上》最早由施咸荣先生译出部分章节，登载在世界文学杂志上。我去过施先生的家，就着热茶和冬日的阳光，谈论他新译的《麦田里的守望者》（也由漓江社出版），虽然已过去十几年，景象依然清晰。相对完整的漓江版中译本，是华东师大的两位年轻人译出来的，分别叫陶跃庆与何晓丽，我至今没见过他们。因为年轻，译得激情澎湃，也因为年轻，有的地方不够准确，甚至还有删节。不过我还是很喜欢那个红封面的译本的，因为作者和译者都年轻，我也年轻，要知道这本书本来就是给年轻人看的。

这本书的第二版由文楚安先生译出，文先生专门研究"垮掉派"文学，曾去美国收集了大量资料。我跟他在庐山的一次会议上相见，至今记得他热情的面庞和浓重的四川口音。他特别反对把 Beat Generation 译作"垮掉的一代"，说那是对 Beat 一词的误解，为此写了专文附在书后。三个译本各有特色，施译老练稳重，陶、何译流畅顺达，文译背景材料丰富，尤其是新版封面上一句"我还年轻，我渴望上路"，凝练了小说的精华，读来让年轻者动心，年长者唏嘘。

如今施、文二位，还有凯氏，都已作古，陶、何不知踪迹，据说已定居海外，而《在路上》在美国面世 50 年后，红遍中国大江南北，成为新一代中国青年首选的文学读物，由此可见优秀文学作品代代相传的不朽魅力。当年凯鲁亚克驾一辆破车，横穿美洲大陆，一路我行我素，追寻梦想，追寻自由，由纽约经丹佛到旧金山，被视为离经叛道的壮举，曾引起美国社会的广泛争议。如今大批的中国年轻人，正行走在由西部到东部，由乡村到城市的不同道路上，伴随他们的，除了沉重的背包，还有这本《在路上》。▲

桂林老字号

所谓老字号的东西，属于旧时代的痕迹，为新时代所不容，所以我小时候见到的老字号是很少的，更多的是什么反修呀，立新呀，卫红呀之类的招牌，不过这种招牌的寿命也不长。大概在70年代末80年代初，一些老字号又恢复了，但恢复哪是那么容易的事，许多地方只是恢复个店名，里面的内容没有变化，人手也还是原来的，因为老字号的后人死的死，老的老，剩下来的也不敢接手，挂的是老字号的羊头，卖的是计划经济的狗肉。

老字号本来是一种让人怀念的东西，可字号下面没内容，渐渐也就没人怀念了，只剩下了怀旧。怀念与怀旧是不一样的，怀念还抱着盼望，盼望有朝一日重逢；怀旧只是一种幽情，如风中的花香，慢慢会变得淡薄，被别的味道取代。桂林早年是有几家老字号的，单说吃的吧，我记忆中在市中心一带，依仁路西口南侧有家味香馆。

这家馆子专门供应米粉，有卤粉、汤粉和炒粉。本来嘛，一碗米粉也不重，通常都由食客自己取，这也是桂林粉店的特色。我遇到味香馆时，它已经国有化，继承了食客取粉的传统，但又有创新，开了一只很小的窗口，小到站外面基本上看不见里面，那窗口还很高，在下面垫了块踏脚石，加上光线黯淡，食客上下取粉挺考人的，要是端一碗汤粉，真叫不容易，而店员只是站一旁冷冷看你，所以去那家粉店的老人和小朋友不多。

味香馆斜对面有天忠馄饨店，据说是唯一一家24小时营业的餐馆。桂林的冬天冷起来，房间跟冰窖似的，里外是一样的温度。我喜欢冬天的夜晚去吃碗馄饨，在那样的时节，一阵疾走到天忠，吃碗热气腾腾的肉馄饨，又一阵疾走回到家，全身暖乎乎的可以睡觉了，要不然缩着身子上床，睡到天亮脚都是冰冷的。

同来馆和又一轩也是卖米粉的，又一轩卖的是马肉米粉，奇怪的是，不知是不是没缘分，我从未吃过。阳桥头东北侧有家桂林酒家，算是70年代最好的饭庄了，原先叫七三饭店，纪念1968年7月3日的"七三指示"，没过几年改成桂林酒家，再后来在主店靠近老体育场旁边，装修出一家友谊餐厅，那时小城开放了，来了许多洋人，友谊餐厅专为洋人服务。本地人把自己认为最名贵的动物做给洋人吃，比如穿山甲、果子狸，但洋人要么吃不惯，要么声称保护珍奇动物，拒绝吃。这些山珍最后成为达官贵人专享的东西。

十字街东南角有一家老乡亲，做北方菜的，经常冒出腾腾热气，那是在蒸包子馒头。可能看见包子馒头会产生乡情吧，饭店门口常常有北方来的乞丐，穿着厚厚的破棉袄。相形之下米粉店门口很少见乞丐，一碗米粉就值几分钱，没什么可讨的。那时一碗素菜米粉四分钱，加点肉八分。老工人电影院旁边有家清真饭店，专卖羊肉米粉，味道自然不错，但最重要的是，给的羊肉分量够足，吃一碗饱大半天，让我对穆斯林饮食充满好感。

七星公园里有家月牙楼，月牙楼的素面俗称尼姑面，盖因旁边有座尼姑庵。尼姑面当然是没肉的，有香菇、笋片和用豆制品做成的肉形状，也还算比较可口，只是对于吃惯肉食的孩子来说，实在不过瘾。我个人记忆中，五美路东口临中山路拐角，有家小甜品店，记不得店名了，因为离家近，我经常去喝绿豆粥，两分钱一碗，小店临街的一侧，装上了落地玻璃，坐在店里喝粥，可以看见外面飘飞的雨点和走动的行人，这在70年代初期，也算是不同寻常了。

桂林还有一些民国老字号的商铺，如卖绸缎的张永发，卖日用品的日日新，卖笔的黄昌典，卖药的熊同和等等，都集中在十字街周围。这些商铺多半已被历史淹没，也有几家恢复招牌的。我前面说过，老字号的招牌下面，往往未必有优良的继承，这些恢复的老字号，是否真的名实相符，那就智者见智，仁者见仁了。▲

个头小,力气大

跟桂林人谈体育,似乎是一件很滑稽的事,这地儿山清水秀,本地人看上去都不怎么壮实,也不怎么爱运动,女的细皮嫩肉,白白净净的,只要出点太阳,上街都撑伞,甚至在自行车上支把伞,生怕被晒黑了。人家古希腊人第欧根尼说,让开,别挡住我的阳光。本地女子恰恰相反,看见阳光就躲得远远的。记得一次与同事一家去市郊钓鱼,大伙儿都在池塘边钓着,晒着,同事太太撑了一把花伞,还要躲在树荫下,要知道她从小在乡间长大,不知为什么,进了城反而怕阳光了。

桂林男人通常是南方人的个头,走路轻飘飘的,是我见过的走路最轻飘的男人,有时候看见一个男人,不能确定他的籍贯,相貌含糊,口音混杂,这时只要出来走两步,如果脚步飘柔,那一定是桂林人。这样的人群也配谈体育?还真配呢。就是这种小个子男人,在奥运会上拿了不少金牌。有一种金牌似乎是专为小个头的人设计的,那就是轻量级举重,按选手的体重分开比赛,土耳其有个轻量级举重神童叫穆特鲁,个子袖珍但力量惊人,可以举起自己体重好几倍的重量。

桂林也有自己的穆特鲁。临桂县是临近桂林的一个小县,出过清词大家王鹏运和况周颐，文气浓厚，但也有习武强身的传统，县辖五通镇被称为举重之乡，这里的男人个子不高，但喜欢举重，50年代起就开始在全国崭露头角，后来出了唐灵生、肖明林、肖建刚等好几个奥运冠军，小个子男人的力量让人刮目相看。这里说的还只是男人，女人也有女人的厉害之处，前面说了桂林女人看上去娇气，但也有内敛的韧性，这韧性一旦聚集成能量，也十分可观。桂林女子的体育优势在什么项目呢？体操。

最有名的桂林女子体操选手首推王维俭，60年代新兴运动会四枚金牌得主；接下来是莫慧兰，世锦赛平衡木冠军。当然这些都是高端项目，一般老百姓高攀不上。桂林市民最喜欢的体育项目是游泳，放着一条那么清澈的河不游，除非是傻子。我记忆中最澄澈的河水是60年代中期的漓江，太阳照下来，河底一览无余，小鱼儿在鹅卵石缝间穿梭，肚皮儿一翻就是一片闪闪粼光。市区河水最深的地方，是象鼻山的象鼻子处，还有伏波山的试剑石附近水域，那都是钓鱼的好去处，有的钓鱼人捡块石头坐下，一天下来也钓不上几条鱼，但吹吹江风，看看云朵，也很惬意。

漓江上还有一种体育运动，就是每年端午前后的划龙船，参赛者从世界各地而来，澳洲、香港、新加坡都有。那个时节的河水，通常是很壮观的，遇到涨水期，江面会跟黄浦江一样宽，没错，是跟黄浦江一样宽，没在这个季节来过桂林的人，一定不会相信。说起来也很凑巧，我如今居住的地方叫安新洲，是漓江上的一块绿洲，曾经长满参天大树，后来盖房子，大树没剩几棵了。这洲子上的居民，世代与漓江相伴相生，自然也是划龙舟的好手。他们每年组队参赛，几乎都拿头名，捍卫本地人的荣耀，扛回来一头金黄的烤全猪，那是冠军奖品。当中的老刘与我同年出生，是龙舟的舵手。▲

去踏青，看碑林

桂林有华南最大的石刻博物馆，叫桂海碑林，在七星公园内龙隐洞旁边，里面藏着历朝历代留下来的碑刻，有原件，也有拓片。所谓碑刻，就是刻在山崖上的诗文，是古人留下来的著作。世上有无数山川，为什么有的山叫名山？名山不一定是大山，拥有人文历史的山，才能叫名山。喜马拉雅山很高，但不是名山，昆仑山、横断山也不是，名山是泰山、华山、恒山，是峨眉山、黄山、庐山，这些山被称作名山，是因为险峻雄奇的山峦，华美瑰丽的景色吗？是的，但也不完全是，除了山川景致，更有一份人文情怀，这情怀，就是碑刻。

昆德拉在小说《不朽》中，描写歌德为了追求不朽，一直追到了天堂。小说对所谓不朽，做了这样的定义：希望死后仍被后人记得，而且是作为好人、高人或伟人被记得。追求不朽是人类的天性，东西方文化不同，追求不朽的方式，也不一样。法国有先贤祠，英国有西敏祠，都是安放智者灵魂的场所，历任首脑上任时，都要前来肃立冥思，吸取治国安邦的力量。日本人比较邪门，搞了个什么靖国神社，把些乱七八糟的亡灵供奉在里面，因为价值观混乱，未能体现出民族文化的崇高性，反而把自己矮化成道德的侏儒。

中国人呢，中国人想近距离接近自己的文化偶像，去哪里朝拜？我们没有这样的场所，也不容许有这样的场所。以前还尊孔，后来孔家店被打倒了，也就不再有任何偶像。在没有偶像的时代，我们很彷徨，总想找出谁来崇拜一下，成年人笑话少男少女追星，其实成年人的内心，何尝就没有追逐偶像的渴望？只是这偶像被深藏着，时间久了，连我们自己都不知道应该是谁。

自从秦始皇焚书坑儒，中国文化人就明白，这世道除了皇帝，谁也别想青史留名。思想要想靠书本代代相传，也难了，首先不许印，偷偷印，查到就烧掉，遇上特别乖戾的皇帝，不但要烧书，要杀人，还要株连九族。于是乎，文化人要想把思想传达给后人，只能上山。所谓上山，不是去打游击，而是把自己的文字和名字，镌刻在偏远山区坚硬的石头上，以这种方式逃避统治者的剑与火。况且许多有思想的官吏，本来就因为与皇帝意见相左，或者在权力争斗中落败而被放逐南蛮，因此景色壮美的山峰，就成了他们寄存灵魂的所在。

他们隐居竹林，采菊南山，把自己的思想变成摩崖石刻，期望以这种方式实现不朽。那些碑刻，有的明志，有的抒怀，还有许多藏头去尾、用典隐晦的讽喻之作，要悟懂这些东西，需要阅历和深厚的文化功底。胡适胡博士曾经对古人这种表达方式大为感慨，说哪怕穷经皓首几十年，也未必都能明白。桂林这座"南蛮山城"，留下了不少珍贵的摩崖石刻，石刻比较集中的山峰，有独秀峰、叠彩山、伏波山和月牙山等，近年重修公园，铁封山、虞山也有大量碑刻被重新发现。

要想在石头上留名，也不是那么容易的，不但要有独立思想和品格，还要有斐然文采和遒劲书法，否则经不起几百年沧桑风雨的考验，此外还得有相当的地位，相当的银两，财力也是必需的。伏波山还珠洞内，有一幅米芾自画像的石刻，裙带飘逸，虽历经800多年风雨，题款依然清晰可辨，达到了不朽的境界。更早的褚遂良，则没有这份好运，他的墨宝《金刚经》，刻成石碑立在城南文昌桥外的舍利塔前，1000多年过去都安然无事，不想到了乾隆年，一位县吏忽然看着扎眼，就下令砸掉了，于是褚遂良在桂林的踪迹，变成了碑刻史上的一段传奇。米芾和褚遂良，都曾在桂林住过一段时光，最近打算重修解放桥西岸的逍遥楼，这逍遥楼三字，就出自褚遂良手笔。

　　文人有文人的方式，老百姓也有老百姓的方式，桂林许多风景区的树木上，都被游客刻上到此一游。热恋的男女，甚至在光洁的竹节上双双留名，明知第二年竹子就会变得面目全非，但让爱情不朽一个春天，也不能不说是一种平民的浪漫。为什么要游历名山？在没有文化偶像的岁月里，我们只能寄情于山水，寄情于藏之名山的那些先人智慧。身为这个时代的中国人，能够寄情的东西是很少的，先别说什么寄情，看得见的东西都没几样，我们看不到故宫的藏画藏品，看不到尘封的历史档案，看不到官员选拔的过程，看不到重大决策的记录。既然什么都看不到，那就去踏青吧，去看桂海碑林。春天来了，不但可以呼吸新鲜空气，而且距离大地更贴近，因而也活得更踏实。▲

谈顿悟

广西人普遍自卑，坊间流行的说法是，广西太小，办不成大事，北京人、上海人往伦敦、巴黎跑，广西人就往北京、上海跑，去填空。说广西太小，办不成大事，那得看什么是大事，做大官自然难，广西的封疆大吏充其量也就是个部级干部，所谓人往高处走，若论做官，北京当然够高，但要做别的事，就未必了。

笔者所在的出版业，近些年开始转制，也就是由原来的事业单位企业管理转为企业，一种说法是广西太偏僻，出版业不好做，要去北京才好做。这种说法只注意到外部环境，忘记了做事最关键的主体是人，在广西做不做得好取决于人，同样的道理，在北京做不做得好也取决于人。北京的出版社好几百家，做得好的没几家，地方上也有做得非常好的出版社，关键是看谁在做，怎么做，广西的出版社也曾经引领过风骚，出过不少全国读者心目中的好书，说太偏僻不好做，那是不够自信了。

还有的人一旦遭遇灵魂困顿，盼望的眼神也自然往北京、上海的方向投过去，似乎那些方向才有安抚灵魂的灵丹妙药，有的桂林、柳州、北海的朋友，眼神甚至往南宁投过去呢，这种盼望常常会落空，一旦落空又陷入更大的迷茫。曾有朋友对我说，我在北京都呆两年了，怎么就没碰上几个大师级人物呢，莫非是我的社交圈子太小？这句话让我想起若干年前，一个北京朋友问我的相反的问题，你说中国这么大，各地是不是藏着好多民间高手？

无论大师还是高手，都是需要距离的，距离不但产生美，还产生景仰，尤其是在这个信仰虚幻的年代，人的灵魂总是孤立无援的，总想有点什么依靠才好，所以电影主角的扮演者总有那么多追随者，哪怕一个只会唱爱情歌曲的超女，都拥有那么多坚定的粉丝。说广西人普遍有自卑心理，当然是指广西人面对外省人，广西人面对广西人，那面目就不一样了，谦恭的微笑也不见了，露出的往往是大师的面孔，大师的架势，假若这世上没有别的省，别的国，没准还真成了大师呢。

一个人有盼望当然不是坏事，但也不能老是处于盼望中，总得有顿悟的时候，而且这顿悟还不能来得太晚。虽说前人也有到四五十岁才顿悟的例子，比如朱德40多岁才找到马克思主义，齐白石50多岁才由木匠转而画画，但一个人的顿悟还是越早越好，张爱玲说成名要早，我主张顿悟也要早，早顿悟20年，会给自己的后半生留出多少勇猛精进的时间呀。基督教很看重神迹，所谓神迹，是指基督徒忽然见到一些异乎寻常的事情发生，从而明白上天的启发，比如看见基督复活，看见尼罗河里的血，在暴风雪的夜晚看见耶稣圣像显现等等，神迹的出现，表面上看不可思议，实际上是内心某种盼望长期积淀的结果，是当事人漫长思考后质的飞跃，事情本身是否真实并不重要，重要的是内心的变化。这种飞跃就相当于我所说的人生顿悟。

顿悟取决于人，而不是人所处的地方，比较而言，安宁的地方更适合思考，也更容易产生顿悟，有时候艰苦的环境还更造就人的内心，因为艰难困苦逼着你去思考，不思考只有死路一条。《呼啸山庄》的作者艾米莉·勃朗特，一生困守在苏格兰旷野的桑顿村，只去过一次伦敦，可她写下的文字穿透了人类灵魂的善与恶，令奢华都市的文学大师们为之汗颜。另一个艾米莉，叫艾米莉·狄金森，终生在马萨诸塞州小镇艾默斯特离群索居，她创造的那种谜一般的短促诗句，让纽约的诗人们竞相摹仿。

福克纳毕生都着迷于自己家乡"那块邮票般大小的地方"，据此虚构了一个小镇约克纳帕塔法县，让自己笔下的人物在里面经历生生死死，演绎生命的种种悲欢离合。这些都是在小地方顿悟的例子。余华在海盐写出了《活着》，如今常年在世界各地穿梭，反而不见写出更超越的作品，为什么会这样呢，因为适应新圈子、新环境耗费了太多心力，同时也破坏了创造的心境，不仅余华如此，许多从小地方到大城市，从大城市到外国城市的作家，都面临同样的困境。毛泽东是一个从湖南湘潭走出来的农村孩子，他早年对北平对北大也心向往之，不能进去念书，做做图书馆管理员也好，不过毛是有悟性的，他见识了北平的三教九流，那种景仰的心态很快就结束了，有了底气，只待了半年就走人。他知道他的命运在哪里，在这一点上，我很佩服毛的悟性。

其实如何面对更广阔的世界，是摆在我们每个人面前的问题，人不能独守自己的河流，作为广西人，视野当然应该漫过漓江邕江，漫过长江黄河，去看看其他大河流域的文明，但看过后最终还得回到自己的河流里。回不来了，就被淹没了。不仅桂林人如此，北京人、上海人也如此，不仅小地方的人如此，大地方大到纽约，那里的人也经常深陷困苦，想从帝国大厦的顶部跳下去。小地方无碍产生大智慧,这话并非表示大地方只能滋长小聪明,大地方同样也能产生大智慧,只是大地方产生大智慧,已被视为理所当然,所以我才更愿意把小地方无碍产生大智慧这句话,再说一遍。▲

有一种力量叫无言

小时候住在漓江边,就读的学校在杉湖旁,江边和湖边,都有许多笔直的杉树。每到秋天,树叶变黄,或变红,映着宁静的湖水,虽然看上去孤单,却自有一种美丽。正是那样一种无言的美丽,培养了我对树的感情,以后每到一座城市,都会留意观察当地树木生长的状态。树是城市的灵魂,只有树木繁茂的城市,才会给人带来舒适和惬意,也只有感受过荒芜,才会格外明白绿色的价值。有一年四月,乘坐从大西北开往南方的火车,旁边铺上是一位母亲,带着一个四五岁的小女孩,火车越过都庞岭时,天亮了,这时小女孩凑到车窗前,用西北话说:——妈妈,你看,绿叶叶!那是在荒芜的大西北长大的孩子,才会发出的惊喜。

有特色的树,同时也是城市文化的标志。春天的北京,满城柳絮飘飞,柳絮可以粘在围巾和衣领上,而路人无暇顾及,依旧匆匆前行。秋天的上海,遍地梧桐落叶,情侣相约于公园,分手于街角,都离不开梧桐的庇护。古老的参天大树,还可以构成骄人的景观。我很熟悉广州,但有一次跟朋友走过流花公园北边的一段路时,还是感到很惊奇。路上树影婆娑,数人合抱的大树有近百棵之多,棵棵都根须粗壮,盘伏在地上,不像是近期从异地移栽过来的。我说我来广州这么多次,都没有走过这条路呢。

朋友笑笑说,那当然了,要有恋爱的心情,才会想到走这条路的。我问这些树的来历。朋友说,都是清朝末年种植的,已有上百年历史了,这样的街景,不是三年五年就能造就的。不是三年五年就能造就的,这句话当然有所指,指的是许多其他城市,以前不注意绿化,甚至随便砍树,如今为了短期内改变城市形象,从周边乡村挖来大树种在城里,装出很有历史,很有文化的样子。只可惜那些树都是枝干粗大,树叶稀少,小老头的模样。

在一个地方住久了,有时候会忽略树的生长,以为所有的树木,都守候着寂寞。有一天从滨江路走过,忽然发现两旁的树都很粗大,树叶在空中交织在一起,形成绿色的穹顶。那些树多半是六十年代后期种植的,至今还记得种树的情景,树干只有手腕粗,比人也高不了多少。那时候每天顺马路去上学,从树旁经过,曾经和同学一道,在某棵树上刻了记号,看看谁长得快,谁长得高,我们甚至希望自己长得比树更高,多么不知天高地厚。那棵有记号的树,如今已长到三四层楼高了,而我们早就把它忘了,或者假装把它忘了。其实我们想忘掉的,是自己的可笑。

世上有一种力量是无言的,在无言中生长,在无言中产生影响。

在大自然中,无言的力量是绿色。绿色的生命力有多么强大,只要看看吴哥窟的命运就知道了。吴哥窟是高棉灿烂文明的象征,一度拥有上百座金塔,可后来衰落了,竟然被丛林淹没,变成了森林里的一个秘密,几乎被人类忘却,成为十九世纪末西方探险家追寻的对象。同样被绿色淹没的,还有墨西哥阿兹台克人的宫殿。

在人类社会里，无言的力量是思想。所谓十年树木，百年树人，树和人，有许多可比之处，所以鲁迅的名字，叫树人。绿色靠雨露阳光滋润，那么思想靠什么运载呢？思想的运载靠文字。优秀的文字，具有绿化或者净化灵魂的力量。▲

后　记

　　为了不把这篇《后记》写成多余的话,这里需要作一个必要的交待:这本书的作者是一对夫妇,男的叫沈东子,女的叫沙地黑米。为方便读者区分书中各篇文章的具体作者,到底是哪一位,文末分别做了标记▲和●,沈文是像山的▲,沙文是像月亮的●,好了,这下清楚了。

　　沙地黑米是个笔名,说说它的由来。她在体制外生活过两年,那时以为自己会开一爿小店。既然开店,首先要取个店名,遂把"沈先生和沈太太"的英文"Mr. S and Mrs. S"合在一起,变成"sands",翻译成汉语,就是"沙地"。可是光一个"沙地",又怕去注册时跟别人重复、撞车,就在后面又加了点内容。加什么呢？用过一个笔名叫"黑鸟",她用过一个笔名叫"米子",合起来,就成了"黑米"——沙地黑米,就这么得来。

　　小店后来始终没开起来,她的爬格子生涯却始于不觉间,于是将现成的"沙地黑米"征用作了笔名。它有点像个彝族人名,而她是汉族,老家在滇东南北回归线上挨近红河谷地的个旧市,那里曾是红河哈尼族、彝族自治州首府,她大概希望能用这个名字,来表达与故乡的一种情意牵联。

沈东子这名字就简单了,是真名,叫三十多年了。

这本书的基础,是2009年在广西师范大学出版社出过的一本二人合著的《品味桂林》。该书在当年秋天参加"第三届桂林读书月桂林市民最喜爱的桂林作者所著图书"网上票选,承蒙很多陌生读者朋友的抬爱,得到过"第一名"的鼓励,继而在2011年初,获得桂林市文学艺术最高奖项"金桂奖"。

《桂林人》比《品味桂林》,在篇幅上翻了一倍,内容也有新意,加入了2009年以来两人后续撰文。他侧重于人文、历史的再发现、新视角;她则偏向于对这个城市的光影描述,山光水影,浮光掠影。相对来说,他是更有资格的"老桂林",会自觉回望历史;她是客居此城的"新移民",更积极属意现实。然而,他在客观的审视中渐趋冷静,而她在主观的感悟中渐趋贴近,所以他有一句戏言:要是桂林市挑选"良民",她比他胜出的把握更大,因为,怀旧和反思,难免与现实拉开距离,而在场与投入,是当下的一种活画。

作　者

2014年5月初夏·桂林

图书在版编目(CIP)数据

桂林人 / 沙地黑米,沈东子著. —南京:南京大学出版社,2014.7
ISBN 978-7-305-13617-7

Ⅰ.①桂… Ⅱ.①沙…②沈… Ⅲ.①散文集-中国-当代 Ⅳ.①I267

中国版本图书馆 CIP 数据核字(2014)第 163228 号

出版发行	南京大学出版社
社　　址	南京市汉口路 22 号　　邮　编 210093
出 版 人	金鑫荣
书　　名	桂林人
著　　者	沙地黑米　沈东子
责任编辑	吴　愚
照　　排	南京紫藤制版印务中心
印　　刷	江苏凤凰扬州鑫华印刷有限公司
开　　本	880×1230　1/32　印张 13　字数 200 千
版　　次	2014 年 7 月第 1 版　2014 年 7 月第 1 次印刷
	IBSN 978-7-305-13617-7
定　　价	38.00 元

网址：http://www.njupco.com
官方微博：http://weibo.com/njupco
官方微信号：njupress
销售咨询热线：(025)83594756

* 版权所有,侵权必究
* 凡购买南大版图书,如有印装质量问题,请与所购
　图书销售部门联系调换